Der Ruf des Wolfes

Aloha Shifters: Juwelen des Herzens
Buch 2

von Anna Lowe

Inhaltsverzeichnis

Weitere Titel in dieser Serie

Aloha Shifters - Juwelen des Herzens

Der Ruf des Drachen (Buch 1)

Der Ruf des Wolfes (Buch 2)

Der Ruf des Bären (Buch 3)

Der Ruf des Tigers (Buch 4)

Die Verlockung des Drachen (Buch 5)

Der Ruf des Fuchses (Buch 6)

www.annalowebooks.com

Kapitel 1

„Nein!“

Nina schrie und schlug um sich, aber das hielt die muskulösen Arme nicht auf, die mit ihr rangen.

„Mach sie endlich fertig“, bellte ein Mann, als sie durch einen engen Raum geschleudert wurde.

Ihr Kopf schlug gegen etwas Hartes und sie sackte am Boden zusammen. Alles verschwamm, als die Stimmen um sie herum näherkamen.

„Ist sie tot?“ Jemand stieß gegen ihre Schulter.

Ihr war schwindelig von dem Schlag und Galle stieg in ihrer Kehle auf. Wo war sie? Was passierte mit ihr? Wie war sie an diesen dunklen, nassen Ort gekommen?

„Sie atmet immer noch“, hörte sie einen Mann durch das Klingeln in ihren Ohren sagen. Er war ihr so nah, dass sie seinen widerwärtigen Atem riechen konnte. Aber sie konnte sich nicht bewegen und der Schlag auf den Kopf hatte ihre Erinnerungen durcheinandergebracht.

„Nun, sie wird nicht mehr lange leben. Aber es muss wie ein Unfall aussehen“, sagte der erste Mann. Seine Stimme klang seltsam vertraut, aber nichts ergab einen Sinn.

„Versehentliches Ertrinken, wenn sie die Leiche überhaupt finden. Komm schon. Nimm du ihre Füße“, sagte der zweite Mann hob sie hoch.

Sie bewegte ihre Finger und stöhnte.

„Auf drei“, sagte der Mann und schwang ihren Körper durch die Luft.

Ihr war bereits übel, aber die Bewegung machte alles nur noch schlimmer. Sie blinzelte und versuchte verzweifelt, sich zusammenzureißen, bevor es zu spät war.

„Zwei. . . “

Ein nagendes Gefühl der Angst breitete sich in ihrem Körper aus. Warum reagierten ihre Gliedmaßen so langsam? Warum war sie so verwirrt?

„Drei“, stöhnte der Mann und sie flog durch die Luft.

Sie fuchtelte hilflos um sich, bevor sie auf dem Wasser aufschlug und ihren Mund zu spät schloss. Salzwasser erstickte sie und ein unsichtbares Gewicht riss ihren Körper in die Tiefen des Pazifiks. Panik packte sie – genug, um ihre Sinne halbwegs aufzurütteln. Sie strampelte verzweifelt dem Mondlicht entgegen.

Als sie die Wasseroberfläche durchbrach und wild nach Luft schnappte, bedeckte ihr langes, braunes Haar ihr Gesicht. Sie schob die Strähnen zur Seite und hustete so stark, dass es schmerzte.

„Wartet! Hilfe!“, schaffte sie es zu schreien.

Eine schlechte Idee – die Aufmerksamkeit der Männer zu erregen, die sie soeben von einem Boot geworfen hatten. Sie wollten, dass sie starb, aber sie konnte diesen Gedanken nicht ganz verarbeiten. Warum sollte sie jemand töten wollen? Was hatte sie getan?

„Scheiße, sie ist nicht tot“, grunzte einer der Männer.

„Noch nicht“, antwortete der andere.

Peng! Etwas Flaches und Hartes schlug direkt neben ihrem Kopf auf die Wasseroberfläche.

Bewegung, schnell! schrie eine Stimme in ihrem Hinterkopf. Diese Männer schlugen mit einem Ruder auf sie ein – und zielten auf ihren Kopf. *Sie wollen dich tot sehen. Verschwinde!*

Sie schlug verzweifelt mit den Armen. Wie sollte sie nur entkommen? Die Lichter, die das Ufer säumten – Maui's Küste; soviel wusste sie – waren verschwommen und weit entfernt. Das einzige Boot in Sicht war die elegante weiße Motorjacht, von der sie soeben geschleudert worden war. *Angels* irgendetwas – sie konnte den in Gold auf dem Heck eingravierten Namen sehen.

Sie strampelte hektisch rückwärts, als das Ruder immer wieder aufs Wasser schlug und wie ein Knüppel auf sie niederdonnerte. Es prallte von ihrem Arm ab und sie verschluckte sich vor Schmerz.

„Beeil dich", drängte ein Mann den anderen.

Das Ruder knallte gegen ihre Schulter. Als sie es wieder hochrissen, streifte es die Seite ihres Kopfes und ihre Sicht verschwamm.

„Zeig es ihr!", hörte sie den Mann erneut schreien, aber seine Stimme war weit entfernt und verblasste.

Wenn du jetzt ohnmächtig wirst, wirst du sterben, schrie ihre innere Stimme sie an. *Tauche! Sofort! Los!*

Anstatt zu tauchen sank Nina eher. Das Wasser dämpfte alle Geräusche und das Meersalz brannte in ihren Augen. Welche Richtung war oben? Welche Richtung unten?

Mondlicht durchdrang das Wasser und obwohl ihr Instinkt ihr sagte, sie sollte in dessen Richtung schwimmen, paddelte sie seitwärts, bevor sie wieder auftauchte. Mit ihrem nächsten Atemzug saugte sie genauso viel Wasser ein wie Luft und prustete wie wild.

„Sie ist dort drüben!", brüllte einer der Männer.

Sie wollte schreien. Es musste ein Irrtum sein. Aber sie konnte kaum atmen, geschweige denn sprechen, also schaffte sie es nur, verzerrt zu stöhnen.

„Vergiss es", murmelte der andere. „Sie wird es auf gar keinen Fall zurück zum Ufer schaffen. Wir sind fünf Kilometer weit draußen."

Er hatte recht und sie wusste es. Der Ozean war relativ ruhig, aber das Land war kilometerweit entfernt. Ihre Kleidung war durchnässt, die Glieder steif. Ihr Kopf pochte und ihre Sicht war verschwommen.

Tu etwas! Sofort! schrie ihr Instinkt, als der Motor des Bootes aufheulte und davonraste.

Sie riss sich einen Schuh ab und dann den anderen. Ihre Beine verhedderten sich immer wieder in ihrem Rock, sodass sie ihn ebenfalls abschüttelte und den Stoff im Meer versinken ließ.

Der Ozean wird auch dich verschlingen, wenn du dich nicht bewegst. Los!

Sie drehte sich langsam im Kreis und fragte sich, in welche Richtung sie schwimmen sollte. Warum machte sie sich überhaupt die Mühe? Vielleicht sollte sie sich dem Tod einfach hingeben, anstatt dagegen anzukämpfen.

Du gibst nicht auf. Das darfst du nicht. Genau wie Mama. Sie hat auch niemals aufgegeben.

Nina schluchzte beim Gedanken an ihre Mutter. So krank, so gebrechlich und doch hatte sie sich geweigert, aufzuhören zu kämpfen. Diese einzelne Erinnerung war glasklar in der nebligen Landschaft ihres Geistes.

Komm schon, mach sie stolz.

Sie schlug mit den Händen aufs Wasser, als wäre der Ozean schuld an dem Krebs, der ihr ihre Mutter genommen hatte. Dann veränderte sich das Geräusch des Motors des Bootes und als sie sich umdrehte sah sie, wie es zurückkehrte.

„Mach sie fertig!", brüllte der Mann.

Der Motor heulte zu einem Dröhnen auf und das Boot beschleunigte und steuerte auf sie zu, Wasser nach allen Seiten schießend.

„Nein!"

Sie konnte sie im Inneren des Deckhauses nicht sehen, konnte sich jedoch vorstellen, wie sich dort zwei Männer über die Steuerung beugten und hämisch grinsten.

Beweg dich! Schwimm! Sofort!

Verzweifelt strampelte sie nach rechts. Der Motor dröhnte und füllte die Luft und das Wasser mit seiner brachialen Kraft. Das Wasser um sie herum stieg mit der Bugwelle an und sie schwamm um ihr Leben. Sie war von einem plötzlichen Adrenalinstoß völlig berauscht.

Schneller! Los! Los!

Wasser schäumte um sie herum und sie taumelte und drehte sich, als wäre sie in einem Wellenbrecher vorm Strand gefangen. Es gab ein ohrenbetäubendes Zischen, ein hämmerndes Rauschen. Das schreckliche Gefühl, ein mächtiger Schiffsrumpf würde hinter ihr das Wasser teilen.

Und *wusch!* Die Motorjacht schoss vorbei. Nina wirbelte gerade noch rechtzeitig an die Oberfläche, um zu sehen, wie der Bug nur eine Armlänge entfernt durch das Wasser schoss.

Sie strampelte rückwärts und versuchte verzweifelt, den Schiffsschrauben zu entgehen.

Sie war am Leben. Ihre Lunge heulte und ihr Körper schmerzte, aber sie war am Leben. Sie keuchte und spuckte, während sie die Jacht in die Richtung des fernen Ufers zischen sah.

Sie trat im Wasser und versuchte, zu Atem zu kommen – und Sinn aus dem Ganzen zu machen. Aber ihr Geist war verschwommen und ihre Erinnerungen ein wirres Durcheinander. Wo war sie? Was war passiert?

Das lockere Oberteil, das sie getragen hatte, schwamm um sie herum und behinderte ihre Arme. Also zog sie es sich über den Kopf und schob es zur Seite. Sich treiben zu lassen war ohne es leichter, aber es war dennoch ein schrecklich langer Weg zum Land.

Also schwimme. Schwimm einfach. Einen Zug nach dem anderen.

Sie wollte protestieren, aber ihre Arme befolgten bereits ihren inneren Befehl, so als ob ihre Mutter sie darum gebeten hätte.

Denk nicht nach, Schätzchen. Schwimm einfach.

Das Mondlicht spiegelte sich auf dem gekräuselten Wasser. Das Dröhnen des Bootsmotors war verstummt und ein unheimlicher Frieden breitete sich über dem Ozean aus.

Schwimm, Schätzchen. So wie du früher immer den ganzen Weg über den See geschwommen bist.

Dieser See, wo auch immer er war, war kaum mehr als eine entfernte Erinnerung. Und verdammt, das hier war kein See.

Du kannst es schaffen. Einen Zug nach dem anderen.

Der Meeresspiegel hob und senkte sich im langen, trägen Rhythmus des Wellengangs und sie stellte sich vor, dass auch der Ozean sie anfeuerte.

Du kannst es schaffen. Einen Zug nach dem anderen.

Kapitel 2

Nina hatte keine Ahnung, wie lange oder wie weit sie geschwommen war. Sie bewegte sich einfach weiter und schaute nur von Zeit zu Zeit auf. Die Lichter schienen weder heller zu werden, noch näher zu kommen, aber seltsamerweise verzweifelte sie nicht. Ihr Körper war wie auf Autopilot geschaltet, schwamm kraftlos weiter und blendete ihren Verstand aus. Vielleicht wäre das Ertrinken nicht so schlimm, wenn ihr Geist genauso taub wie ihre Fingerspitzen wäre.

Irgendwann drehte sie sich auf den Rücken um und schaute zu den funkelnden Sternen hinauf. Vielleicht feuerten die sie ebenfalls an. Vielleicht würde sie es doch noch schaffen.

Sie verlor jegliche Kontrolle und verfiel in eine Trance – vielleicht war es der Tod, der nach ihr griff? In einer Minute träumte sie von Delfinen und in der nächsten traf ihre Hand auf grobem, kiesigem Sand. Sie strampelte kraftlos und fragte sich, warum sie sich nicht mehr bewegte. Dann schloss sie die Augen. Sollte der Tod sie doch holen kommen. Es war ihr inzwischen egal.

„Hey!" Eine tiefe Stimme drang in ihren erschöpften Geist.

Eine Welle schwappte über den Sand und sie bewegte die Finger. Sand? Sie blinzelte. Es war immer noch Nacht, aber dunkler als zuvor – so spät, dass der Mond bereits untergegangen war. Kieselige Korallenstückchen bohrten sich in ihren Bauch und ihr Kopf schmerzte. Ihre Schulter auch.

„Hey, du darfst hier nicht sein", sagte der Mann erneut. Seine tiefe, klangvolle Stimme streichelte ihre Haut und wärmte ihre verschlissenen Nerven.

Sie hob den Kopf und blinzelte, ließ ihn eine Sekunde später jedoch wieder in den Sand fallen. Durch diese kleine Bewegung allein wurde es ihr schon schwindlig.

Sie wollte so etwas sagen, wie: *Ich verschwinde hier, sobald ich mehr als einen Finger heben kann,* aber sie schaffte es nur zu stöhnen.

Zwei nackte Füße blieben nur Zentimeter vor ihrem Gesicht stehen und der Mann sprach erneut, dieses Mal leiser.

„Hey Lady, bist du okay?"

Sie lachte, was wie eine Art gackerndes Stöhnen herauskam. Nein, es ging ihr nicht gut. Überhaupt nicht.

„Ich sage es nur ungern, aber das hier ist Privatbesitz. Betreten verboten. Was bedeutet... "

Sie ließ seine Stimme verhallen. Was machte es schon, wenn sie unbefugt irgendetwas betreten hatte? Sie war am Leben.

Er berührte ihre Schulter und sie summte. Angesichts dessen, was ihr gerade passiert war, hätte sie in Panik geraten müssen, wenn ein Fremder ihr so nahe kommt. Aber sie spürte nur Wärme und Hoffnung. Als ob ihre Mutter gekommen wäre, um sich um sie zu kümmern. Als ob alles in Ordnung sei.

Der Mann drehte sie sanft um und eine warme Hand berührte ihre schmerzende Stirn.

„Großer Gott, was ist passiert?"

Komisch, sie hatte dasselbe fragen wollen.

Sie neigte ihren Kopf nach hinten. Gott, er roch gut. Oder roch der ganze Strand nach Sandelholz und After Shave?

„Kannst du mich hören?", fragte er und kniete sich über sie.

Sie versuchte zu nicken, schaffte es aber nicht. Ihre Nervenenden schossen ins Leere und sie war müde. So, so müde.

„Tut das weh?", fragte er und berührte ihren Arm.

Das hatte es, bis er sie anfasste. Dann spürte sie plötzlich nur noch eine behagliche, alles umhüllende Wärme. Ein Gefühl der Sicherheit.

„Halte dich fest", flüsterte er und schob seine Hände unter ihren Körper.

Sie hielt den Atem an und fragte sich, ob ihr Albtraum nun noch schlimmer werden würde.

„Tu mir nicht weh", sagte sie und rollte sich zu einer Kugel zusammen.

„Ich werde dir nicht wehtun", flüsterte er.

„Versprich es mir", beharrte sie, obwohl ihre Stimme nur schwach war. Es war tatsächlich kindisch, denn er könnte sein Versprechen leicht brechen. Männer taten so etwas die ganze Zeit.

Er hielt eine gefühlt schrecklich lange Zeit inne und Panik machte sich wieder in ihr breit. Würde er ihr etwas tun? Sie vergewaltigen? Ihr gegen den Kopf schlagen?

„Ich verspreche, dass ich dir nicht wehtun werde." Seine Stimme unglaublich sanft und freundlich. „In Ordnung?"

„In Ordnung", murmelte sie wie ein schläfriges Kind – oder wie eine Frau, die kurz davor steht, ohnmächtig zu werden.

Ihre Sinne waren verschwommen gewesen, aber in dem Moment, als er sie an seine Brust zog, fühlte sie sich hellwach.

Sie sah auf und in seine Augen. Strahlende, indigoblaue Augen, die wie heiße Kohlen glühten und flackerten, umgeben von den rauen Zügen des attraktivsten Mannes der Welt. Was bedeuten musste, dass sie halluzinierte – aber egal, zu halluzinieren war besser als die hässliche Wahrheit. Vielleicht würde sie sich dem etwas länger hingeben. Sie könnte so tun, als wäre dies ihr Traummann, der zu ihrer Rettung eilte und nicht irgendein haariger, alter Einsiedler oder wer auch immer er war. Denn kein echter Mann hatte sie jemals mit solch sanften und besorgten Augen angesehen – zumindest keiner mit so vielen Muskeln.

„Halte dich fest. Alles wird gut."

Die Palmen wogten über ihnen, als er sie trug, und der Duft von Hibiskus mischte sich mit seinem eigenen erdigen Geruch. Grillen sangen im üppigen Laub und ein Vogel zwitscherte. Vielleicht war sie gestorben und in den Himmel gekommen. Dieser Mann war ein Engel, der sie zur Himmelspforte trug.

„Alles wird gut", wiederholte er und bedeckte sie mit etwas Weichem und Sauberen. Eine Decke? Nein, es war ein Strandtuch, das er im Laufen von einem Geländer gezogen hatte. Sie klammerte sich an eine Ecke des Stoffes. Gott, sie musste sich wirklich aus diesem Ungeborenen-Baby-Modus herausreißen, aber sie konnte die Energie dazu einfach nicht finden.

Sie starrte ihn an und konzentrierte sich auf seine Augen. Entweder hatte sich das Indigo zu einem Königsblau aufgehellt, oder sie bildete sich Dinge ein. Sein sandfarbenes Haar war gewellt und lockte sich bis knapp über seine Ohren. Während er lief, sah er prüfend zu ihr hinunter. Sie hätte sich unbehaglich fühlen sollen, einem völlig Fremden so nah zu sein, aber es fühlte sich einfach richtig an. So, so richtig.

Der Rhythmus seiner Schritte veränderte sich leicht; er lief bergauf. Das Geräusch der sich brechenden Wellen verblasste und wurde durch einen plätschernden Strom ersetzt. Der Duft von Ingwer hing in der Luft. Irgendwo vor ihm schien ein Licht.

„Fast da", murmelte er.

Fast wo? Sie klammerte sich stärker an seinem muskulösen Unterarm fest und blinzelte dem schwachen Lichtpunkt entgegen.

Der Wind trug ihnen ein Stimmengewirr entgegen und das Licht wurde heller, als er weiterlief.

Sie wünschte, ihre Beine würden ihrem Befehl, sich zu strecken und zu Boden zu rutschen, gehorchen. Aber sie taten es nicht. Er trug sie zu einer Gruppe von Menschen hinüber. Eine Gruppe von Männern, wie es sich anhörte, nicht weit von ihnen entfernt.

„Mach dir keine Sorgen", flüsterte ihr ihr Ritter ins Ohr.

Was sie genau eine Sekunde lang beruhigte – bis er in den Lichtschein trat.

„Oha", sagte ein anderer Mann.

Ein Stuhl kratzte über den Fliesenboden. „Heilige… ", rief ein anderer.

„Was zum Teufel?", knurrte ein dritter und Nina verkrampfte sich sofort. Sie war hier nicht willkommen. Gott, sie war der Gnade dieser Männer ausgeliefert. Sie könnten alles mit ihr tun…

„Ganz ruhig." Ihr Ritter neigte seine Arme, damit sie sich noch näher an seine Brust kuscheln konnte. Sie schloss die Augen und atmete ein, um sich von seinem frischen, nach salziger Luft duftendem Geruch beruhigen zu lassen.

Er beugte sich hinunter und legte sie sanft auf die bequemste Couch der Welt. Als er seine Arme unter ihr hervorzog, überkam sie eine Welle der Traurigkeit. Sie hatte sich noch nie einsamer und verletzlicher gefühlt. Aber dann streichelte er mit der Hand über ihre Wange und flüsterte, was ihre Nerven ein wenig beruhigte.

„Alles wird gut. Ich verspreche es dir." Sein Tonfall schien die Worte in Stein zu meißeln.

Sie schaffte ein schwaches Nicken, aber ihre Augen blieben weiterhin fest verschlossen. Sie hatte weder die Energie noch die Nerven, sie zu öffnen. Die Stimmen waren beängstigend genug.

„Was ist passiert?", wollte eine tiefe, grollende Stimme wissen.

„Nimm das Licht aus ihren Augen", bellte ihr Ritter mit plötzlich harscher Stimme.

„Was zum Teufel machst du denn, einfach einen Menschen hierher zu bringen?", fragte ein anderer.

Nina schüttelte leicht den Kopf. Hatte gerade jemand Mensch gesagt, oder war es das Klingeln in ihren Ohren?

„Großer Gott, Boone. Was ist denn hier los?"

Sie war erneut etwas weggetreten, aber bei der Erwähnung seines Namens wurde sie etwas munterer. Boone. Hieß ihr Retter Boone?

„Wir müssen Silas finden", sagte der mit der tiefen, grollenden Stimme.

„Nein, nicht!", bellte Boone.

Nina zuckte zusammen und wünschte sich fast, sie würde wieder ohnmächtig werden. War Silas ein böser Mann? Ein böser Mann wie die, denen sie früher an diesem Abend entkommen war?

Moment. Welchen Männern war sie entkommen? Sie schüttelte leicht den Kopf, aber die Erinnerungen verflüchtigen sich so schnell, wie sie ihr in den Kopf geschossen waren.

„Wir brauchen Silas nicht", sagte Boone.

„Was ist passiert?", fragte jemand und beugte sich vor.

Ihre Augen öffneten sich und sie blinzelte. Drei Männer, die alle über ihr schwebten, kamen in ihren Fokus. Große, stämmige Männer mit unergründlichen Gesichtern und suchenden Augen. Sie schreckte zurück und klammerte sich an das

Strandtuch, das ihren Körper bedeckte. Nachdem sie ihre Kleidung im Wasser abgeschüttelt hatte, trug sie lediglich ein Bikinioberteil und ein knappes Höschen. Ihre Haut juckte von dem darauf getrockneten Salz – und unter ihren prüfenden Blicken.

Sie befanden sich unter einer Art Überdachung mit offenen Seiten – eine große, offene Fläche, die wie ein Wohnzimmer eingerichtet war. Nun, mehr wie eine Junggesellenbude. Fast wie ein Klubhaus, mit niedrigen Sofas und einer Bar an der Seite, mit einem Dach aus Palmwedeln und weit offen für die frische Meeresbrise.

„Du bist jetzt in Sicherheit", murmelte der Mann, der ihr am nächsten war und sie riss ihren Blick zu ihm herum.

Dort war er. Boone. Ihr Retter, der tatsächlich kein haariger Einsiedler, aber auch kein Berggott war, wie sie es halb vermutet hatte, als er sie so mühelos getragen hatte. Er war ein athletischer Mann mit sandfarbenem Haar, der ihr den Atem raubte. Er zog die Augenbrauen hoch, als er sie ansah, und nickte, als würde er allem zustimmen, was sie zu sagen hatte. Seine Haut hatte eine gebräunte, kupferne Farbe und seine Augen...

In dem Augenblick, als er mit dem grenzenlosen Blau seiner Augen in ihre blickte, überschlug sich ihr Puls.

„Hey", flüsterte er. „Alles wird gut."

Sie fühlte sich besser dadurch, aber als die anderen beiden Männer anfingen, ihr Fragen zu stellen, schwankte sie wieder. Alles war wie im Nebel.

„Was ist passiert?"

Etwas Schlimmes. Etwas, an das sie sich lieber nicht erinnern wollte. Sie berührte ihren Kopf und zuckte sofort zusammen.

„Was machst du hier?"

Gott, sie wünschte, sie wüsste das.

Boone stieß einen großen dunkelhaarigen Mann mit der Schulter zur Seite, um sie vor den Angriffen zu schützen.

„Wie heißt du?", fragte er so leise und so sanft, dass sie am liebsten weinen wollte.

Und dann weinte sie wirklich, weil sie sich nicht mehr daran erinnern konnte. Der *Nina*-Teil kam automatisch heraus, aber danach hing sie fest. Nina… Nina wer? Sie durchsuchte ihre Erinnerungen und fand sie erschreckend leer, so wie das Negativ eines Fotos, das zu lange in der Sonne gelegen hatte.

„Wo ist deine Unterkunft?"

„Wen können wir anrufen?"

„Wie bist du hierhergekommen?"

Die Fragen schwirrten um sie wie ein Schwarm Hornissen und ganz egal, wie sehr sie es versuchte, sie konnte auf keine von ihnen eine Antwort finden. Je gründlicher sie ihre Gedanken durchsuchte, desto verzweifelter wurde sie. Wie eine Person, die das Allerwertvollste verloren hatte, das man sich vorstellen konnte, durchsuchte sie die Nischen ihres Geistes. Eine nach der anderen und dann alle noch einmal von vorn.

Ihr Mund öffnete und schloss sich wieder, aber es kamen noch immer keine Worte heraus. Auch keine Erinnerungen.

Ein Boot… Zwei Männer… Gebrüll…

Aber sie erinnerte sich nicht daran, in das Boot gestiegen zu sein. Sie erinnerte sich an nichts bis zu dem Moment, als sie über Bord geworfen worden war.

„Zwei Männer… Warfen mich… Ein Boot… ", murmelte sie, aber ihre Worte waren genauso unzusammenhängend wie ihre Gedanken.

„Welches Boot? Welche Männer?", verlangte jemand zu wissen.

Sie schlug ihre Hände über ihr Gesicht und rollte sich zur Seite, als sie versuchte, die Tränen zu verbergen. Sie wünschte sich, sie könnte in der Couch versinken – so als hätte sie noch immer ein Fünkchen Stolz zu beschützen.

„Lasst sie in Ruhe", bellte Boone und das Getöse hörte auf. Einfach so. Seine Stimme war so scharf, so befehlend, dass selbst sie zu ihm aufsah.

Die anderen Männer sahen ihn bei dem Befehl erschrocken an. Sie spürte, dass sie es nicht gewohnt waren, Befehle voneinander zu befolgen. Jeder einzelne von ihnen hätte eine Eliteeinheit des Militärs anführen können, wenn die harten Linien ihrer Gesichter und ihre einschüchternde Haltung etwas zu sagen hatten. Aber zumindest in diesem Moment war Boone ihnen allen überlegen.

„Lasst sie in Ruhe", murmelte er erneut. Er rückte das Handtuch auf ihrem Körper zurecht und tätschelte ihren Arm.

Alles wird gut, sagte diese Geste. *Ich schwöre, dass alles wieder gut wird.*

Sie schloss die Augen und konzentrierte sich auf seine Berührung – das Einzige, was sie davon abhielt, hier und jetzt den Verstand zu verlieren.

„Gib mir das Geschirrtuch", murmelte er. Einen Augenblick später wischte er ihr Gesicht mit einem feuchten Tuch ab. Langsam. Vorsichtig. Fast sogar zärtlich.

„Sie ist von einem Boot gefallen?", fragte einer der Männer mit gedämpfter Stimme. Die anderen sprachen ebenfalls leise.

„Sie wurde vom Boot gestoßen, so wie es sich anhört", korrigierte ihn ein anderer.

Sie wünschte sich, dass sie alle still sein würden, und dass sie so tun könnte, als wäre Boone der Einzige im Raum.

„Warum sollte sie jemand über Bord werfen?"

„Um sie zu töten."

„Warum? Was hat sie getan?"

Obwohl Nina nicht hinsah, spürte sie, wie sich die neugierigen Blicke in ihre Haut bohrten.

„Wieso kann sie sich an nichts erinnern?"

Innerlich schrie sie sich selbst an und fragte sich dasselbe.

„Schock. Angst. Ein Schlag auf den Kopf?" Jemand zählte eine ganze Reihe von Möglichkeiten auf. Und verdammt, jede einzelne davon war wahr.

„Also was willst du tun?", fragte einer von ihnen Boone.

Eine erdrückende Stille folgte und Nina hielt den Atem an. Unsicher strich er mit der Hand über ihre.

Hilf mir, wollte sie schreien. *Bitte hilf mir.*

„Sie sich ausruhen lassen", sagte er schließlich. „Vielleicht erinnert sie sich an etwas, wenn sie sich etwas ausgeruht hat."

Ruhe klang gut. Ihr Körper flehte danach und ihr Verstand klammerte sich ebenfalls an die Idee. Sie brauchte nur etwas Ruhe und alles würde ihr wieder einfallen, nicht wahr?

„Wir müssen es Silas erzählen", sagte jemand.

Ninas Körper spannte sich wieder an. Wer auch immer dieser Silas war, sie wusste bereits jetzt, dass sie sich von ihm fernhalten musste.

„Später", knurrte Boone. „Ich werde bald mit ihm sprechen. Aber zuerst muss ich mich um sie kümmern."

Sich kümmern konnte so viele Bedeutungen haben, aber sie konzentrierte sich auf die positiven. So wie die Vorstellung von Boone, der sie ins Bett brachte und versprach, dass alles wieder gut werden würde.

„Halt dich fest", murmelte er und hob sie erneut hoch.

Sie nuschelte einen halbherzigen Protest, schmolz jedoch sofort wieder in seinen Armen. Ihre Brust an seiner, ihre Arme um seinen Hals geschlungen. Alles fühlte sich so natürlich an, wie seine Arme um ihre Schultern und Knie passten.

„Du brauchst nur etwas Schlaf", versicherte er ihr, als er loslief. „Alles wird gut."

Er trug sie zurück in Richtung Strand und ehe sie sich versah, legte er sie in ein riesiges, gemütliches Bett. Sie schlüpfte hinein wie Goldlöckchen, die direkt auf das größte Bett zulief. Sie umklammerte ein Kissen und fragte sich, ob sie jemals einschlafen könnte.

Sein Gewicht drückte neben ihr auf die Matratze, als er sich setzte und über ihre Schulter strich.

„Alles wird gut", flüsterte er.

Ihre Augenlider wurden schwer. Ihr Körper seufzte regelrecht. Sie war von verloren und verängstigt zu sicher und völlig geborgen übergegangen. Einen Augenblick später fiel sie in einen glückselig traumlosen Schlaf.

Kapitel 3

Boone atmete tief durch und befahl sich, zurück in Richtung Tür zu gehen.

Nur noch eine Sekunde, hauchte sein innerer Wolf.

Er brauchte keine Sekunde. Er musste von hier verschwinden, bevor sein Wolf auf schlechte Ideen kam – so, wie sich die weichen Linien ihres Gesichts und die sanften Kurven ihres Körpers einzuprägen. So, wie sie aus nächster Nähe zu beschnuppern und ihren himmlischen Duft zu atmen. Den Duft, der ihn anschrie, *Gefährtin, Gefährtin!*

Er wich langsam zurück und schüttelte den Kopf. Vielleicht war er zu lange ohne die Gesellschaft einer Frau gewesen. Vielleicht war sein Wolf auch einfach nur völlig durchgeknallt. Auf gar keinen Fall konnte diese menschliche Frau seine Gefährtin sein.

Sie ist wunderschön, murmelte sein Wolf, als er sie im Schlaf beobachtete.

Er versuchte, seinen Blick von ihr loszureißen. Ja, sie war wunderschön, selbst in ihrem zerlumpten Zustand. Nicht Laufstegmodel-schön, sondern wahrhaft, Kleinstadtmädchen-von-nebenan-schön. Die Art, die kein Make-up oder teure Kleidung brauchte, um in einer Menge aufzufallen. Die Art, die von innen heraus strahlte.

Er trat auf seine mentale Bremse. In Ordnung, in Ordnung. Sie war also hübsch. Na und?

Sie schwebt in Gefahr. Sie braucht unsere Hilfe, beharrte sein Wolf.

Sein Herz schlug beim Gedanken an die Beule an ihrem Kopf noch schneller. Jemand hatte versucht, sie zu töten. Aber warum? Und wer?

Sein Wolf knurrte vor Zorn. *Jemand, den wir schon sehr bald finden und in Stücke reißen werden.*

Boone schüttelte den Kopf. Er wollte sich nicht einmischen. Er würde verdammt noch mal aus dieser Hütte verschwinden, bevor sie die Augen öffnete und ihn in dem Zustand sah, in dem er sich befand. Seine Augen glühten – er konnte die Hitze in ihnen spüren – und seine Reißzähne waren zum Ausfahren bereit. Sein innerer Wolf kam an die Oberfläche, wütend und erregt. Er war sich absolut sicher, dass diese Frau die Eine war.

Gefährtin. Sie ist meine vorbestimmte Gefährtin, sang sein Wolf immer und immer wieder.

Boone schüttelte verbittert den Kopf. *Das hast du über Tammy auch gesagt.*

Das hier ist anders, beharrte sein Wolf.

Es fühlte sich anders an. Sein Herz hatte noch nie so hart oder schnell getrommelt und sein Magen war voller Schmetterlinge. Tammy hatte ihn zum Lachen gebracht – und zum Weinen – aber die Reaktion war nie so intuitiv und intensiv gewesen.

Dieses Mal bin ich mir sicher, sagte sein Wolf.

Er schnaubte. *Das nehme ich als Beweis dafür, wie falsch du liegst.*

Damals war sich sein Wolf auch sicher gewesen, was Tammy betraf. Seine menschliche Seite auch. Er hatte noch nie jemanden getroffen, der ihn zu solcher Leidenschaft getrieben hatte – und zu solchem Schmerz.

Ich liebe dich auch, Boone. Ich werde auf dich warten, solange es nötig ist, hatte Tammy gesagt. Und doch hatte sie jedes ihrer innigsten Versprechen gebrochen, die sie ihm bei seinem Aufbruch gegeben hatte.

Boone biss die Zähne zusammen. Tammy hatte ihm das Herz gebrochen – oder besser gesagt, es wie mit einer Abrissbirne völlig zertrümmert. Was bedeutete, dass die ganze Vorstellung von vorbestimmten Gefährten unsinnig war. Die Alten glaubten immer noch an die Legenden, aber kein Werwolf, der etwas auf sich hielt, glaubte mehr an das Schicksal. Heutzutage nicht mehr.

Er hatte diese Lektion auf die harte Tour gelernt und würde sein Herz – und seinen Kopf – nicht wieder verlieren.

Aber, verdammt. Diese mysteriöse Frau sprach zu seiner Seele und er hatte sie soeben in sein Bett gelegt. Schlimmer noch, er hatte ihr versprochen, dass alles wieder gut werden würde. Vor Jahren bereits hatte er geschworen, niemandem je irgendetwas zu versprechen. Mit der Ausnahme seinen Waffenbrüdern vielleicht zu versprechen, ihnen Rückendeckung zu geben, so wie sie es für ihn taten. Wie zum Teufel sollte er sicherstellen, dass es ihr gut ging, ohne sich einzumischen?

Er blickte noch einmal zurück – dummer Fehler, denn eine Strähne ihres braunen Haares war verrutscht und er sehnte sich danach, sie ihr aus dem Gesicht zu streichen. Dann schleppte er sich im Eiltempo zur Hintertür hinaus. Er schloss die Tür hinter sich und lehnte sich dagegen, als befände sich ein Wolf im Haus, der versuchte, auszubrechen – anstatt eines Wolfes in seinem Inneren, der darum bettelte, wieder hineinzueilen. Als er nach oben blickte, entdeckte er die geschwungene Linie einer Sternenkonstellation. Skorpion. Wenn das kein Zeichen war, vorsichtig zu sein, was wäre es dann?

Vergiss den Skorpion. Die alten Hawaiianer nannten es den Haken von Maui, wütete sein Wolf. *Der Haken, den Gott benutzt hat, um diese Inseln aus dem Meer zu ziehen.*

Ja, nun. Er würde sich trotzdem für Ärger bereitmachen. Jetzt, da er ihr ein Versprechen gegeben hatte, würde er es halten müssen. Er warf einen Blick über seine Schulter auf seinen eigenen verwitterten Bungalow. Einen Moment später zuckte er zusammen. Hier war er nun, ein erwachsener Mann, der immer noch in etwas lebte, was als nichts mehr als eine Hütte am Strand bezeichnet werden konnte. Er hatte kaum einen dreistelligen Betrag auf seinem Bankkonto. Selbst wenn diese wunderschöne Fremde seine Gefährtin war... Was hätte er ihr denn zu bieten, abgesehen von ein paar Surfbrettern und den verbeulten Schätzen, die er am Strand gefunden hatte?

Wir haben die beste Aussicht auf Maui, erwähnte sein Wolf.

Boone seufzte und beobachtete, wie das Mondlicht über dem Meer tanzte. Großartig. Er hatte eine Aussicht und nicht viel mehr für drei Jahrzehnte seiner Existenz vorzuzeigen, abgesehen von einer Menge Narben – innerlich und äußerlich.

„Hey", rief eine tiefe Stimme.

Boone wirbelte herum und entspannte sich dann. Es war Hunter, der einzige Bär in ihrer Gruppe von Gestaltwandler-Soldaten, die ihr Bestes taten, um ein ruhiges, ehrliches Leben an Maui's ungezähmter Nordwestküste zu führen.

„Geht es ihr gut?", fragte der Grizzlybär und nickte mit dem Kopf in Richtung des Bungalows.

Boone nickte. „Für den Moment schon, nehme ich an."

Hunter neigte den Kopf, hielt eine Ewigkeit inne – Bären brauchten einfach ewig, um ihre Gedanken in Worte zu fassen – und sagte schließlich: „Und was ist mit dir?"

Nichts. Warum sollte es mir nicht gut gehen, lag es Boone auf der Zunge. Aber verdammt, sein Puls raste immer noch und seine Haut kribbelte von der Berührung dieser Frau.

Nina. Ihr Name ist Nina, sagte sein Wolf.

Er wollte sich die Ohren mit den Händen zu halten, aber was sollte das bringen? Sein Wolf war hin und weg. Er musste sich auf seine rationalere menschliche Hälfte verlassen, wenn er der unerklärlichen Anziehungskraft dieser Frau in seinem Bett widerstehen wollte.

„Es geht mir gut. Perfekt."

Hunter ließ es ihm durchgehen. „Silas ist zurück. Du musst es ihm sagen, weißt du."

Für einen Moment stand Boone völlig still, bis er sich sagte, er solle sich entspannen. In Ordnung, Silas war also von der Abendveranstaltung zurückgekehrt, die er besucht hatte. Kein Problem, richtig?

Er holte dennoch tief Luft, bevor er zu dem wie ein Adlernest in den Hügel gebauten Wohnsitz hinaufblickte. Sie waren hier alle gleichgestellt – er und die anderen Gestaltwandler, die sich am Koa Point niedergelassen hatten. Er war der einzige Wolf; Hunter der einzige Bär; und Cruz der einzige Tiger, in einem zusammengewürfelten Haufen, der durch eine Menge Blut, Schweiß und Tränen zu einer Elite-Militäreinheit zusammengeschweißt worden war. Trotz ihrer Unterschiede hatten sie sich durch viele Feuerproben zu einer Bande von Brüdern zusammengeschlossen. Jeder Mann hatte seine Stärken, und ein paar sorgfältig verborgene Schwächen, und niemand stand über den anderen.

Außer Silas, der Drachenwandler, dem er sich jetzt stellen musste. Silas war der Anführer ihrer streng geheimen Spezialeinheit gewesen und unter ihm war eine Bande hartnäckiger Individuen zum perfekten Team geworden. Sie alle hatten sich dem Dienst an ihrem Land in verdeckten Überseeoperationen verschrieben. Jetzt, da sie wieder Zivilisten waren, war Silas niemandes Vorgesetzter – zumindest technisch gesehen. Aber alte Gewohnheiten waren schwer abzulegen und alle behandelten den Drachen immer noch wie den Boss. Es war Silas gewesen, der die Männer wieder zusammengebracht hatte – ein paar Monate nachdem sie das Militär verlassen hatten und getrennte Wege gegangen waren. Monate, in denen jeder einzelne von ihnen um Orientierung gerungen hatte, bis Silas sie in dieses idyllische hawaiianische Versteck einlud.

Hier ist der Plan, hatte Silas gesagt. *Ich habe einen Hausverwaltervertrag für ein unglaubliches Anwesen für uns abgeschlossen. Wir werden eine exklusive Privatdetektiv-Leibwächter-Agentur bilden. Wir suchen und wählen die Fälle selbst aus, die wir übernehmen wollen. Wir werden gutes Geld verdienen. Das gute Leben genießen. Vielleicht sogar von Zeit zu Zeit einen Sonnenuntergang genießen – oder was auch immer es ist, was Zivilisten so tun.*

Sie alle hatten darüber gelacht, obwohl es genau der Knackpunkt des Problems bei ihrem Übergang ins Zivilleben gewesen war. Was genau sollten sie als Nächstes tun? Nur wenige von ihnen hatten Familien oder Rudel, zu denen sie zurückkehren konnten. Und keiner von ihnen hatte wirklich einen Plan gehabt, der darüber hinausging, sich aus Kriegen zurückzuziehen, die viel zu viele unschuldige Leben gekostet hatten.

Silas hatte von Anfang an den Plan, die Verbindungen und die Kunden gehabt, und sie alle hatten eingewilligt. Ihre Arbeit lieferte ihnen gerade genug des Nervenkitzels, den sie alle vermissten. Im Großen und Ganzen war das Leben jedoch einfach – vielleicht zu einfach, dachte Boone. Jeder von ihnen hatte seinen eigenen Freiraum, während sie nach wie vor einander hatten. Eine Gruppe von Brüdern, die einander besser verstanden, als es ein Außenstehender je könnte.

Seine Gedanken sprangen zu Nina und sein Wolf stieß ein unheilvolles Heulen aus. Nina war ebenfalls eine Außenstehende.

Er schüttelte den Kopf und wandte sich an Hunter. „Hast du heute Abend etwas vor?"

Hunter zuckte mit den Schultern. Wie alle Bären sprach dieser große Kerl genauso viel mit Gesten wie mit Worten.

„Behalte meinen Bungalow im Auge, ja?", sagte Boone.

Zum Glück für ihn war es Hunter und keiner der anderen Jungs. Die hätten alle darüber spekuliert, warum Boone so besorgt um eine Frau war, die er kaum kannte.

Weil sie meine Gefährtin sein könnte, deshalb. Der Gedanke schoss ihm durch den Kopf. Gut, dass er ihn nicht laut ausgesprochen hatte.

Hunter nickte und ließ Boone keine andere Wahl, als sich zu Silas' Haus zu begeben. Das Koa Point Anwesen erstreckte sich von dem Privatstrand, an dem er Nina gefunden hatte, stetig bergauf, vorbei am Gemeinschaftshaus bis hin zu einer felsigen Klippe einen halben Kilometer landeinwärts. Zuvor hatte er den steilen Anstieg kaum bemerkt, selbst mit Nina in seinen Armen. Aber jetzt waren seine Schritte schwerfällig und träge. Der kleine Bach neben dem Fußweg sprudelte so fröhlich wie immer, als ob nichts auf der Welt nicht in Ordnung wäre. Der Hang wurde steiler und der Weg wandelte sich zu einer Reihe von Steinstufen, die ihn hinauf zu der Felskluft führten. Sein innerer Wolf rührte sich und verlangte nach etwas Kletter- und Spielzeit. In seiner Freizeit liebte er es, über diese Felsen zu springen.

Jetzt nicht, Kumpel, flüsterte er seinem inneren Biest zu. *Jetzt nicht.*

Neben den Stufen befanden sich Akzentlichter, die den Weg beleuchteten, der weiter zum Haus des Besitzers des Anwesens hinaufführte. Ein Mensch hätte dem markanten Bauwerk vielleicht den Spitznamen *Das Adlernest* oder *Der Aussichtspunkt* gegeben, aber Boone wusste, was es wirklich war. Die Höhle eines Drachen. Und obwohl er und die anderen Silas mit ihrem

Leben vertrauten, drückte Boone jedes Mal seine Schultern durch und holte tief Luft, wann immer er Silas' Territorium betrat. Der ganze Ort schrie regelrecht nach Macht und Autorität, mit der sich selbst ein Werwolf nicht anlegen wollte. Verdammt gut, dass Silas auf seiner Seite war.

Boone betrat die unterste Terrasse des weitläufigen, mehrstöckigen Gebäudes und räusperte sich.

Eine finstere, grüblerische Gestalt stand am Rand der Terrasse und blickte aufs Meer hinaus. Selbst wenn Silas in menschlicher Gestalt einen maßgeschneiderten Anzug trug, brauchte es nicht viel, um sich einen Drachen vorzustellen, der Feuer spie und mit seinen riesigen, ledrigen Flügeln schlug. Oder er würde sich umdrehen und Boone in Flammen setzen, wenn er die Neuigkeiten hörte.

„Was ist das für eine Geschichte über eine Frau?", fragte Silas, ohne sich umzudrehen. Seine Stimme war tief und ruhig. Unmöglich zu lesen, wie immer.

Boone verlagerte sein Gewicht von einem Fuß zum anderen. „Sie wurde am Strand angespült, kaum bei Bewusstsein. Sie sagt, jemand hätte versucht, sie zu töten, indem er sie von einem Boot stieß."

Als Silas sich umdrehte, warf das Licht der Terrasse seine Gesichtszüge in ein scharfes Profil. Selbst mit geöffneter Fliege sah er wachsam und völlig aufmerksam aus. „Jemand hat versucht, sie zu töten", wiederholte er in monotonem Ton.

Ja, es klang tatsächlich verrückt. Aber Boone hatte die Angst in Ninas Augen und die Beule an ihrem Kopf gesehen. „Sie sah jedenfalls halb tot aus, soviel steht fest."

Silas musterte ihn so intensiv, dass Boone sich zusammenreißen musste, nicht zu zappeln.

„Wer ist sie?", fragte Silas schließlich.

Boone biss sich auf die Lippe. *Sie kann sich nicht erinnern,* klang ziemlich lahm, aber es war die Wahrheit. Er hatte die Leere in ihrem Gesicht gesehen, als sie in ihren Erinnerungen suchte. Und er hatte gesehen, wie sich ihre Augen mit Tränen füllten, als sie merkte, dass sie es nicht wusste.

„Sie erinnert sich nur an ihren Vornamen. Nina."

Sein Wolf schnurrte und wiederholte ihren Namen. *Nina. Nina.*

Silas zog eine Augenbraue hoch. „Sie erinnert sich nicht?"

Gott, wie sehr er es hasste, wenn Silas ihm seine eigenen Worte entgegenschleuderte. Er zuckte mit den Schultern. „Ich glaube ihr."

Silas sah finster aus. „Sie könnte es nur behaupten."

„Warum sollte sie sich so etwas ausdenken?"

„Man kann nie wissen", sagte Silas mit einem Anflug von Bitterkeit in der Stimme.

Boone kommentierte es nicht. Sie waren in der Vergangenheit beide betrogen worden, aber im Gegensatz zu Silas hegte er keinen Groll gegen alle Frauen auf Erden. Trotzdem hielt er seinen Mund.

„Wo ist sie jetzt?", fragte Silas nach einer langen Pause.

„Sie schläft."

„Wo?", knurrte Silas.

Boone stellte verdammt sicher, seine Stimme ruhig zu halten, als er antwortete. „In meiner Hütte."

Heil und unversehrt in meinem Bett, summte sein innerer Wolf.

Silas' dünne geschwungenen Augenbrauen schnellten in die Höhe und er sah extrem finster aus.

Boone sträubte sich und blieb standhaft. Damals, als Silas Boone und die anderen eingeladen hatte, sich seiner schrägen Privatdetektiv-Leibwächter-Crew auf Hawaii anzuschließen, hatten sie alle einer Keine-Menschen-Regel zugestimmt und festgelegt, dass sie sich mit Frauen anderswo vergnügen würden.

Es ist nicht, wie es aussieht, wollte er Silas versichern, aber er biss sich auf die Zunge, weil die Worte den bitteren Beigeschmack einer Lüge tragen würden.

Es könnte so sein, knurrte sein Wolf. *Ich will es.*

Boone ballte seine Fäuste so fest, dass sich seine Nägel in seine Handflächen gruben. *Es ist definitiv nicht so.*

Silas schüttelte den Kopf. „Sie kann nicht hierbleiben. Keine Menschen. Wir waren uns einig. Du hast zugestimmt."

Das war, bevor ich Nina traf, wollte Boone sagen.

„In welchen Schwierigkeiten sie auch immer steckt, wir müssen uns raushalten", murmelte Silas.

Boone hatte sich bereits gedacht, dass Silas das sagen würde. Für wohlhabende Kunden zu arbeiten war eine Sache. Aber sich persönlich auf Außenstehende einzulassen war tabu, so wie es für alle Gestaltwandler tabu war. Je weniger sie sich mit Menschen umgaben, desto besser für alle Beteiligten. Als Gestaltwandler mussten sie das Geheimnis ihrer Existenz schützen.

„Willst du damit sagen, dass ich sie hätte rauswerfen sollen?", schoss Boone zurück.

Für einen kurzen Augenblick sagte Silas' Ausdruck: *Warum nicht?* Aber Silas hatte ein gutes Herz – er war nur ein wenig abgestumpft. Er zog ein Gesicht und fuchtelte ungeduldig mit der Hand in der Luft.

„Bring sie morgen früh zur Polizei. Die sollen sich darum kümmern."

Alarmglocken begannen wie wild in Boones Kopf zu läuten und sein Wolf bäumte sich auf.

Sie schwebt in Gefahr. Wir können niemandem trauen. Sein Wolf schüttelte den Kopf. *Noch nicht einmal der Polizei.*

Es war eine Ahnung, für die er keine rationale Erklärung hatte. Zum Teufel, er hatte keine rationale Erklärung für die heftige Welle der Beschützerinstinkte, die ihn jedes Mal überkam, wenn er an Nina dachte.

Warum können wir reiche Klienten schützen, aber Nina nicht? jammerte sein Wolf weiter.

Er zwang sich, ruhig zu bleiben und bis fünf zu zählen. Klienten waren Klienten. Sie kamen und gingen.

Wir können Nina nicht gehen lassen! heulte sein Wolf.

Er schüttelte den Kopf. Man konnte mit seinem Wolf nicht reden – oder mit Silas.

„Ich nehme morgen einen frühen Flug, also musst du dich selbst darum kümmern", fuhr Silas fort.

Boones Wolf summte. *Ich werde mich gut um sie kümmern.*

Aber der Teil mit dem Flug? Seine Verwirrung musste sich auf seinem Gesicht gezeigt haben, denn Silas warf ihm einen harschen Blick zu. „Nach Phoenix. Erinnerst du dich?"

Boone fing sich schnell wieder. Wenn seine Gedanken nicht gerade von Nina besessen waren, ja, dann konnte er sich erinnern. Silas würde nach Arizona fliegen, wo er sich mit Kai und Tessa treffen würde. Kai, ein Drache, war das fünfte Mitglied ihrer Gruppe von Gestaltwandlern, und Tessa war Kais Gefährtin. Gemeinsam mit Silas hofften sie, den Schatz aufzuspüren, der Jahre zuvor von ihrem Erzfeind Damien Morgan gestohlen worden war. Sie wollten außerdem Morgans Verbindungen zu Drax, einem mächtigen Drachenlord, untersuchen. Boone hatte die Mission unbedingt selbst begleiten wollen – bis jetzt.

„Vielleicht wird Nina ja aufwachen und sich an alles erinnern", versuchte es Boone erneut.

„Vielleicht. So oder so, lass es die Polizei regeln. Gleich morgen früh."

Silas' Worte waren ein endgültiges Urteil, der richterliche Hammerschlag in Ninas Fall – und seine Entlassung. Boone wandte sich der Treppe zu und folgte dem Hinweis.

„Und Boone?" Beim warnenden Ton in Silas' Stimme hielt er inne.

Er drehte sich langsam um. „Ja?"

„Vergiss nicht, dass wir uns nicht einmischen."

Er zuckte nickend mit dem Kopf. *Sicher. Nicht einmischen.*

Aber die Worte klangen leer, selbst in seinem Kopf.

Kapitel 4

Zu Beginn war Nina in einen tiefen, festen, traumlosen Schlaf gefallen. Doch dann folgte eine unruhige Phase, in der die Albträume am Rande ihres Bewusstseins kratzten. Bilder blitzten in ihren Gedanken auf – das Gesicht eines Mannes, verzogen von einem finsteren Blick. Eine lange, von Palmen gesäumte Einfahrt. Der Anblick einer tropischen Küste, die sich immer weiter entfernte, während die Panik in ihr aufstieg. Dann strampelte sie im Meer und versuchte verzweifelt, nach irgendetwas zu greifen, um sich zu retten. Ein Ruder schlug auf dem Wasser neben ihrem Ohr auf.

„Nein!", schrie sie, setzte sich erschrocken auf und versank wieder im Bett.

Es dauerte eine Minute unter schwerem Keuchen, bis ihr klar wurde, dass es nur ein Albtraum gewesen war. Sie wurde nicht zum zweiten Mal angegriffen; sie erinnerte sich nur daran.

Sie saß ganz still und lauschte den Klängen der Nacht. Beruhigende Naturgeräusche wie das Zirpen von Insekten, raschelnde Büsche und Wellen, die sich am Strand brachen. Klänge, die ihr sagten: *Alles ist in Ordnung. Schlafe wieder ein.*

Langsam ließ sie sich zurück ins Kissen sinken. Ihre Schulter schmerzte und sie spürte den Puls in ihrem Ohr. Obwohl ihre Augen fest geschlossen waren, liefen Tränen an den Seiten heraus, und sie klammerte sich am Stoff unter ihren Händen fest.

„Hilfe", flüsterte sie.

Es machte keinen Sinn, um Hilfe zu rufen, aber sie konnte dem Drang trotzdem nicht widerstehen. Sie hatte sich noch nie so elend und allein gefühlt.

„Irgendjemand", krächzte sie und wünschte sich, sie könnte wieder ein Kind sein. Ihre Mutter wäre im Zimmer nebenan und würde jeden Augenblick zu ihr gerannt kommen.

Aber dort war niemand. Nichts als das Rauschen des Meeres und ihr eigenes heftiges Schluchzen. Ein Schluchzen, in dem ihr Schrecken und die tiefe Trauer widerhallte, die ihre Seele schon vor langer Zeit ergriffen hatte. Ihre Mutter war tot. Verschwunden. Auch ohne eine klare Erinnerung an das Ereignis wusste Nina dies.

Reiß dich zusammen, sagte sie sich selbst immer wieder. Aber sie schaffte es gerade nicht. Die Nächte waren gut zum Weinen, weil niemand sonst es sehen konnte. Die Nächte waren dazu da, sich zusammenzurollen und alles rauszulassen – die Einsamkeit, die Furcht und die Ängste. Damit sie am nächsten Tag in der Lage wäre, erneut zu lächeln und die Energie aufzubringen, sich der Welt zu stellen.

Alles wird wieder gut, sagte sie zu sich selbst und streichelte ihren eigenen Arm. Sie konnte sich einen kleinen Zusammenbruch leisten, nachdem sie fast getötet worden war, oder nicht?

Ja, das durfte sie. Und wenn es wieder Tag wurde, würde sie zu ihrem gewohnten Selbst zurückkehren. Positiv. Aufgeschlossen. Fröhlich.

Aber jetzt in diesem Moment. . . überwältigten sie die Emotionen. Sie spürte ein unbändiges Gefühl der Traurigkeit. Den Hauch eines schrecklichen Verrats. Eine tiefverwurzelte Entschlossenheit, sich nicht vom Leben unterkriegen zu lassen. Sie schniefte ins Kissen, weil sie wusste, dass sie nicht im Selbstmitleid schwelgen sollte.

Glück ist ein Rezept, das man mit allen Zutaten, die das Leben zu bieten hat, selbst kreiert. Das hatte ihre Mutter immer gesagt. Aber verdammt – dieses Rezept war im Dunkeln schwer zu lesen.

Die Vorhänge flatterten in der nächtlichen Brise. Ihre Augen öffneten und schlossen sich - zu müde, um sie offenzuhalten, und doch zu rastlos, um zu schlafen. Bevor sich ihre Augenlider wieder schlossen, erhaschte sie einen Blick auf das Mondlicht, das über dem Meer glitzerte. Das konnte nicht real sein. Diese

Kulisse erschien ihr zu warm, zu friedlich. Zu sehr *tropisches Paradies*, um real zu sein.

Sie driftete wieder weg, ängstlich, dass der Albtraum zurückkehren würde. Und als sie Schritte die Stufen der Veranda hinaufsteigen hörte, schlug ihr das Herz bis zum Hals, noch bevor sie überhaupt hingesehen hatte.

Die Silhouette eines Hundes stand in der Tür und spähte hinein. Er winselte und wedelte mit dem Schwanz.

„Gutes Hündchen", flüsterte Nina und entspannte sich wieder.

Hunde waren so. Sie konnten deinen Schmerz spüren. Sie hatte nie selbst ein Haustier gehabt, aber ihre Nachbarn hatten einen großen, pelzigen Schäferhund besessen. Nina hatte ihr Gesicht immer in sein Fell gekuschelt, wenn sie sich niedergeschlagen fühlte. Und verdammt, wenn sie die Energie gehabt hätte, sich aus dem Bett zu schleifen, hätte sie den großen Hund auf der Veranda am liebsten umarmt. Er sah wild und doch freundlich aus. Ein Freund, kein Feind.

Das Tier lief auf der Veranda auf und ab und spitzte seine Ohren hierhin und dorthin. Mann, es war riesig. Sie fühlte sich jedoch besser dadurch, denn nichts würde an diesem Biest vorbeikommen. Sie konnte es am Zucken der Nase des Hundes erkennen und daran, dass sein Schwanz aufgerichtet war. Sie war in Sicherheit und sie war nicht allein. Nicht mit diesem Hund, der reglos wie eine Statue dort stand. Ein Wächter. Ihr eigener privater Wachposten.

Ihre Augenlider senkten sich erneut und sie ließ es zu. Der Hund – imaginär oder real – sollte die letzten ihrer Albträume verjagen. Sie zog die Decke über ihren Kopf und rollte sich auf die Seite.

Alles wird wieder gut. Alles wird wieder gut.

∞∞∞∞

Als Nina das nächste Mal aufwachte, wärmte das morgendliche Sonnenlicht ihren Rücken. Ein Vogel sang in nicht allzu weiter Ferne. Wellen brausten, als sie sich am Strand brachen, und Kieselsteine prasselten auf ihrem Weg zurück ins Meer.

Blätter tanzten vor den Fenstern und der Duft des Hibiskus war allgegenwärtig.

Sie musste träumen, denn die Realität kam nie an eine solche Art von Frieden heran. Die Realität waren klingelnde Wecker, erdrückende Schulden und überfüllte Straßen. Die Realität war der Schmerz, den man verspürte, wenn man jemand Geliebtes verloren hatte, und die Erschöpfung nach zu vielen Stunden auf den Beinen. Die Einsamkeit, wenn man tagein und tagaus allein aufwachte.

Der Trick im Leben besteht darin, aus dem, was man hat, das Beste zu machen. Selbst Millionäre haben Probleme, weißt du.

Nina lächelte in die Laken, als die Stimme ihrer Mutter durch ihren Kopf hallte. Ihre Mutter hatte natürlich recht. Es gab Schönheit in alltäglichen Dingen, wie beispielsweise ein Lächeln zu teilen, sei es auch nur mit einem Fremden. Es war auch Schönheit, zu einem neuen Tag zu erwachen und seiner Routine nachzugehen.

Nina kniff ihre Augen zu und war entschlossen, so lang wie möglich in ihrem Traum zu verweilen. Aber selbst als ihre Sinne einer nach dem anderen wieder erwachten, blieb das verträumte Gefühl bestehen. Der Duft von Kokosnussöl und salziger Luft kitzelte noch immer ihre Nase. Der Ozean rauschte noch immer, nicht weit von ihrem Schlafplatz entfernt. Die milde Luft beruhigte ihre Haut und Lichtstrahlen streichelten ihren Rücken, sodass sie sich wie eine Katze fühlte, die sich für ein Schläfchen auf dem Fensterbrett zusammengerollt hatte.

Sie öffnete langsam ein Auge, dann das andere und blinzelte ein paarmal aus Angst vor dem, was passieren würde, wenn sie sich bewegte. Würde das Hämmern in ihrem Kopf zurückkehren? Würde ihr wieder übel werden? Langsam konzentrierte sie sich auf den Nachttisch. Es gab dort keine Uhr – nur ein Muschelhorn, das größer war als ihr Fuß. Sie sah sich um. Wo war sie?

Vorhänge flatterten träge in den weit geöffneten Fenstern und Türen. Der leichte Stoff wogte in der Meeresbrise. Farbige Flaschen standen entlang der Querbalken an den rustikalen Wänden des Häuschens und reflektierten das Licht in kleinen Strahlen von Grün, Braun und Rot. Es gab auch Steine und noch mehr Muscheln – es sah wie die Schatzkammer eines Strandräubers aus. Der Kalender an der Wand war an den Rändern ausgefranst und – sie blinzelte – zwei Jahre alt. Wer auch immer in dieser Hütte wohnte, behielt ihn wohl eher für die in die Mitte gedruckte detaillierte Karte, als um die Monate damit zu verfolgen. Der ganze Bungalow schien so zu sein – ein heiterer, sonniger Ort, der jegliches Zeitempfinden verjagte. Sie hatte keine Ahnung, wie lange sie geschlafen hatte oder wie sie dorthin gelangt war.

Dann setzten sich die Zahnräder in ihrem Kopf in Bewegung und alles kam zu ihr zurück. Der gut aussehende Fremde, der sie getragen hatte. Die tiefe, sanfte Stimme, die ihr eine gute Nacht gewünscht hatte. Die starken Arme, in denen sie sich nach dem Albtraum, den sie erlebt hatte, unglaublich sicher gefühlt hatte.

Erschrocken setzte sie sich auf und klammerte sich an der Bettdecke fest. „Oh Gott."

Jemand hatte versucht, sie dort draußen auf dem offenen Meer zu töten. Sie berührte ihren Kopf und fand die Beule. Es war ihr gelungen, ans Ufer zu schwimmen, wo sie im seichten Wasser hätte ertrinken können, wäre ihr Ritter in glänzender Rüstung nicht aufgetaucht.

Boone. Das war sein Name. Daran erinnerte sie sich klar und deutlich. Er war Boone und sie war...

Sie klammerte sich fester ans Laken, denn außer *Nina* viel ihr nichts ein. Sie zog ihre Knie hoch und schlang ihre Arme darum, während sie sich leise wiegte. Jegliches Gefühl des Friedens war verschwunden und wurde durch ein Gefühl der Angst ersetzt. Bilder von ihrem Zuhause – ihrem wahren Zuhause – schossen ihr in einem verschwommenen Rausch durch den Kopf. Es war überhaupt nicht wie hier. Zum einen war es kalt. Winterlich kalt, mit Schnee, der geschaufelt werden musste, und Glatteis auf dem langen Weg zur Bushaltestelle, wenn sie zur Arbeit fuhr.

Arbeit. Oh Gott. Sie musste unglaublich spät dran sein, obwohl sie sich nicht erinnern konnte, wo sie arbeitete oder was sie dort tat. Sie erinnerte sich nur an einen großen, fröhlichen

Mann und an das Klingeln einer Glocke über einer Tür. Wo auch immer ihr Zuhause war, es musste kilometerweit weg sein.

Sie stand schnell auf und ignorierte die Schmerzen, die in ihrem Körper brannten. Sie lief zur Karte an der Wand. Eine überwiegend grüne Karte mit einem blauen Rand und einer zweigeteilten Insel, die mit fröhlichen, karikaturartigen Buchstaben beschriftet war. *Maui.*

Sie spähte hinaus und sah das silberblaue, von Palmen gerahmte Meer. Wie um alles in der Welt war sie nach Maui gekommen? Trotz der riesigen Lücken in ihrem Gedächtnis war sie sich einer Sache sicher. Menschen wie sie fuhren nicht nach Hawaii, denn Hawaii war sehr weit weg und wirklich teuer. Sie könnte genauso gut in einem Kasino in Monte Carlo oder in einem exklusiven Resort auf Bali sein.

Aber, heiliger Strohsack. Sie war tatsächlich auf Hawaii. Entweder das, oder ihr Verstand war völlig durcheinander.

Sie stützte sich gegen einen der Balken an den Wänden, griff nach einem Stück roten Meerglas und hielt es gegen die Sonne. Sie glaubte, es wäre besser, sich auf etwas Kleines zu konzentrieren. Farbe strömte hindurch und erinnerte sie an das Leben. An Blut. An Feuer. Das Glas war so rot wie ein Rubin und obwohl rot die Farbe der Gefahr war, hatte sie einen beruhigenden Effekt auf ihre Seele.

„Wie geht es dir?"

Sie hätte jedes Recht gehabt, beim Klang der aus dem Nichts ertönenden Stimme aufzuschreien, aber sie tat es nicht. Diese Stimme ließ sie sicher fühlen. Beschützt. Sogar geliebt. Was nur bewies, wie schlimm der Schlag auf ihren Kopf gewesen sein musste.

Sie drehte sich um und nickte Boone zu, der in der Tür stand.

Die letzte Stunde ihres Schlafes war von Bildern eines Mannes gefüllt gewesen, der zu schön war, um wahr zu sein. Und doch stand er leibhaftig dort vor ihr. Seine Augen waren so blau wie der Himmel. Sein Lächeln war echt, die Stimme voller Sorge, genau wie in der Nacht zuvor, als er sie getragen hatte.

Ihr Blut rauschte durch ihre Adern. Ihr Herz klopfte schwer und ihre Stimme blieb in ihrem Hals stecken.

„Ähm... es geht mir gut", quietschte sie, während ihre Gedanken rasten.

Er neigte den Kopf. „Sagst du das nur oder fühlst du dich wirklich gut?"

Sie lachte. Ja, sie hatte viele Male in ihrem Leben bei der Antwort auf diese Frage geschwindelt. Selbst mit den Lücken in ihren Erinnerungen wusste sie das. Aber jetzt gerade meinte sie es ernst.

„Wirklich gut", murmelte sie und war sich plötzlich bewusst, wie wenig Kleidung sie trug und wie eng sie sich in der Nacht zuvor an seine Brust gekuschelt hatte.

Gänsehaut breitete sich auf ihren Armen aus und sie rieb darüber. Ihre Haut juckte. Ihr Bikini war steif und salzig, was praktisch war, um ihre Brustwarzen zu verbergen, die sich als Reaktion auf ihn steif aufstellten. Ihr Haar klebte wie getrockneter Seetang an ihrer Kopfhaut fest.

„Nun, ich könnte eine Dusche vertragen."

„Eine Dusche", wiederholte er und sah sie an. „Du bist unglaublich. Nach allem, was du durchgemacht hast ... "

Sie starrte ihn an. Sie war nicht unglaublich. Sie war nur ihr gewöhnliches Selbst.

Die Art, wie er den Kopf schüttelte, ließ sie wissen, dass sie alles andere als gewöhnlich war. Sie standen eine gute Minute lang dort und starrten sich gegenseitig an. Es war, als wäre die Zeit stehen geblieben. Das Rauschen der Wellen verblasste, genau wie das Rascheln der Blätter. Nina konnte nicht anders, als sich nach vorn zu beugen. Elektrizität zischte durch die Luft und unsichtbare Hitzewellen schwirrten zwischen ihrem und seinem Körper hin und her. War dieser Mann ein Magier? Konnte er einen Zauber bewirken und sie seinem Belieben nach anziehen?

Aber Boone beugte sich ebenfalls vor und hatte einen genauso verträumten Blick wie sie. Was auch immer diese Magie war, sie zog sie beide in ihren Bann, und umwob sie, mit einer kleinen Wolke von Wärme, Frieden und positiver Energie. Ihr Herzschlag wurde langsamer und eine Sehnsucht nach etwas, von dem sie nicht gewusst hatte, dass es ihr fehlte, verursachte ihr einen Kloß im Hals.

Dann schrie eine Möwe über ihr und *puff!* die Seifenblase zerplatzte.

„Oh!", rief Nina, als die Ereignisse der vergangenen Nacht zu ihr zurückkamen. „Du hast mich gerettet."

Er schüttelte den Kopf. „Du hast dich selbst gerettet. Ich habe dich nur abgetrocknet."

Nina schluckte. Sein Kommentar hatte keinerlei Hauch von Anzüglichkeit und doch raste ihr Puls bei diesem Gedanken.

Er fuhr sich mit einer Hand durch sein zerzaustes Haar und plötzlich war sie völlig beschämt. „Hast du mir dein Bett überlassen? Das tut mir so leid. Wo hast du denn letzte Nacht geschlafen?"

Er schaute zur Vordertür hinaus und streckte seine Nase in genau demselben Winkel in die Brise, wie der Hund in ihrem Traum es getan hatte.

„Alles gut. Mach dir keine Sorgen. Hast du gut geschlafen?"

Sie nickte mit schnellen, ruckartigen Bewegungen und dachte, dies sei besser als die Wahrheit. *Ja und nein. Ich hatte die seltsamsten Träume. Zuerst versuchte jemand mich erneut zu ertränken und dann hat mich ein riesiger Hund bewacht.*

„Hast du einen Hund?", fragte sie und schaute hinaus. Der Hund war ihr so real erschienen...

„Keinen Hund." Seine Lippen zuckten und sie war sich sicher, dass er etwas hinzufügen wollte, aber er tat es nicht. Schließlich räusperte er sich und wechselte das Thema. „Ich dachte, dass du vielleicht etwas zum Mittag essen möchtest..."

Nina öffnete den Mund. Mittagessen? Hatte sie wirklich so lange geschlafen?

Boone deutete über seine Schulter. „Aber du möchtest wahrscheinlich zuerst duschen."

Eine Dusche wäre der Himmel – oder dem Himmel so nah, wie sie ihm kurz zuvor in dieser Seifenblase gewesen war.

„Eine Dusche wäre schön." Sie sah sich um.

Der kleine Bungalow war ein großer, offener Raum mit einem winzigen Bad, aber ohne Küche und ohne Dusche. Boone deutete auf die doppelte Vordertür. Sie war weit geöffnet und ließ das Innere des Häuschens so frisch und luftig erscheinen wie den Strand. Sie trat hinaus auf die Veranda, die die Vorderseite umgab und musterte ihre Umgebung von der obersten der vier Stufen. Auf der Veranda hing eine gestreifte Hängematte und es gab eine antike Glasboje. Ein mit Steinen gepflasterter Weg führte zum Strand hinunter, der nur wenige Schritte entfernt war. Auf einem Bambusgestell an der linken Seite befanden sich ein paar Surfbretter und ein sonnengebleichtes Handtuch.

„Die Dusche ist gleich dort drüben. Ich habe dir ein frisches Handtuch mitgebracht", murmelte er und wirkte plötzlich wie ein kleiner Junge.

Sie nahm es und fragte sich, ob sie Röte in seinen Wangen aufsteigen sah. Gott, er war süß – süß wie *Dein-Körper-gehört-auf-ein-Poster* und so süß wie ein kleiner Welpe, obwohl sie nicht genau sagen konnte, wie diese zwei Dinge zusammenpassten.

Sie blickte in die Richtung, in die er zeigte. Auf der rechten Seite des Hauses befand sich eine Steinmauer, die von üppigen Pflanzen mit riesigen Blättern abgeschirmt wurde. Etwas Silbernes schimmerte dahinter hervor und sie trat näher. Wow. Es war tatsächlich eine Dusche. Eine wunderschöne Außendusche, die versprach, dass sich die Hälfte ihrer Sorgen allein durch ihr Eintreten in Luft auflösen würden.

Boone murmelte etwas über Privatsphäre und eilte zum Strand hinüber, wobei er ihr den Rücken zuwandte. Nina starrte ihm eine Sekunde lang nach und biss sich auf die Lippe. Dieser Mann war im Grunde ein Fremder. Würde sie ihm wirklich vertrauen, dass er sich nicht umdrehen würde?

Er stand dem Meer zugewandt und seine harten Schultern wirkten genau wie sein Gesicht in der Nacht zuvor: voll von Versprechen und Schutz. Keinerlei Geschwätz.

Nina biss sich auf die Lippe und sah ihn an. Nun, die Dusche war zur Hälfte von Laub verdeckt. Und wenn sie sich beeilte …

Sie drehte das Wasser auf und prüfte es mit einer Hand. Es war warm und weich – viel weicher als das Salzwasser, das ihre Haut verkrustet hatte. Sie zog am Knoten ihres Bikini-Oberteils, schlüpfte aus dem Unterteil und trat hinein. Der Duschkopf war riesig und erzeugte einen so breiten Wasserstrahl, dass es sich anfühlte, als stünde sie unter einem Wasserfall. Und wow, es fühlte sich gut an – sogar noch besser, als in Boones riesigem, gemütlichen Bett zu schlafen. Die leichte Berührung ihrer Hände auf ihrem Körper war wohltuend. Der schmutzige Teil ihrer Gedanken hatte allerdings alle möglichen unangebrachten Ideen. Zum Beispiel, Boone zu bitten, ihr den Rücken zu waschen. Und die Vorderseite auch.

Er könnte alles mit mir machen, sagte ihre innere Verführerin.

In der Ferne kickte Boone gegen den Sand und räusperte sich. Nina atmete durch und spritzte mit Wasser herum, während sie versuchte, die versauten Gedanken gegen unschuldigere Themen zu tauschen. Zum Beispiel wie viel Glück sie hatte, überhaupt am Leben zu sein. Boone hatte nichts gesagt, aber die Beule an ihrem Kopf genügte als Erinnerung, um zu wissen, dass in der Nacht zuvor jemand versucht hatte, sie zu töten.

Stück für Stück reinigte die Seife mehr als nur ihre Haut und das nach Vanille duftende Shampoo fühlte sich wie flüssige Seide in ihrem Haar an. Als sie schließlich aus der Dusche stieg und sich in das flauschige Handtuch hüllte, fühlte sie sich wieder wie ein Mensch. Sie war bereit, sich den harten Prüfungen zu stellen, die das Leben ihr auferlegte.

„Bist du fertig?", rief Boone, der noch immer dem Strand zugewandt dort stand.

„Ja."

Er drehte sich um und schlenderte wieder nach oben. „Perfekt. Ich werde dir nur ... "

Als er näherkam, wurden seine Worte langsamer und er sah ihr tief in die Augen. Und da war sie wieder – diese magische Seifenblase, die sie von der Außenwelt abschirmte. Seine Augen glühten Indigoblau. Obwohl Nina wusste, dass es ein Trick des Lichtes sein musste, war sie wie hypnotisiert. Diese Augen waren so tief, so ehrlich. So verzweifelt auf der Suche nach etwas.

Ein Wassertropfen fiel von ihren Haaren auf ihre Brust und glitt langsam zwischen ihren Brüsten hinunter. Wärme stieg in ihrem Körper auf und jeder Atemzug fühlte sich tiefer und langsamer an. Schwerer, so als würde eine bedeutsame Wahrheit ans Tageslicht kommen. Ein großer Schwall von Worten staute sich in ihren Gedanken an. Keines von ihnen ergab einen Sinn.

„Boone?“, dröhnte eine Stimme aus der Ferne und sie beide drehten sich um. „Kommst du?“

Boone schüttelte sich kurz, bevor er antwortete: „Bin gleich da.“

Nina zog das Handtuch bis direkt unter ihr Kinn und versteckte sich dahinter wie ein schüchternes Schulmädchen. Sie war nur Sekunden davon entfernt gewesen, das Handtuch fallen zu lassen und Boone in ihre Umarmung zu schließen. Gott, was stimmte denn mit ihr nicht? Und was war mit ihm los? Boone schien nach außen hin völlig entspannt und locker zu sein, aber unter der Oberfläche war der Mann schiere Intensität. Völlig rohe, animalische Kraft, die zu ihrem Körper und ihrer Seele sprach.

„Ich hole dir ein T-Shirt“, murmelte er und stürmte an ihr vorbei die wenigen Stufen hinauf.

Sie trocknete sich schnell ab und zog ihren Bikini wieder an. Es war alles, was sie hatte, und plötzlich fühlte sie sich einsamer, als je zuvor. Dann kam Boone wie ein kleines Hündchen aus dem Bungalow gesprungen und hielt ein blaues T-Shirt und das hawaiianische Wickeltuch hoch, das zuvor drinnen über der Couch lag.

„Was denkst du?“ Die animalische Seite in ihm war verschwunden und jetzt war er ganz der Surfer mit einem breiten Grinsen und dem schelmischen Blick. „Ich dachte, du würdest dich darin wohler fühlen als in meinen anderen Sachen. Es sei denn, du magst Tarnhosen.“ Er zwinkerte und schob seine Daumen in die Taschen seiner abgeschnittenen Shorts.

„Ich glaube, das ist eher mein Stil“, sagte sie, schlang das Wickeltuch um ihr Bikinihöschen und zog sich das T-Shirt an. Es war drei Größen zu groß, also zwirbelte sie eine Ecke zusammen und machte einen Knoten an der Seite.

„Das glaube ich auch“, murmelte er, als er seinen Blick abwandte. Dann sah er sie wieder an und schaute wieder weg, so als würde ihm wirklich gefallen, was er sah. Und als sie sich die Haare mit den Fingern kämmte, nickte er, als würde anstelle einer Schiffbrüchigen eine Prinzessin oder eine Modekönigin vor ihm stehen.

„Mittagszeit. Bist du hungrig?", murmelte er.

Am Verhungern, schnurrte ihre innere Stimme.

Sie bewegte ein paarmal die Lippen und rang nach einer Antwort. „Ein wenig", sagte sie und schaffte es, trotz der Hitze, die in ihren Wangen aufstieg, lässig zu klingen.

Boone grinste und als sie in seine strahlend blauen Augen sah, fühlte sie sich erneut verloren – und gleichzeitig wiedergefunden.

Kapitel 5

Nina folgte, als Boone sie einen geschwungenen Pfad hinaufführte, vorbei an Stücken sorgfältig getrimmten Rasens, der sich mit Stellen dichter Vegetation abwechselte. Sie war barfuß und es fühlte sich gut an, über das üppige, frische Gras zu laufen. Irgendwo in der Ferne plätscherte ein Bach und ein gelber Schmetterling flatterte über leuchtend rote Blüten.

„Hibiskus", murmelte Boone und aus irgendeinem Grund errötete sie.

All die Farben, die Düfte und Geräusche erregten ihre Sinne und die Energie, die sie in der Nacht zuvor verloren hatte, sickerte langsam in sie zurück. Auch Boone trug seinen Anteil daran, ihre Gedanken wieder lebendig werden zu lassen und das Lächeln zurück auf ihr Gesicht zu zaubern.

Sie entdeckte ein Dach, das hinter einer hohen Hecke aufragte – eine weitere Wohneinheit auf einem offensichtlich beachtlichen Anwesen – und ein zementiertes Quadrat mit einem großen H in der Mitte. Ein Hubschrauberlandeplatz?

„Wohnst du hier?" Sie sah sich mit offenem Mund um. Nun, natürlich wohnte er hier. Aber das Anwesen schien zu groß und zu gepflegt für einen Mann wie Boone. Der rustikale Strandbungalow passte perfekt zu ihm, aber der Rest dieses Ortes schien ihm nicht zu entsprechen.

Boone lachte. „Was? Wirke ich nicht wie ein Millionärsplayboy mit eigenem Anwesen am Meer?"

„Nein", sagte sie, ohne nachzudenken, und versuchte dann schnell einen wilden Rückzieher zu machen. „Ich meine, es ist nicht so, dass ... ähm ... "

Er grinste breit. „Mach dir keine Sorgen. Ich fasse es als Kompliment auf."

Nina grinste ebenfalls, aber dann bogen sie um eine Ecke und kamen zu einem großen, weit offenem Gebäude inmitten einer kurz geschnittenen Rasenfläche. Sie blieb wie angewurzelt stehen und murmelte: „Ich erinnere mich… "

Boone nickte eifrig. „Das ist gut. Du warst gestern Abend hier. Erinnerst du dich noch weiter zurück?"

Sie schloss die Augen und wollte, dass dies der Fall wäre. Aber die einzigen Informationen, die ihr Kopf preisgab, waren Bilder von ihr, wie sie verzweifelt um ihr Leben schwamm, und Erinnerungen an eine viel weiter zurückliegende Zeit. Sie erinnerte sich beispielsweise daran, mit ihrer Mutter zusammengekuschelt auf einer gemütlichen Couch zu sitzen und *Pippi Langstrumpf* zu lesen. Ein bittersüßes Lächeln verzog ihre Lippen.

„Nichts?", ermutigte sie Boone.

„Nichts." Sie schüttelte leicht den Kopf. Warum konnte sie sich an nichts erinnern?

„Das ist in Ordnung", murmelte er und gab ihr das Gefühl, kein völlig hoffnungsloser Fall zu sein. „Alles wird gut. Ein kleines Mittagessen hilft immer, oder?" Er deutete nach vorn. „Das ist unser *Akule Hale* – unser Treffpunkt."

Sie folgte ihm in die Richtung des Gebäudes und wünschte, sie müsste jetzt niemandem sonst begegnen. Barfuß neben Boone herzulaufen war einfach und angenehm, aber beim Gedanken an andere Leute begann sie, sich um ihr Haar und ihr Gesicht zu sorgen. Und um den erbärmlichen Eindruck, den sie in der Nacht zuvor hinterlassen haben musste.

„Werden die anderen dort sein?"

Boone musste die Angst in ihrer Stimme gehört haben, denn er drückte ihr beruhigend die Schulter. „Mach dir keine Sorgen. Silas ist heute früh abgereist und die anderen Jungs… nun, sie bellen alle, aber beißen nicht. Hallo, Hunter", rief er und betrat den Schatten des Gebäudes.

Ein großer, stämmiger Typ mit braunen Haaren und ordentlich getrimmtem Bart stand schnell auf und nickte. Altmodische Manieren, dachte Nina und ihr wurde innerlich warm.

„Wie geht es dir?", fragte er äußerst höflich. Fast sogar schüchtern.

„Ich fühle mich viel besser, danke schön", sagte sie und wandte sich dem zweiten Mann zu, als Boone in Richtung Kaffeekanne lief.

Hunters Anblick beruhigte sie, aber der zweite Mann – weniger groß, aber geschmeidig und überaus muskulös – schaute finster drein. Cruz – das war sein Name. Er durchbohrte sie mit seinen auffallend gelbgrünen Augen, während er unter angehaltenem Atem murmelte: „Erinnert sie sich an irgendetwas?"

Er sagte es so, als wäre sie gar nicht da. Als wäre sie ein Stück Treibgut, das an den Strand gespült worden war.

Nina schaute zu Boden. Nun, es war gar nicht so weit von der Wahrheit entfernt. Und Cruz war wahrscheinlich nur sauer darüber, dass sie sie am Vorabend gestört hatte, also war es ihre Schuld und nicht seine.

Aber Boone schien ihm nicht so schnell zu verzeihen. Er schlich sich mit einem mörderischen Gesichtsausdruck zu dem dunkelhaarigen Mann hinüber. „Hunter, zeig Nina, was wir haben, während ich mit Cruz rede."

Nina biss sich auf die Lippe. Boones Gesichtsausdruck sah ganz sicher nicht so aus, als ob er *Reden* im Sinn hätte. Cruz sah plötzlich genauso dunkel und gefährlich aus wie Boone und sie befürchtete, dass es zu einem Kampf kommen würde.

Hunter eilte an ihr vorbei und war dabei schneller, als ein Mann dieser Größe sich hätte bewegen sollen. Er schob sich zwischen die beiden Männer, die sich wie zwei wilde Bestien borstig und knurrend gegenüberstanden.

„Sicher", sagte Hunter mit einer Stimme, die sowohl sanft als auch energisch war. „Ihr beide redet. Reden." Er betonte das letzte Wort und schob die beiden in die Mittagssonne hinaus.

Nina stand auf, kaute auf ihrer Lippe, aber Hunter seufzte nur. „Mach dir keine Sorgen um sie. Komm und iss etwas."

Zögerlich und mit einem letzten Blick über ihre Schulter, folgte sie Hunter in den Küchenbereich des weitläufigen Wohnraums. Es gab einen Wohnbereich mit mehreren Sofas, einen Essbereich mit einem Tisch, der groß genug für zehn Personen war, und eine Leseecke, in der sie sich am liebsten verkrochen hätte.

„Bediene dich", sagte Hunter und zeigte auf den Kühlschrank, während er einen Teller für sie aus dem Schrank holte.

Dieser Ort erschien ihr wie eine riesige Junggesellenbude und Nina breitete sich mental darauf vor, was sie im Kühlschrank vorfinden würde. Gläser mit Essiggurken und Dosenbier? Aber die Fächer waren voll mit ordentlich gestapelten Verpackungen und frischen Lebensmitteln – so viel, dass sie kaum wusste, wo sie anfangen sollte.

Ihre Überraschung musste sich gezeigt haben, denn Hunter lachte leise. „Wir mussten Tessa versprechen, dass wir gut essen, während sie weg ist."

„Wer ist Tessa?", fragte Nina sofort, plötzlich erpicht auf weibliche Gesellschaft.

„Sie ist Kais – ähm... " Er stockte bei einem Wort und beendete es mit einem anderen. „Kais Partnerin. Eine Köchin. Sie sind, ... für eine Weile in den Flitterwochen."

Sie hatte noch nie darüber nachgedacht, aber zum Teufel, würde sie auf Hawaii leben, könnte sie ihre Flitterwochen zu Hause verbringen.

Flitterwochen... Eine dunkle Erinnerung schoss durch ihren Kopf und verflog genauso schnell, wie sie gekommen war. Zu schnell, um sie zu erfassen.

„Möchtest du, dass ich dir auch ein Sandwich mache?", fragte sie und ignorierte das Frösteln, das ihre Gedanken überkam.

Hunter nickte eifrig.

„Lass mich raten. Schinken und Käse mit Senf und ein bisschen Honig", riet sie.

Sein Mund klappte auf.

„Ich habe ein Talent fürs Raten." Das Grinsen, das so leicht mit den Worten gekommen war, verzog sich zu einem Stirnrunzeln, als sie erkannte, was sie soeben gesagt hatte. Woher wusste sie denn, wofür sie ein Talent hatte? Hatte es etwas mit einem Hobby zu tun oder mit dem, womit sie sich ihren Lebensunterhalt verdiente?

„Hey", murmelte Boone, der hinter ihr auftauchte. „Hast du etwas gefunden, was dir schmeckt?"

Der Klang seiner Stimme stoppte das sinkende Gefühl in ihrem Bauch und verdrängte die Sorgen darüber, was mit ihr nicht stimmte.

Sie nickte, weil sie ihrer Stimme noch nicht traute. Dann begann sie, Aufschnitt, Soßen und Salat aus dem Kühlschrank zu nehmen. Sie versuchte, zu erraten, was Boone gerne hätte. „Roastbeef für dich?"

Er nickte und half bei den Vorbereitungen. Cruz, so bemerkte sie, hielt Abstand und beobachtete sie vom Rand des Gebäudes wie ein Löwe aus einem Käfig. Die Art und Weise, wie er auf und ab lief, hatte etwas ausgesprochen Katzenhaftes an sich – energetisch, männlich, voll aufgestauter Frustration. Sie schaute schnell weg. Warum hatte sie das Gefühl, dass jeder Mann hier eine verborgene, ungezähmte Seite hatte? Das, und eine Vergangenheit voller Schmerzen und Reue, die jeder für sich zu verbergen versuchte. Sogar der stille Hunter, der Größte und Ruhigste der Gruppe, war in einen Hauch von Traurigkeit gehüllt.

Sie schmierte eine dicke Schicht Senf auf das Brot, das Boone ihr gereicht hatte, und legte mehrere Scheiben Salami darauf.

„Was ist aus dem Roastbeef geworden?", fragte er und zog eine Augenbraue hoch.

Sie zeigte auf das zweite Sandwich – das mit extra Tomate – und sagte: „Das dort ist deins. Dieses hier ist für Hunter und das hier ist für ihn. Cruz, richtig?" Sie rief seinen Namen fröhlich. Was auch immer zwischen Cruz und Boone vorgefallen war, war ihre Schuld, und sie wollte ein Friedensangebot machen. „Magst du Salami?"

Cruz funkelte sie aus den Schatten heraus an und nickte dann knapp.

„Perfekt", murmelte sie fröhlich und tat so, als hätte er sie mit Lob überschüttet.

Manche Typen waren einfach nur launisch und kleine Gesten konnten viel bewirken, auch wenn der Mann es sich nicht gleich anmerken ließ. Woher sie das wusste, war ihr nicht ganz klar. Aber irgendwie wusste sie, dass es stimmte.

Sie, Boone und die anderen scharten sich um die Frühstücksbar im Küchenbereich – sogar Cruz, der sich am hinteren Ende auf einen Barhocker setzte – und verspeisten ihr Mittagessen. Nina genoss jeden Bissen ihres Truthahnsandwichs und liebte das fröhliche Geräusch des Schmatzens um sie herum. Sie war ausgehungert gewesen und die Männer erschienen genauso.

„Ihr Jungs esst wie ein Rudel Wölfe", scherzte sie.

Boone verschluckte sich an seinem Sandwich und Hunter klopfte ihm auf den Rücken. Er grinste sie breit an: „Das könnte man so sagen."

„Leckeres Sandwich", sagte Boone und versuchte zu verbergen, was ihn aus der Fassung gebracht hatte.

Selbst Cruz schien ein kleines Glucksen zu verbergen und sie fragte sich, was sie soeben gesagt hatte. Was auch immer es war, die Spannung im Raum ließ weiter nach und es fühlte sich gut an. Sie schnappte sich die Kaffeekanne und machte die Runde.

„Noch Kaffee?", fragte sie Hunter.

„Ja, danke."

Sie schob Zucker und Sahne in seine Richtung. „Gib Boone die Sahne, wenn du fertig bist."

„Wow", murmelte Boone und legte seine Hand über seine Tasse.

„Möchtest du keinen mehr?"

„Doch, ich möchte noch mehr, aber woher wusstest du denn, dass ich meinen Kaffee mit Milch und ohne Zucker trinke?"

Sie zuckte mit den Schultern, was ihr Schmerzen bereitete. „Ich habe vorhin gesehen, wie du dir einen gemacht hast. Hunter trinkt seinen mit beidem, du deinen mit Milch und Cruz seinen Kaffee schwarz. Stimmt's?"

Sie alle starrten sie einen Moment lang an, bevor Boone lächelte. „Ich lebe schon seit Jahren mit diesen Trotteln zusammen und sie erinnern sich trotzdem nicht, wie ich meinen Kaffee trinke."

„Als würdest du dich erinnern, wie ich meinen trinke", seufzte Hunter.

Sie glucksten, obwohl Nina bei dem Wort *erinnern* ein wenig zusammenzuckte. „Ich schätze, man muss nur auf die kleinen Dinge achten. "

Boone rettete ihre sinkende Stimmung mit einem breiten Lächeln und einem Augenzwinkern. „Wenn ich genau darüber nachdenke, kann ich mich noch nicht einmal an die Geburtstage dieser Kerle erinnern. "

Nina lächelte und saß ganz still da, während sie hoffte, ihr eigener Geburtstag möge ihr wieder in den Sinn kommen. Aber drei verschiedene Daten schwebten im nebligen Dunst ihrer Gedanken umher und keines von ihnen fühlte sich genau richtig an. Aber es war immerhin etwas – die Leere füllte sich langsam mit verschwommenen Formen, Geräuschen und Emotionen. Vielleicht würde ihr Gedächtnis zu ihr zurückkehren, wenn sie sich noch ein paar Tage Zeit ließ.

Sie sah sich um. Hätte sie überhaupt noch ein paar Tage? Würden sie sie hierbleiben lassen? Würde ihre Familie sie nicht vermissen, während sie verschwunden war?

Sie schluckte den letzten Bissen ihres Sandwichs mit einem großen Schluck Kaffee hinunter und versuchte, das vage Gefühl zu vertreiben, dass sie niemanden hatte, der sie vermissen würde.

„Also, was passiert als Nächstes? " Sie sah Boone an.

Er grinste. „Als Nächstes? Cruz macht den Abwasch... "

Cruz murmelte irgendetwas vor sich hin, aber Boone lachte nur.

„... und du und ich fahren in die Stadt, um herauszufinden, was vor sich geht. "

„Oha", sagte Hunter. „Silas hat nicht gesagt, dass du irgendwas herausfinden sollst. Er sagte, ihr sollt zur Polizei gehen. "

Boone stand auf und zog sanft an Ninas Hand. „Jemand hat versucht, sie zu töten. Jemand, der sie wahrscheinlich für tot hält. Und tot ist sicherer als lebendig, meinst du nicht auch? "

Nina wusste nicht, was sie denken sollte – nur, dass ihr ein eisiger Schauer über den Rücken lief. Jemand hatte versucht, sie zu töten. Hatte sie irgendetwas Schreckliches getan, um es zu verdienen, oder war es alles ein fataler Irrtum?

Hunter schien skeptisch, aber Boone zog sie einfach mit sich. „Wir werden zur Polizei gehen – irgendwann. Aber es kann nicht schaden, sich zunächst erst einmal umzusehen. Richtig?"

Der erste Teil von Boones Frage war an Hunter gerichtet gewesen, aber der zweite Teil richtete sich direkt an Nina. Es gelang ihr, mit dem Kopf zu nicken. „Richtig."

„Warte mal. Wo wollt ihr denn anfangen?", sagte Hunter. „Ihr braucht doch einen Plan."

„Wie überaus bärenha...", begann Boone und hustete dann.

Bärenhaft? Nina kicherte. Hunter war definitiv ein Bär eines Mannes.

Hunter warf Boone einen warnenden Blick zu, aber das Lächeln, das er Nina schenkte, war echt. Fürsorglich. „Woran erinnerst du dich?"

Nina biss sich auf die Lippe. Es war süß von dem Mann, es so auszudrücken, anstatt zu betonen, woran sie sich *nicht* erinnern konnte. Was eine Menge war. Sie stotterte und tat ihr Bestes, um ihm zu antworten. Aber ihr Verstand lieferte ihr nichts als Leere und ihre Zunge war nicht in der Lage, das Verschwommene in Worte zu fassen.

„Kannst du die Männer identifizieren, die dich vom Boot gestoßen haben?", fragte Boone.

Sie schloss die Augen und sah ein kurzes Aufflackern eines seltsam vertrauten Gesichtes. In einem Moment war es da, höhnisch in ihrer Erinnerung grinsend, und im nächsten Moment war das Antlitz ihres Beinahe-Mörders verschwunden.

Sie schüttelte den Kopf. „Nein. Ich glaube nicht, dass ich das kann."

„Was ist mit dem Boot? War es ein Rennboot? Ein Kreuzer? Ein Sportfischerboot?"

Die Männer sahen sie erwartungsvoll an, aber verdammt. Sie konnte ohnehin schon kaum ein Bug von einem Heck unterscheiden. Wie sollte sie dann ein Boot beschreiben, an das sie sich nur in Bruchstücken erinnerte?

„Ist schon in Ordnung", murmelte Boone. „Ich bin mir sicher, du wirst dich daran erinnern, wenn du etwas hast, was deine Erinnerung auffrischt. Wir fangen im Jachthafen an."

Hunter sah nicht überzeugt aus, aber Boone schon. Das gab ihr ebenfalls Selbstvertrauen.

„Sicher", murmelte sie, obwohl ihre Knie zu verkrampfen drohten.

„Wir werden nicht lange weg sein", sagte Boone zu den anderen, als er aufstand und ihre Hand nahm.

Er führte sie von dem Gebäude fort und eine lange, geschwungene Auffahrt hinauf zu etwas, das wie ein Stall aussah. Es stellte sich jedoch heraus, dass es sich um eine Garage voller exotischer Autos handelte. Nina riss die Augen weit auf, als Boone sie an einem Ferrari, einem Oldtimer-Jaguar, einem Land Rover und einer Mercedes S-Klasse vorbeiführte. Sie alle waren gewachst und poliert, sodass sie hell in der Sonne glänzten. Wem gehörte dieses Anwesen? Und welches davon war Boones Auto? Sie stellte sich ihn in einem zerbeulten Pickup Truck mit einem Surfbrett auf dem Dach vor, doch beim Blick durch einen Torbogen am linken Ende des langen Ganges entdeckte sie ein Motorrad. Eine große, schwarze Harley-Davidson.

Sie zögerte einen Moment, plötzlich unsicher. „Was ist, wenn sie mich sehen?"

Sie waren die Männer, die versucht hatten, sie zu töten, und Boone schien es zu verstehen, denn er griff nach ihrer zitternden Hand. „Niemand wird dich sehen können." Er streckte ihr einen Helm mit einem getönten Visier entgegen. „Siehst du?"

Sie nickte, rührte sich jedoch keinen Zentimeter.

„Niemand wird dich sehen, Nina. Aber ich hoffe, dass du etwas siehst, das deine Erinnerung zurückbringt."

Sie schluckte. „Und was, wenn nicht? Was dann?"

Er presste die Lippen zusammen und hielt die Antwort zurück, die ihm fast herausgerutscht wäre. „Wenn du es vorziehst, direkt zur Polizei zu gehen, kann ich dich dorthin bringen. Ich bringe dich, wohin auch immer du willst."

Sie hatte keine Ahnung, wohin sie gehen wollte. Sie wusste nur, dass sie in seiner Nähe bleiben wollte. Das lag nicht so sehr an ihrer Angst davor, wer dort draußen lauerte, sondern entsprang vielmehr dem überwältigenden Gefühl, dass sie zu ihm gehörte. Als würde das Schicksal ihnen genau in diesem

Moment zuschauen und ihr wie wild hinter Boones Rücken zuwinken. *Dieser Mann. Glaub mir, du sollst bei diesem Mann bleiben.*

Sie schluckte. Woran lag es, dass ihr außer dieser Tatsache nichts Anderes klar war?

Boone wartete still und Hoffnung schien in seinem Blick.

„Keine Polizei", murmelte sie. „Noch nicht."

Sein Lächeln war so breit, so strahlend, dass auch sie lächeln musste.

„Wir sehen uns in der Stadt um und überlegen uns dann, was wir als Nächstes tun werden. Ich verspreche dir, mich um dich zu kümmern", murmelte er wieder ganz der Krieger.

Sie war noch nie der Typ gewesen, um den man sich hätte kümmern müssen, aber in diesem Moment gaben ihr seine Worte die Zuversicht, die sie brauchte. So sehr, dass sie sich auf die Zehenspitzen streckte und ihn auf die Wange küsste. Es war tatsächlich nicht mehr als ein schnelles, keusches Küsschen gewesen, aber ihr Herz machte trotzdem einen Sprung.

Boone blinzelte und blieb bis auf die pulsierende Ader an seinem Hals völlig regungslos.

„Danke", flüsterte sie.

„Wofür?" Seine Stimme war gedämpft.

„Dafür, dass du mir hilfst. Für alles."

Er biss sich auf die Lippe und seine Augen schienen zu glühen. Ihr Herz schlug schneller, denn sie schienen erneut in dieser Seifenblase zu schweben. Dann schüttelte er sich leicht und nickte. „Für dich, Nina, würde ich alles tun."

Er küsste ihre Fingerknöchel und hielt sie an seine Lippen gedrückt, als er die Augen schloss. Nina schloss ihre ebenfalls und genoss dieses Gefühl der Verbundenheit und des Vertrauens. Sie war so lange allein gewesen und irgendwie fühlte sich dieser vollkommen Fremde wie ein Freund an, den sie bereits ihr Leben lang kannte.

„Bereit?", flüsterte er.

Sie nickte. Boone half ihr, den Helm aufzusetzen. Seine Berührung war zärtlich und vorsichtig. Als sie ihn aufgesetzt hatte, strich er die Haare auf ihrer Wange zurück und schob sie vorsichtig unter die Seite.

„Startklar", sagte er, obwohl seine Stimme jetzt, da sie den Helm aufhatte, gedämpft klang. Er schloss ihr Visier und ein grauer Schleier verdeckte ihr Sichtfeld. Es ließ sie sich ebenfalls sicherer fühlen.

Boone setzte sich auch einen Helm auf, schob das Motorrad aus der Garage und stieg auf. Als er ihr zunickte, dass sie aufsteigen sollte, tat sie dies ohne zu zögern. Sie kuschelte sich von hinten an ihn, als wären sie schon Dutzende Male zusammen Motorrad gefahren.

„Startklar", murmelte sie und hielt sich an seiner Taille fest.

Kapitel 6

In dem Moment, als Nina hinter ihm Platz nahm, heulte Boones innerer Wolf. Ein gutes Heulen – so wie er es früher immer getan hatte, wenn der Mond hoch am Himmel stand und als das Leben noch einfach und gut war. So gut, dass er es mit einem langen Wolfsgesang der Freude feiern wollte. So wie das Heulen, das er sich gestern Abend verkneifen musste, als er in seine Hütte blickte und Nina in seinem Bett liegen sah.

Verdammt. Wann war das letzte Mal gewesen, dass er nur vor lauter Freude heulen wollte? Vor Jahren. Vielleicht vor einem Jahrzehnt, bevor er sich dem Militär verpflichtet hatte. Bevor er den Südwesten verlassen hatte. Bevor Tammy sein Herz zertrampelt hatte.

„Ist alles in Ordnung?", fragte Nina mit sanfter, seidenweicher Stimme, als er sich nicht anschickte, das Motorrad zu starten. Er war zu sehr damit beschäftigt, dieses Gefühl und was es bedeuten könnte, zu verdauen.

„Großartig", murmelte er und kickstartete den Motor. Er ließ sich zurück auf den Sitz sinken und fuhr los, wobei er sich einredete, dies wäre wie jede andere Fahrt an jedem anderen Tag.

Na sicher, sagte sein Wolf. *Stimmt genau. Eine ganz normale Motorradfahrt mit meiner Gefährtin. Passiert jeden Tag.*

Er atmete tief ein, wobei Ninas Griff um seine Taille noch enger wurde. Und Mann, fühlte sich das gut an. Genauso gut, wie es gewesen war, als sie ihn an diesem Morgen angelächelt hatte.

Es stellte sich heraus, dass dies eine Fahrt vieler Premieren werden würde, angefangen mit der Tatsache, dass er nicht von Polizistin Dawn Meli angehalten wurde. Sie war die Polizistin, die diesen Abschnitt des Honoapi'ilani Highways überwachte und ihn jedes Mal wegen irgendwas erwischte. Es war fast schon ein Spiel zwischen ihnen, aber heute hatte er keine Zeit für Spielchen. Besonders nicht, wenn er Nina dabeihatte, die er von der Öffentlichkeit fernhalten wollte. Also stellte er verdammt sicher, fünf Kilometer pro Stunde unter dem Tempolimit zu bleiben und in einer ordentlichen, geraden Linie zu fahren, anstatt im Slalom über die Mittellinie. Das Witzige daran war, dass sich das Befolgen der Regeln zur Abwechslung einmal nicht wie Folter anfühlte. Vielleicht weil er Nina dabeihatte, die ihm all die Freude schenkte, die er brauchte.

In der zweiten Kurve schaute er nach links und genau wie erwartet, stand dort Polizistin Meli, die ihren Streifenwagen bereits vorausschauend nach vorne lenkte. Dann trat sie mit einem überraschten Gesichtsausdruck auf die Bremse. Boone grinste.

Heute gab es zur Abwechslung einmal keinen Strafzettel. Die Fahrt war ebenfalls anders. Wie kam es, dass er das tiefe Blau des Meeres oder den satten Duft der Kaffeeplantage am Hang neben der Straße noch nie bemerkt hatte? Es war auch das erste Mal, dass er auf die Schlaglöcher achtete, denn Nina hatte bereits genug durchgemacht und ihr Griff um seine Taille war noch immer etwas unsicher. Je weniger er sie durchrüttelte, desto besser.

Du hast recht. Es gefällt ihr nicht, durchgerüttelt zu werden, stimmte auch sein Wolf zu, so als wüsste er bereits alles über Nina.

Boone spottete, aber sein Wolf bestand darauf. *Wir wissen die wichtigsten Dinge.*

Soviel musste er dem Wolf lassen. Er wusste vielleicht nicht viel über Nina, aber er wusste tatsächlich die wirklich wichtigen Dinge. Sie war aufrichtig. Sie kümmerte sich um andere, bevor sie sich um sich selbst kümmerte, genau wie sie es beim Mittagessen getan hatte. Sie war nicht reich, aber sie hatte auch keine Vorurteile. Und sie war ganz sicher keine Frau, die auf dem Rücksitz eines Motorrads mit irgendeinem Typen eine Spritztour machte.

Er verzog das Gesicht. Nina wusste noch nicht einmal, dass

sie mit einem Werwolf unterwegs war. Es war das Einzige, was seine gute Laune trübte. Er fühlte sich wie ein Lügner, der die Wahrheit über sich selbst verbarg. Aber er konnte auch kaum einfach sagen: *Nina, es gibt etwas, dass du über mich wissen musst.* Womit sollte er anfangen?

Ich bin nicht nur ein Werwolf, sondern auch ein totaler Versager, der in den letzten Jahren nicht in der Lage gewesen ist, seinen Scheiß auf die Reihe zu kriegen. Hunter sagt immer, ich vermeide es, mich mit der Vergangenheit auseinanderzusetzen. Und ich habe das ungute Gefühl, dass er recht hat.

„Wow", rief Nina und zeigte nach rechts.

Er hielt an, um sie einen in der Ferne auftauchenden Wal bewundern zu lassen. Nach allem, was sie durchgemacht hatte, verdiente Nina dieses kleine bisschen Freude und Staunen.

„Dort ist sogar auch ein Baby!", rief sie.

Das veranlasste seinen Wolf zu Fantasien einer ganz neuen Art.

Welpen. Mit Nina. Das wäre doch nett, nicht wahr?

Boone kratzte mit dem Schuh über den Boden und zählte bis zehn.

„Bist du bereit, weiterzufahren?", fragte er, als die Vorstellung der Wale zu einem Ende kam.

Nina seufzte – ein tiefes, glückliches Seufzen, als hätten die Wale ihr einen Grund gegeben, sich daran zu erinnern, wie schön das Leben sein konnte. Und da war noch etwas, dass er über sie wusste – Nina glaubte an das Gute. An die Freude im Leben. Er konnte es in ihrem Lächeln und ihrem hoffnungsvollen Blick erkennen.

„Bereit", sagte sie.

Boone fuhr weiter und versuchte, die Emotionen zu ignorieren, die seinen Bauch aufwühlten. Er sollte Nina helfen, herauszufinden, wer sie war und was passiert war. Und nicht daran denken, wie ein *Für immer* mit einer Frau wie ihr sein könnte.

Sie fuhren an einem Schild für die Polizeiwache vorbei, aber Boone wurde nicht langsamer. Silas wollte, dass er seine Nase aus Ninas Fall heraushielt. Aber er würde Nina auf gar keinen Fall wie einen streunenden Hund behandeln, den man einfach in einem Tierheim ablieferte und hoffte, dass es dem armen Ding gut ergehen würde. Sein Bauchgefühl sagte ihm, dass ihr niemand so gut helfen konnte– und was noch wichtiger war, sie so beschützen konnte, wie er.

„Alles in Ordnung?", rief er über seine Schulter, als sich ihre Hände so fest um seinen Bauch schlossen, dass es ihm den Atem raubte.

„Ähm… ja", murmelte sie, obwohl sich ihr ganzer Körper versteifte.

Hatte sie sich gerade an etwas erinnert? Boone sah sich nach einem möglichen Auslöser um. Ein mit Ananas beladener Lastwagen war in der anderen Richtung an ihnen vorbeigerauscht und hatte seinen süßen Duft verströmt. Sie waren auf der Meeresseite der Straße außerdem soeben an den Toren des exklusiven Kapa'akea Resorts vorbeigefahren, aber er bezweifelte, dass dies ein Auslöser gewesen sein könnte. Nina war nicht von der vornehmen, angeberischen Art. Also war es vielleicht doch der Lastwagen gewesen?

„Bist du dir sicher?"

Sie nickte an seinem Rücken, also drängte er sie nicht weiter.

Der Verkehr wurde langsamer, als sie die Stadtgrenze von Lahaina erreichten, und er konnte spüren, wie Nina ihren Kopf hin- und herdrehte, um die historische Stadt zu bewundern. Trotz des touristischen Flairs war es ein wirklich hübscher Ort mit vielen ausgefallenen Geschäften und jahrhundertealten Gebäuden, die in strahlendem Weiß und leuchtendem Blau oder Grün gestrichen waren. Er fuhr im Schneckentempo weiter und ließ sie es genießen, wohlwissend, dass es schon bald schwierigere Dinge geben würde, denen sie sich stellen musste. Sehr bald.

So wie jetzt, als er anhielt und das Motorrad am Rande des Jachthafens zum Stehen brachte. Nina hatte gesagt, sie wäre von einem Boot ins Meer geworfen worden, also…

„Erkennst du irgendetwas?", fragte er. Er stellte den Motor ab, behielt den Helm jedoch auf.

Die Harley stand vollkommen still, aber Nina klammerte sich dennoch an seine Rippen. Als sie sprach, war ihre Stimme zittrig.

„Ein Boot wie dieses dort.“ Sie klammerte sich an seinem Arm fest und blickte auf ein Sportfischerboot, das aus dem Hafen fuhr. „Überwiegend weiß. Aber der Name war in Gold auf die Rückseite geschrieben. Etwas mit einem A. Angels... Angels irgendwas.“

Er tätschelte ihre Hand und wünschte, er könnte irgendetwas tun, damit sie sich besser fühlte. „Gut. Du erinnerst dich.“

„Ich bin mir nicht sicher, ob ich mich erinnern will.“

Boone kannte das Gefühl. Manche Erlebnisse waren so schlimm, dass man sie nicht noch einmal durchleben wollte, noch nicht einmal in Gedanken. Aber wenn er nicht herausfinden würde, wer hinter Nina her war und warum, wäre sie nicht sicher.

„Hey“, sagte er und drehte sich zu ihr um. Sie waren einander so nah, dass ihre Helme gegeneinander stießen. So nah, dass sein Körper vor Verlangen wärmer wurde. „Ein Schritt nach dem anderen, ja?“

Ihre Augen waren so groß und feucht wie die eines Welpen und es tat ihm im Herzen weh, sie so zu sehen.

„Eins nach dem anderen“, wiederholte sie leise.

Er wäre am liebsten mit Nina durch die Hafenanlage gelaufen und hätte sich ein Boot nach dem anderen angesehen, aber er konnte wohl kaum mit einem Beinahe-Mordopfer in der Öffentlichkeit herumspazieren. Nina würde ihre Angreifer möglicherweise erkennen, aber diese könnten sie auch zuerst entdecken.

„Kein Problem.“ Er startete das Motorrad wieder. „Wir suchen nach jedem Boot, das mit *Angel* im Namen auf Maui registriert ist und dann sehen wir weiter.“

„Das kannst du tun?“

Er tätschelte seine Brieftasche. „Eine Privatdetektiv-Lizenz schadet dabei nicht.“

Genau wie alle anderen Jungs auf Koa Point hatte er seine Zulassung als Privatdetektiv. Zunächst hatten sie darüber gelacht und sich gegenseitig *Drachen-P.I.* und *Werwolf-P.I.* genannt, so wie die Charaktere aus dieser Fernsehserie. Aber die

Zulassung hatte sich für einige der Jobs, die er von Zeit zu Zeit übernommen hatte, als äußerst nützlich erwiesen.

Nina starrte ihn an und er kam nicht umhin, sich zu fragen, in welchem Bereich sie wohl tätig war. Irgendetwas mit Menschen, dessen war er sich sicher. Irgendetwas, bei dem sie das Lächeln, das ihr so leichtfiel, gut nutzen konnte. Zumindest dann, wenn sie sich nicht gerade daran erinnerte, wer sie hatte töten wollen. War sie eine Lehrerin? Eine Ärztin? Vielleicht eine Physiotherapeutin? Aber warum sollte jemand eine Person wie sie töten wollen? Nina war so normal. So nett. So gütig.

Als er wieder losfuhr, klammerte sie sich an seinen Rücken und löste dabei ein Dutzend heißer Fantasien aus. Unter anderen Umständen könnte er mit ihr eine Spritztour machen, und sie könnte ihre Hände möglicherweise weiter hinunterschieben, um ihm ein unauffälliges Zeichen zu geben, was sie wollte. Er würde den Motor aufheulen lassen, um sie zum Lachen zu bringen, und schließlich an einem Aussichtspunkt anhalten. Sie würden gemeinsam aufs Meer hinausschauen, sich dann umdrehen und sich gegenseitig in die Augen sehen. Er träumte davon, wie Nina ihren Helm abnahm und ihr wunderschönes Haar ausschüttelte. Und dann, von einem Moment zum nächsten, würde sie ganz ernst werden, und ihr Blick würde auf seine Lippen fallen.

Küss mich, würde ihr Körper singen und zu seinem sprechen.

Und verdammt, sein Körper sang bereits und er wünschte sich, es wäre nicht nur eine Fantasie.

Aber vielleicht lag es daran, dass Ninas Hände tatsächlich ein Stückchen tiefer gerutscht waren und sich ihre Brüste gegen seinen Rücken drückten. Er hätte schwören können, dass ihr Herz etwas schneller schlug, und das nicht nur von der Fahrt. Vielleicht könnte er mit ihr zu einem geheimen Wasserfall fahren, wo sie beide...

Ein vorbeifahrendes Auto hupte ein anderes an, was Boones Gedanken zurück in die Realität riss.

Nachforschen. Wir müssen nachforschen, sagte er sich selbst. *Sonst nichts.*

Sein Wolf grummelte. *Na sicher. Sonst nichts.*

Er fuhr bis nach Maalaea und machte sogar noch einen Abstecher in die Berge von West Maui, in der Hoffnung, dass Nina auf etwas zeigen würde und rief: *Das ist es! Jetzt erinnere ich mich an alles!* Oder noch besser, dass sie ihn an den Straßenrand winkte und die Szene mit ihm umsetzte, die er sich nur allzu deutlich vorgestellt hatte. Aber sie blieb vollkommen still und ruhig – bis er wieder die Küste hinauf in Richtung Koa Point fuhr. Plötzlich drückte sie seine Taille und atmete scharf ein.

Er sah sie über seine Schulter hinweg an, aber sie schaute zurück. „Was?"

Sie neigte den Kopf. „Ich bin mir nicht sicher."

Boone warf einen Blick in den Seitenspiegel, drehte um und fuhr denselben Straßenabschnitt zurück. Er wurde langsamer, als ihre Finger seine Rippen zerquetschten.

„Ich kenne diesen Ort", sagte sie über das Motorengeräusch hinweg.

Er wurde langsamer und schaute nach rechts. „Bist du dir sicher?"

Es fiel ihm schwer, die Skepsis aus seiner Stimme fernzuhalten, denn es handelte sich um das Kapa'akea Resort, eines der exklusivsten Resorts auf Maui. Vielleicht *das* exklusivste Resort überhaupt. Ein Ort, an dem die Reichen und Berühmten Golf spielten, Hochzeiten feierten und extravagante Partys schmissen. Er war dort einmal als Leibwächter tätig gewesen und verdammt, er hatte noch nie in seinem Leben so viele hochmütige Menschen auf einem Haufen gesehen. Ganz und gar nicht Ninas Szene, es sei denn, sie hätte für die Cateringcrew gearbeitet.

Eine lange Reihe wogender Palmen säumte die Einfahrt, während die Gebäude hinter einer Kurve versteckt lagen. Alles, was er sehen konnte, waren ein paar makellos manikürte Golfplätze und ein Wachhäuschen mit rotem Dach.

„Ich kenne es", beharrte Nina und packte ihn fest bei den Schultern. In ihrer Stimme lag mehr Angst als freudige Erwartung.

Er fuhr noch eine Kehrtwende und lenkte langsam die Einfahrt zum Resort hinunter. Ein Typ wie er hatte nur den Hauch einer Chance, es durch die Sicherheitskontrolle zu schaffen, aber egal. Vielleicht würde es Ninas Gedächtnis helfen, wenn sie näherheran konnten – oder sie zu dem Schluss bringen, dass sie sich im Ort geirrt hatte.

Ein rundlicher Sicherheitsoffizier trat aus dem Wachhaus hervor, zog seine Hose hoch und hob seine Hand, um sie zu stoppen. Er machte sich nicht die Mühe zu lächeln und Boone konnte die Verachtung auf dem Gesicht des Mannes sehen.

Wir hätten den Ferrari nehmen sollen, murmelte sein Wolf.

„Kann ich Ihnen helfen?", fragte der Wachmann, als ein zweiter Mann herauskam. Ein großer Typ. Zur Unterstützung, dachte sich Boone, bereit, seinem Partner zu helfen, würden die unerwarteten Gäste auch nur einen Finger rühren. Was dachten sie denn, dass er tun würde – mit seinem Motorrad durch das Tor brechen?

Nina beugte sich vor und nahm ihren Helm ab, um sich den Ort genauer anzusehen. Als ihr seidiges Haar über seine Schultern fiel, schaltete sich sein Gehirn aus. Sein Verstand war selig, blind und leer. Ihr Vanille-Honigblütenduft spülte über ihn und er hätte beinahe geseufzt, anstatt sich eine Geschichte auszudenken, um dem Sicherheitsmann zu erklären, warum er und Nina dort waren.

Eine Geschichte, die sie nicht brauchten, wie sich als Nächstes herausstellte. Denn der strenge Blick des Wachmanns verschwand in dem Moment, als er Nina erblickte.

„Oh! Sie sind es, Miss."

Boone und Nina schauten beide zweimal hin.

„Schön, Sie wiederzusehen, Miss", stammelte der Große und trat zurück.

Mit nur einem Wimpernschlag wandelte sich der schwergewichtige Kerl von arrogant zu wehleidig. „Es tut mir so leid, Miss. Wir wussten nicht, dass Sie es sind."

Boone blickte über seine Schulter zu Nina, die ungefähr genauso schockiert aussah wie er selbst. Sie kannten Nina? Woher?

Einer der Wächter trat zur Seite, während der andere sich beeilte, die Barriere zu heben. Sie beide standen stramm und warteten darauf, dass Boone hindurchfuhr.

Er wollte Nina fassungslos anstarren und fragen: *Bist du eine Prinzessin oder so etwas?* Aber dies war seine Chance und er nutzte sie. Er fuhr die Einfahrt entlang, bevor es sich die Wachmänner anders überlegen konnten.

„Was war das denn?", rief er über seine Schulter, als er weiterfuhr.

„Ich habe keine Ahnung", sagte Nina und klang dabei verwirrter als je zuvor.

Er fuhr langsam in die Kurve und versuchte, nachzudenken. Ein Dutzend Polo-Ponys donnerte über das Feld neben der Straße und ließ die Erde beben, als die Reiter ihre Stöcke schwangen und dem Ball hinterherjagten. Instinktiv schloss Boone seinen Arm um Nina, als ob dies die Gefahr wäre, obwohl die Gefahr in Wirklichkeit das Unbekannte war.

Dann kam das Resort in Sicht – ein weitläufiges, sechsstöckiges Gebäude im Hazienda-Stil. Ein Parkwächter trat vor und schwankte beim Anblick des Motorrads.

Boone fuhr direkt an ihm vorbei und parkte am Ende des Parkplatzes.

„Was machen wir jetzt?", fragte Nina und blinzelte schnell.

Komisch, er wollte sie dasselbe fragen.

„Erinnerst du dich wirklich an dieses Resort?"

Sie schluckte und nickte. „Ich kenne es. Frag mich nicht woher, aber ich kenne es. Der Parkwächter heißt Toby und die beiden Männer am Tor waren Mr. Pilger und Mr. Lee."

Sie kannte die Namen der Mitarbeiter? Boone nickte langsam. Vielleicht hatte Nina tatsächlich einen Cateringjob. Aber das würde nicht erklären, warum die Wachen sie wie einen Filmstar behandelt hatten. Also war er immer noch ratlos.

„In Ordnung", sagte er und zog die Worte lang. „Ich denke, wir haben hier zwei Möglichkeiten."

Ihre Stirn zeigte Sorgenfalten.

„Die erste, wir gehen dort hinein, als wären wir hier Zuhause und hoffen, dass sie uns nicht durchschauen."

Nina riss alarmiert die Augen auf. „Oder?"

„Oder wir verschwinden von hier und ermitteln von Zuhause aus."

Dies war die feige Option und Boone wusste es, aber hochgestochene Orte wie dieser lagen ihm überhaupt nicht. Als er das letzte Mal hier gewesen war, hatte die stinkreiche Mittdreißiger-Witwe eines Öl-Tycoons versucht, ihn in ihr Bett zu locken. Als er es ablehnte, hatte sie ein Gesicht gezogen und einen Stapel Hundertdollarscheine herausgeholt, als wäre er ein Deckhengst, den man anheuern konnte.

Nein, danke.

Nina nickte – schnell, als wollte sie ihre Nerven in Schach halten. „Lass uns hineingehen."

Noch bevor er ein Wort sagen konnte, rutschte sie vom Motorrad und fuhr sich mit den Fingern durch ihr langes, glänzendes Haar. Haar, das zu berühren er begehrte. Das er streicheln wollte. Das er in seine Faust schließen wollte, um sie zu einem Kuss an sich zu ziehen.

Gefährtin, summte sein Wolf. *Sie ist meine Gefährtin.*

Er schluckte, als Nina ihr vom Wind verrutschtes Wickeltuch zurechtrückte. Sein Herz klopfte schneller und sagte dasselbe.

Gefährtin. Meine vorbestimmte Gefährtin.

Er räusperte sich und stieg ab, während er versuchte, sich auf die bevorstehende Aufgabe zu konzentrieren. Es war riskant, dass Nina gesehen wurde, aber sie hatte recht. Sie würden mehr Fortschritte machen, wenn sie aufspürten, was ihr an diesem Ort so vertraut war, als würden sie ihn meiden.

Sie hängte ihren Helm an den Lenker und griff nach seiner Hand. Einen Augenblick später blickte sie nach unten, als ob ihr gerade erst bewusst wurde, was sie getan hatte, und murmelte: „Ich hoffe, es macht dir nichts aus."

Er verschränkte seine Finger in ihren. Sie passten perfekt.

„Nein. Es macht mir nichts aus", sagte er und versuchte, cool zu wirken. Es wäre ihm fast geglückt, bis er einen Fehler machte und gestand: „Es ist irgendwie schön."

Eine monumentale Untertreibung, denn jeder Nerv seines Körpers sang vor Freude über ihre Berührung.

Sie lächelte und all sein Blut floss gen Süden. „Es ist wirklich schön."

Hand in Hand liefen sie zum Eingang, so als wären sie ein glückliches Paar in den Flitterwochen und nicht zwei Menschen, die sich gerade erst kennengelernt hatten. Doch so sehr sich Boones Seele erhob, sanken doch auch seine Hoffnungen. Würde Nina noch immer seine Hand nehmen und ihm vertrauen, wenn sie von dem Wolf in ihm wüsste?

„Hallo, Miss.", sagte der Parkwächter und schenkte ihr ein aufrichtiges Lächeln.

„Hallo Toby", sagte Nina, als er die Tür für sie offenhielt. „Danke schön."

Sie spielte ihre Rolle gut, aber ihr Griff um Boones Hand wurde so fest, dass er zusammenzuckte.

Die Lobby im Inneren war blendend weiß mit mehr Spiegeln als das Schloss von Versailles und einem riesigen Kronleuchter, der über ihnen glitzerte.

„Ah, Miss. Es ist schön, sie wiederzusehen", sagte ein uniformierter Angestellter, als sie durch die Tür traten. „Ich habe sie gar nicht hinausgehen sehen."

Boone studierte den Mann auf irgendein Anzeichen von Fehlverhalten – ein *Verdammte Scheiße, du lebst noch*-Zucken des Auges oder ein *Lass mich sofort den Mafiaboss rufen*-Ballen seiner Faust. Aber nein – nichts, was Boone glauben ließ, dass der Mann nicht aufrichtig war.

„Oh, äh...", murmelte Nina. „Ich bin sehr früh gegangen."

Der Mann warf Boone einen misstrauischen Seitenblick zu, was Boone davon überzeugte, dass er tatsächlich in Ordnung war. Er würde einem Typen wie sich selbst auch nicht mit einem Mädchen wie Nina vertrauen. Sie hatte etwas Besseres verdient. Jemand Reicheren. Ehrgeizigeren.

Sie verdient einen hingebungsvollen Gefährten. Für immer, erklärte sein Wolf.

„Ich hole ihren Schlüssel", sagte der Mann und eilte zur Rezeption hinüber.

Nina nahm ihn entgegen, als würde er ihr eine Ratte am Schwanz reichen, und Boone nahm es ihr nicht übel. Diese Sache wurde von Minute zu Minute merkwürdiger. War Nina hier zu Gast?

Unsicher betastete sie den altmodischen Schlüssel als Boone sie zum Aufzug führte und die Lobby in seinem Seitenblick studierte.

In jeder Ecke waren unauffällige Überwachungskameras installiert. Ein Segen oder ein Fluch? Die Kameras könnten sowohl Informationen über Ninas Angreifer aufgezeichnet haben, aber sie würden auch Boone erfassen.

Nina sah ihn mit einem alarmierten „*Was nun?*"-Blick an, aber auch im Aufzug befand sich ein Angestellter. Der Mann lächelte und zeigte nach oben. „Penthouse-Suite. Bitte sehr, Miss."

Ninas Schritt stockte als er die *Penthouse-Suite* erwähnte und Boone musste sie in den Aufzug ziehen, während er versuchte, ihr ein *Wir schaffen das schon*-Gefühl zu vermitteln.

Als der Aufzug hinauffuhr und an einer Etage nach der anderen klingelte, standen sie in unbehaglicher Stille nebeneinander.

„Bitte sehr. Haben Sie einen schönen Tag", sagte der Page, als sie die oberste Etage erreichten.

Die Türen öffneten sich und Boone stupste Nina an, als sie hauchte: „Wow."

Dann erblickte er, was vor ihnen lag, und erstarrte ebenfalls fast. *Wow*, war das richtige Wort.

Kapitel 7

„Wow", flüsterte Nina zum zweiten Mal.

Sie schaffte es, zwei Schritte aus dem Aufzug zu treten, bevor sie stehen blieb und sich umsah. Sie befanden sich in einem geräumigen Foyer mit einem runden Tisch und einem riesigen Strauß tropischer Blumen. Ein Foyer, hinter dem sich das luxuriöseste Apartment erstreckte, das sie je gesehen hatte. Nicht, dass sie viele gesehen hätte, aber sie hatte durch die Seiten von Zeitschriften geblättert. Und wow. Gäbe es eine Ausgabe über luxuriöses Wohnen, wäre dies einer doppelseitigen Heftmitte würdig.

Dies war keine blaugestrichene Wand – es war die Aussicht. Ein ungehinderter Meerblick, der in einem türkisfarbenen Streifen entlang einer breiten Terrasse verlief, die sich um die gesamte linke Hälfte des oberen Stockwerks des Gebäudes erstreckte. Das Innere war in kühlem Grau mit Akzenten in Burgunder gestaltet. In eine Wand war ein riesiger Fernseher eingelassen worden und an der anderen hingen Gemälde. Riesige, dynamische Gemälde, die ein Museum hätten schmücken können. Ein frisches Bouquet von Flamingo- und Paradiesvogelblumen stand auf dem Tisch im Eingangsbereich. Ihr Duft kitzelte ihre Nase.

Sie drehte sich, um Boone anzustarren, als sich die Fahrstuhltüren schlossen. „Ist das wirklich mein Zimmer?"

„Deine Penthouse-Suite, Nina."

Sie schüttelte den Kopf. Ihr Gedächtnis hatte viele Lücken, aber sie war sich sicher, dass sie ihren Namen und das Wort *Penthouse-Suite* noch nie zuvor im selben Satz gehört hatte. Sie konnte sich eine Unterkunft wie diese unmöglich leisten.

Die Suite war mehr als großartig und doch sehnte sich ein Teil in ihr danach, zurück zu Boones Füße-im-Sand-Strandbungalow zu eilen. Das war mehr ihr Stil. Gemütlich. Behaglich abgenutzt. Heimisch.

„Warte hier", sagte er und eilte an ihr vorbei. Er hielt im Eingangsbereich inne, schützte ihren Körper mit seinem und lief dann von Raum zu Raum und riss eine Tür nach der anderen auf. Im Bruchteil einer Sekunde war er von einem unauffälligen Hochzeitsreisenden zu einem privaten Leibwächter in vollster Alarmbereitschaft geworden. Seine Bewegungen waren schnell und kalkuliert, die Schritte geräuschlos. Sein Blick schweifte hierhin und dorthin und erinnerte sie an die hässliche Wahrheit. Jemand hatte versucht, sie zu ermorden. Aber das war auf einem Boot gewesen. Glaubte Boone etwa, dass die Gefahr auch hier bestand?

Sie lief auf die Terrasse hinaus und stützte sich mit beiden Händen am Geländer ab. Lieber hätte sie ihre Arme um Boones Taille geklammert, so wie sie es auf dem Motorrad getan hatte. Das Geländer gab ihr nicht dasselbe Gefühl von Sicherheit, aber es half ein wenig, als die Zweifel und Ängste erneut in ihr aufstiegen. Dies musste ein Irrtum sein. Sie machte keinen Urlaub in Luxusresorts wie diesem. Sie tat auch nichts, was Mörder anziehen würde.

Mit zusammengekniffenen Augen kämpfte sie gegen die Panik an. Sie war hier, um zu versuchen, sich an etwas zu erinnern – an etwas Anderes als an diese schreckliche Nacht auf dem Motorboot. Sie biss die Zähne zusammen und versuchte, so professionell wie Boone zu sein. Vor zwanzig Minuten hatte sie noch in glücklichen Tagträumen von sich und Boone geschwelgt, in denen sie sich küssten und sich langsam aus den Lagen ihrer Kleidung schälten. Doch als sie sich jetzt umsah, waren all die Angst und Furcht wieder da.

Die Terrasse erstreckte sich weiter und weiter wie das private Deck eines Kreuzfahrtschiffes. Auf der rechten Seite befand sich eine efeubewachsene Wand, hinter der sich die angrenzende Penthouse-Suite befinden würde. Auf der linken Seite führte die Terrasse um eine Ecke und mündete in einen riesigen Außenwohnbereich mit Sofas, Liegestühlen und einer Bar. Topfpflanzen mit übergroßen Blättern gaben der Suite das Flair eines luxuriösen Baumhauses, wobei die höchsten Palmen draußen auf Augenhöhe wogten. Die Aussicht war zum Sterben schön. Von den Segelbooten vor Anker im Vordergrund bis hin zur Weite des Pazifiks. Eine blaue Unendlichkeit, die in der Ferne lediglich durch die sanfte Erhebung einer anderen Insel unterbrochen wurde.

Zum Sterben schön. Sie schnaubte. Gott wusste, wie nah sie dem gekommen war.

Sie ließ ihren Blick über jeden Tisch und jedes Regal gleiten und versuchte, wie ein Ermittler zu denken. Sollte sie tatsächlich in dieser Suite gewohnt haben, wäre sie noch nicht lange dort gewesen, denn der Ort war praktisch unberührt. Auf dem Couchtisch lagen keine Taschenbücher, es gab auch keine Flasche Sonnencreme bei den Liegestühlen. Kein Hut, kein Strandtuch. Nichts.

„Nina", zischte Boone und winkte sie hinein.

Er stand im Türrahmen zu einem Schlafzimmer, jeder Muskel angespannt, und als sie sich näherte, griff er nach ihrer Hand und zeigte hinein. „Es ist niemand hier, aber... "

Sie spähte in das Schlafzimmer und schnappte nach Luft. Die weißen Laken des riesigen Bettes befanden sich zerknittert auf dem Boden und Kissen lagen quer im Zimmer verteilt. Ein Koffer lag umgedreht auf dem Fußboden und Kleidungsstücke waren überall verstreut. Das Zimmer war durchsucht worden.

„Erkennst du irgendetwas wieder?", fragte Boone.

Sie wollte schon *Nein* sagen, als irgendetwas in ihrem Gehirn klickte und einfach so war die Antwort *Ja*. Dies waren ihre liebsten abgeschnittenen Shorts. Das grüne T-Shirt war das, auf das sie so stolz gewesen war, als sie es für wenige Dollar in einem Secondhand-Laden erstanden hatte. Und der verschlissene braune Teddybär, der vor der Kommode auf dem Boden lag...

Sie schrie auf und rannte hinüber, klammerte ihn an ihre Brust und wiegte ihn wie ein Baby. Sie kniff ihre Augen einen Moment zu spät zu, um die Tränen zu stoppen.

Boone berührte sanft ihre Schulter und flüsterte: „Alles in Ordnung?"

Sie schüttelte den Kopf. War die Antwort ja oder nein?

„Meine Mutter…" Sie verschluckte sich an den Worten. Dieser Teddybär war das Kinderspielzeug ihrer Mutter gewesen… eines der wenigen Dinge, die sie die gesamten sechsundfünfzig Jahre ihres Lebens behalten hatte. Nina hatte ihn aus einer alten Truhe gegraben und zu ihrer Mutter ins Krankenhaus gebracht. Einen Monat bevor…

Sie schluckte. Einen Monat bevor ihre Mutter gestorben war.

„Es ist April, nicht wahr?", flüsterte sie.

Boone antwortete nicht sofort. Wahrscheinlich dachte er, sie wäre verrückt. „Ja."

Nina wiegte den Teddybären. April bedeutete, dass Mai vor der Tür stand – und somit der dritte Todestag ihrer Mutter. Und doch war ihre Trauer so unerträglich wie an dem Tag, an dem sie die Hand ihrer Mutter das letzte Mal gehalten hatte.

Es ist in Ordnung, meine Süße. Meine Zeit ist abgelaufen, aber deine hat gerade erst begonnen. Die Worte ihrer Mutter hallten durch ihren Kopf. *Jetzt kannst du wirklich leben, und frei leben.*

Ninas Ohren brannten und ein Kloß bildete sich in ihrem Hals. Sie hatte den letzten Wunsch ihrer Mutter nicht gerade gelebt, nicht wahr? Zu viele Schulden, zu viele Rechnungen. Warum es so viele waren, daran konnte sie sich nicht erinnern. Dies war noch immer mit dem Rest ihrer Erinnerungen begraben. Aber zumindest hatte sie diese wieder.

Boone drückte ihre Schulter und trat dann zurück, um ihr die Privatsphäre zu geben, nach der sie sich sehnte. Einen Augenblick später hörte sie ihn leise in sein Telefon sprechen.

„Hunter? Hör mal, du und Cruz müsst unbedingt herkommen. Jetzt gleich."

Seine Stimme verblasste, als er sich entfernte, und Nina schwelgte für eine Weile in ihren neugefundenen Erinnerungen. Gute Erinnerungen, wie mit ihrer Mutter gemeinsam in ihrem winzigen Garten zu arbeiten. Und traurige, wie ihrer Mutter vorzulesen, als die Chemotherapie sie so geschwächt hatte, dass sie nicht mehr in der Lage gewesen war, selbst ein Buch zu halten. Bittersüße Erinnerungen, wie sie beide mit eingehackten

Ellbogen an einem guten Tag ihrer Mutter am Seeufer spazieren gingen.

Andere Erinnerungen lauerten inmitten derer, die sich um ihre Mutter drehten, aber sie wehrte sie ab. Dies war für den Moment genug. Genug Liebe für ein ganzes Leben – aber auch genug Kummer. Genug Weisheit im Echo der Redensarten, die ihre Mutter so geliebt hatte.

Warte nicht auf einen guten Tag. Mach den Tag selber gut.

Glück ist ein Rezept, das man mit allen Zutaten, die das Leben zu bieten hat, selbst kreiert.

Jede große Reise beginnt mit einem kleinen Schritt.

Langsam riss sich Nina wieder zusammen, setzte sich auf die Bettkante und wischte sich die Tränen von den Wangen. Ihre Mutter hatte sich nie selbst bemitleidet; sie hatte immer weiter gekämpft. Nina hob ihr Kinn und holte tief Luft. Es war an der Zeit, das Gleiche zu tun.

Sie musterte ihr eigenes Spiegelbild im Spiegel. Dort stand sie nun mit einem Teddybären – wie auf einem Foto, das sie plötzlich verzweifelt in der Hand halten wollte. Ein Foto von ihr im Alter von etwa vier Jahren, mit ihrer Mutter hinter sich und dem Bären auf ihrem Schoß. Ein Mädchen mit so vielen Träumen, eine Mutter mit so vielen Hoffnungen.

Ein leises, schlurfendes Geräusch lenkte ihre Aufmerksamkeit zur Tür und sie schaute auf. Es war Boone, der seinen Kopf neigte und sie mit einem Ausdruck im Gesicht ansah, der fragte, ob sie ihn brauchte oder lieber etwas Zeit für sich haben wollte.

Und einfach so wurden die Träume des kleinen Mädchens zu den Hoffnungen einer Frau und sie schluckte schwer. Boone hatte sie von Anfang an in seinen Bann gezogen. Und genau wie in der ersten Nacht, als er sie so vorsichtig vom Strand getragen hatte, sprach seine Seele zu ihr. Sie hatte so etwas noch nie mit einem Mann gefühlt. Noch nie hatte sie so bereitwillig Vertrauen wollen oder sich so leicht beruhigen lassen. Und jetzt gerade brauchte sie ihn. Ihre Mutter hatte ihr beigebracht, auf ihren eigenen Füßen zu stehen, aber verdammt – sie hätte sicher nichts gegen eine Schulter zum Anlehnen.

Weil sie ihrer Stimme nicht traute, winkte Nina Boone zu sich, und er setzte sich neben sie aufs Bett. Eine etwas andere Version von Boone – eine ruhigere, ernsthaftere. Keine Witzeleien, kein charmantes Lächeln. Nur diese unergründlich blauen Augen, so unglaublich aufrichtig. Er legte einen Arm um ihre Schulter, zog sie an sich und drückte seine Lippen auf ihre Stirn.

„Geht es dir gut?", murmelte er.

Sie wischte sich die Augen ab und nickte schnell. Jetzt schon.

Er legte sein Kinn auf ihren Kopf und hielt sie gute drei Minuten lang fest, ohne ein Wort zu sagen. Er roch so gut, dass sie die Augen schloss und einatmete, während sie alles andere zur Seite drängte. Sich an ihn zu lehnen fühlte sich so gut an, dass sie gegen den Drang ankämpfen musste, sich noch näher anzukuscheln.

Aber, oha. Sie kannte diesen Mann kaum. Was tat sie denn, in seinen Armen zu weinen?

„Entschuldige", schniefte sie und zwang sich, sich von ihm zu lösen. Sie sah ihm im Spiegel in die Augen.

„Erinnerungen", murmelte er, als wüsste er genau, wie sie sich fühlte. „Es wäre schön, wenn wir nur die guten behalten könnten, oder?" Sein Lächeln schwankte für einen Moment und er schloss die Augen, sodass sie sich fragte, was er mit sich herumtrug.

Einen Augenblick später räusperte er sich und war wieder ganz der Soldat. „Schaffst du es, deine Sachen zusammenzusuchen? Wir müssen bald von hier verschwinden."

Es gelang ihr, zitternd zu nicken. Wenn er die Dringlichkeit in seiner Stimme verbergen konnte, konnte sie ihre Angst verbergen. Denn ganz plötzlich war sie zurück in der Realität. Ihr Hotelzimmer – Korrektur, ihre Penthouse-Suite – war durchsucht worden. Wahrscheinlich von ihren Beinahe-Mördern. Boone hatte recht damit, verschwinden zu wollen. Es war ein Wagnis gewesen, überhaupt hierherzukommen, und nun war es an der Zeit zu gehen.

Als Boone aufstand, folgte sie und zwang sich selbst in die Gänge. Boone pirschte in der Suite herum wie ein Soldat auf einem vorgezogenen Posten in feindlichem Gebiet. Sie schnappte sich die Kleidungsstücke und stopfte sie in eine kleine Tasche.

„Hier", sagte Boone und reichte ihr das Telefon. „Sag der Rezeption Bescheid, sie sollen Hunter und Cruz hereinlassen."

Sie telefonierte kurz mit der Empfangsdame, die sie *Miss* nannte und auf jede Anfrage mit *Selbstverständlich* antwortete. Sie fragte sich einmal mehr, was sie an einem solch vornehmen Ort verloren hatte. Zu Beginn hatte sie vermutet, dass man sie mit jemand anderem verwechselt hatte, aber der Teddybär bewies, dass sie tatsächlich ein Gast hier war. Aber wer bezahlte für diesen Luxus? Was tat sie auf Hawaii, so weit weg von Zuhause?

Sie blinzelte, als eine weitere kleine Erinnerung zu ihr kam. New Jersey. Dort befand sich das kleine Haus mit der knarrenden Treppe, in dem sie ihr ganzes Leben lang gewohnt hatte.

„Ich bin mir ziemlich sicher, dass du an einem Ort wie diesem dein Bett nicht selbst machen musst", sagte Boone von der Tür aus.

Sie hielt inne und war sich noch nicht einmal bewusst gewesen, was sie getan hatte. Dann machte sie trotzdem weiter. Zumindest würde die Putzfrau sie nicht für eine Schlampe halten und das Aufräumen war ihre Art, demjenigen, der ihr Zimmer durchwühlt hatte, die Kontrolle wieder zu entreißen. Als sie fertig war, steckte sie den Teddybären vorsichtig in den Rucksack und lief ins Wohnzimmer.

„Was denkst du?", fragte sie leise.

Boone neigte den Kopf von einer Richtung zur anderen. „Sie haben nach etwas gesucht. Vielleicht wollten sie dich gar nicht töten, sondern nur etwas finden."

Nina zerbrach sich den Kopf und versuchte zu überlegen, was diese Sache sein könnte. Dann ertönte die Glocke des Aufzugs und Boone wirbelte blitzschnell herum, wobei er sie wie eine Ein-Mann-Armee hinter seinem Körper versteckte. Nina hielt den Atem an und erwartete halb, dass sechs Auftragsmörder mit auf ihren Kopf gerichteten Gewehren herausspringen würden. Aber als sich die Türen öffneten, stiegen nur Hunter und Cruz aus dem Aufzug.

Nun, sie *stürmten* vielmehr heraus, denn sie beide rannten in gegenüberliegende Seiten des Raumes, kontrollierten jede Tür und suchten hinter jeder Ecke nach potenziellen Feinden, bevor sie ein knappes ‚Hallo‘ murmelten.

„Sollen wir die Polizei rufen?“, fragte sie Boone.

Er schüttelte den Kopf. „Zumindest jetzt noch nicht. Im Moment weiß derjenige, der diese Scheiße abgezogen hat, nicht dass du lebst. Ich würde es gern dabei belassen.“

„Wie lange, glaubst du, soll das funktionieren?“, knurrte Cruz.

Nina biss sich auf die Lippe. Cruz hatte recht. Jetzt, da sie im Hotel gesehen worden war, war es nur eine Frage der Zeit, bis ihre Beinahe-Killer entdeckten, dass sie noch lebte. Würden sie für einen erneuten Versuch zurückkommen?

Ihre Knie schwankten, aber gerade als sie dachte, sie würde zu Boden stürzen und wieder verzweifelt den Teddybären umklammern, griff Boone nach ihrem Arm.

„Alles wird gut.“ Sein Tonfall war entschlossen, die Worte ein heiseres Flüstern. „Wir werden auf dich aufpassen.“

Hinter Boone warf ihr Hunter ein aufmunterndes Lächeln zu und selbst Cruz nickte grimmig. Die drei konnten unterschiedlicher nicht sein, aber sie waren eine Gruppe von Brüdern, die irgendwann in der Vergangenheit gemeinsam durch eine Feuertaufe gegangen waren. Männer, die durch dick und dünn zusammenhielten.

„Bist du bereit?“, fragte Boone.

Sie hatte kaum genickt, als die Männer eng um sie zusammenrückten und als Einheit in Richtung Eingang traten. Es war beängstigend und beruhigend zugleich.

„Treppe“, murmelte Cruz. Er ging in Deckung, bevor er die Tür öffnete und dann Entwarnung gab.

Nina war noch nie in einem Panzer gewesen, aber verdammt, jetzt fühlte sie sich so. So solide waren die Männer, so eng um sie geschart. Sie bewegten sich mit militärischer Präzision, untersuchten die Umgebung und gaben kaum einen Laut von sich. Ihre eigene persönliche Geheimdiensteinheit, so fühlte es sich an. Hinter diesem Haufen Muskeln konnte niemand zu ihr gelangen. Zum Teufel, sie konnte ja selbst kaum über seinen Rücken hinwegschauen. Sie wollte es auch nicht, der feste Blick auf Boones breiten Rücken wirkte Wunder, um mit jedem Schritt ihre Ängste zu vertreiben.

„Oh, Miss!", rief die Empfangsdame, als sie die Lobby betraten und in Richtung Eingangstür liefen.

Nina tat die Empfangsdame fast leid, denn Boone, Hunter und Cruz wirbelten herum und funkelten sie an. Sie hoben ihre Arme an, so wie bewaffnete Männer, die bereit waren, ihre Pistolen zu ziehen. Sie hätte schwören können, dass sie Boone knurren hörte.

„Ja?", sagte Nina und versuchte, ihren selbst ernannten Leibwächtern zu versichern, dass alles in Ordnung sei.

„Die Pakete, die für Sie angekommen sind – möchten Sie sie jetzt haben?"

Boone sah sie mit fragendem Blick an. *Welche Pakete?*

Sie zuckte mit den Schultern. *Ich habe keine Ahnung.*

Boone, Hunter und Cruz starrten einander an. Die Art, wie ihre Augenbrauen zuckten und sich ihre Lippen leicht bewegten, ohne jedoch ein Wort zu sagen, war die verrückteste Sache überhaupt. Fast so, als würden sie gedanklich ein komplettes Gespräch führen. Ein Anflug von Eifersucht überkam sie, weil sie sich danach sehnte, Boone genauso nah zu sein und eine solche Verbindung mit ihm zu teilen. Ihm zu gehören und ihn ihr Eigen nennen zu können.

Genau wie zuvor strömte das Gefühl über sie.

Dieser Mann gehört dir und du gehörst ihm. Es war, als würde ihr ein Engel ins Ohr flüstern oder eine urtümliche Stimme, die tief in ihrem Innersten widerhallte.

Boone sah ihr in die Augen und für einen Augenblick fühlte sie sich mit ihm verbunden. Wirklich verbunden, sodass der Rest der Welt um sie herum verblasste. Das Stimmengewirr in der Lobby, das Zwitschern der Vögel draußen. Nichts war mehr wichtig, außer ihr und ihm.

Dann machte Cruz ein Geräusch und stieß Boone einen Ellbogen in die Rippen. Und die Magie verschwand wieder.

Boone blinzelte ein paarmal, als wollte er seinen Kopf frei bekommen, und nickte dann kurz. Er trat mit ihr an die Rezeption heran und sah zu, wie die Empfangsdame einen braunen

Umschlag und einen Stapel Briefe mit vornehmem Aufdruck vor ihr ausbreitete.

Nina schwankte leicht und entzog sich nur langsam dem freudigen Gefühl, das sie verspürt hatte, als sie in Boones Augen schaute. Es hatte sich so angefühlt, als würde sie durch ein Wildblumenfeld tanzen.

„Vielen Dank“, murmelte sie und sammelte die Post mit beiden Händen zusammen. Wie sollte sie das alles je auf dem Rücksitz eines Motorrads nach Hause bringen?

Dann traf es sie. Zunächst einmal war Koa Point nicht ihr Zuhause. Zweitens waren Hunter und Cruz einzeln gekommen, also musste es mindestens ein weiteres Fahrzeug geben. Aber in aller Ehrlichkeit, hoffte sie, dass sie die Post auf den Rücksitz des anderen Fahrzeugs werfen und mit Boone auf dem Motorrad zurückfahren konnte. Es war auch nicht nur eine billige Ausrede, um sich wieder an seinen Rücken zu kuscheln. Es fühlte sich einfach richtig an, so wie es sich in seinem bescheidenen Bungalow gemütlicher anfühlte, als es in einer luxuriösen Penthouse-Suite der Fall wäre.

Sie hatte gerade seinen Blick erhascht und den Hauch eines warmen Lächelns auf seinen Lippen gesehen, als sich hinter ihnen ein Schatten bewegte. Boones Körper versteifte sich sofort und er starrte jemanden über ihre Schulter hinweg an.

„Du“, murmelte Boone, als sich auch Cruz und Hunter sträubten.

Sie drängten sich so eng um sie, dass sie kaum sehen konnte, um wen es sich handelte. Sie konnte die Augen des Fremden jedoch auf sich spüren. Die dunklen, durchdringenden Augen eines Raubtieres. Das bösartige Lächeln eines äußerst selbstbewussten Mannes – Han Solo, der sich der dunklen Seite der Macht angeschlossen hatte – oder so stellte sich Nina ihn zumindest vor. Sie hatte nicht mehr als einen flüchtigen Blick erhaschen können, bevor Hunter sie zum Ausgang drängte. Ihre Seele klagte den ganzen Weg. Moment. Warum kam Boone nicht mit ihnen mit?

Boone sah sie an und seine Augen leuchteten auf eine Weise, die sie wissen ließ, dass sie gehen musste. Sofort.

„Warte", sagte sie, aber Cruz versperrte den Weg und drängte sie durch die Tür.

„Boone wird nachkommen. Wir müssen jetzt gehen", murmelte Hunter. Seine Stimme war sanft, aber seine Augen zeigten Besorgnis. „Wir müssen dich an einen sicheren Ort bringen."

Kapitel 8

In dem Augenblick, als Boone seinen alten Feind entdeckte, stieg ein Knurren in seiner Kehle auf und er machte sich nicht die Mühe, es hinunterzuschlucken. Seine Wangen glühten und er ballte die Fäuste beim Anblick des Werwolfs, den er so hasste – das einzige lebendige Wesen, das er wahrhaftig verachtete. Sein Körper und Geist gingen sofort in Kriegsmodus über – das Blut rauschte, seine Sinne schärften sich. Schmerz durchbohrte seine Brust, weil er innerlich zerrissen war. Die eine Hälfte von ihm wollte verzweifelt bei Nina bleiben. Die andere war begierig darauf, sie an einen sicheren Ort zu bringen, damit er das Arschloch vor ihm töten konnte.

Was zum Teufel hatte Kramer hier verloren?

„Ach was. Wen haben wir denn hier?", grinste Kramer und entblößte die Spitzen seiner Zähne. Selbst in menschlicher Gestalt zeigte der Kerl seinen inneren Wolf. Sein dreckiges Grinsen und das struppige braune Haar waren ebenfalls ganz Hund.

Boone konnte sich gerade noch beherrschen, nicht zuzuschlagen. Er begnügte sich damit, Kramer in eine Nische vor der Lobby zu drängen.

Kramer lächelte weiter, so als wäre es seine Lieblingsbeschäftigung, Boone zu verärgern – und Boone war sich sicher, dass es tatsächlich so war. Zur gleichen Zeit huschten die Augen des Söldners zur Tür und erhaschten einen flüchtigen letzten Blick auf Hunter, Cruz und Nina.

Boone knurrte und fuhr seine Reißzähne aus.

„Was? Freust du dich nicht, mich zu sehen?", protestierte Kramer.

„Was zum Teufel machst du hier?"

„Oh, ich bin natürlich Gast hier", sagte Kramer viel zu unschuldig.

„Ein Gast." Es war eine Aussage, keine Frage, auch wenn Boone es nicht eine einzige Sekunde lang glaubte.

„Definitiv. Wie du siehst, bin ich in der Welt aufgestiegen. Ich habe mit meinen letzten paar Jobs gutes Geld verdient."

Boone sah ihn böse an. Kramer schaffte es irgendwie immer zu gewinnen, egal wie die Chancen standen, und der Zweck heiligte immer die Mittel.

„Und du wurdest, wie ich sehe, von der reizenden Miss Miller zu ihrem Schutz engagiert." Kramer nickte. „Gute Idee. Die Dinge können für eine Frau in ihrer Position gefährlich sein."

Jeder Muskel in Boones Körper spannte sich. Das Einzige, was ihn davon abhielt, Kramer an die Kehle zu gehen, war das Geräusch eines Jeeps, der aus der Einfahrt fuhr. Hunter brachte Nina in Sicherheit, dicht gefolgt von Cruz in dem Ferrari. Das war zumindest etwas. Aber Scheiße. Kramer kannte Nina?

Boones Wolf heulte. Kramer hatte ihm bereits einmal eine Frau gestohlen und zum Teufel noch mal, dieser Bastard würde es wieder versuchen, wenn auch nur aus krankem Spaß am Spiel.

Kramer klopfte ihm auf die Schulter, als wären sie alte Kumpels und keine Todfeinde. „Warum stehen wir denn hier rum, wenn wir uns doch einen guten Drink genehmigen und auf alte Zeiten anstoßen können?" Er zeigte auf die Bar.

„Alte Zeiten?" Boone sah böse aus.

Er, Hunter und die anderen hatten ihrem Land ehrenvoll gedient, während Kramer als privater Vertragsarbeiter in Kriegsgebieten ein- und ausgegangen war. Was auch immer Boone und die anderen Gutes zu tun versuchten, Kramer und seine Söldnerbande würden hereinstürmen und alles in die Luft jagen. Dabei spielte es keine Rolle, wieviel Vertrauen sie bei den Einheimischen gewonnen hatten. Der Krieg, wie die Liebe, war für Kramer ein Spiel. Der Krieg war ein Geschäft, nichts weiter.

Kollateralschäden, hatte Kramer einst mit einem Schulterzucken gesagt, taub für den Klang der wehklagenden Frauen.

„Sicher. Wir können auf die Kameraden trinken, die wir verloren haben", sagte Kramer und traf damit einen empfindlichen Nerv.

Kramer konnte sich nicht weniger um die Verluste kümmern, während Boone aufrichtig um jeden einzelnen Mann, den sie verloren hatten, getrauert hatte. Er bedauerte jedes unschuldige Leben, das vorzeitig beendet worden war – und er trauerte noch immer um sie.

Boone ballte die Fäuste, bevor sich seine Wolfskrallen ausfahren konnten. Er würde lieber durchs Feuer laufen, als mit Kramer anzustoßen. Aber er konnte hier keinen Kampf vom Zaun brechen, geschweige denn, sich die Chance entgehen lassen, herauszufinden, was Kramer auf Maui tat – und was es mit Nina zu tun hatte. Also folgte er Kramer an die Bar auf der Außenterrasse und nahm widerwillig Platz. Kramer lehnte sich auf einem Stuhl zurück und setzte sich auf einen Eckplatz mit Blick auf zwei in Bikinis gekleidete Frauen am Pool. Boone saß kerzengerade und mit geballten Fäusten dort.

„Was zum Teufel meinst du damit, dass die Dinge für eine Frau in ihrer Position gefährlich sein können?", fragte Boone in dem Augenblick, als die Kellnerin sich entfernt hatte. Kramers Blick folgte einen Moment lang den schwingenden Hüften der jungen Frau und er leckte sich die Lippen, bevor er antwortete.

„Aber, aber. Du solltest nicht zulassen, dass deine Emotionen einem Job im Weg stehen."

Boone höhnte. „Darin bist du der Meister, nicht wahr?"

Kramer sah ihn missbilligend an. „Emotionen machen dich schwach", sagte er und betonte das Wort *dich*.

„Was ist für Nina so gefährlich?"

Kramer zog eine Augenbraue hoch – die, die von einer gezackten Narbe unterbrochen wurde. „Du nennst deine Kundin beim Vornamen? Das solltest du doch besser wissen, mein Freund."

Nina war keine Kundin und Kramer ganz sicher nicht sein Freund, aber Boone verkniff sich ein Widerwort. Die Kellnerin kam mit den Whiskys zurück, die Kramer bestellt hatte, und als sie ging, wich Kramer der Frage aus, indem er sein Glas erhob.

„Auf alte Freunde und neue Abenteuer. Möge der beste Mann gewinnen."

Der gleiche verdammte Trinkspruch, den Kramer jedes Mal stammelte. Für Kramer war alles ein Wettkampf, jedes Unterfangen eine Chance zu profitieren. Boone schob sein Glas weg und hielt seine Lippen verschlossen.

Kramer trank einen langen Schluck Whisky und donnerte das Glas auf den Tisch. „Tamara ist hier, weißt du." Er sprach die Worte, ohne zu zögern, und landete damit einen Volltreffer auf Boones empfindlichsten Nerv.

Ich werde mich nicht zum Wolf verwandeln. Ich werde ihm nicht die Kehle herausreißen, versprach Boone sich selbst, obwohl es ihm schwerfiel, still auf seinem Platz zu sitzen.

„Sie wird sich so freuen, dich zu sehen", grinste Kramer und zog die Schrauben der Folter noch fester.

„Ganz sicher", schaffte es Boone zu sagen, obwohl seine Kehle trocken war.

Das letzte Mal, als Boone seine Ex-Verlobte gesehen hatte, war, während eines Kurzurlaubs zwischen Einsätzen. Er wollte sie überraschen, aber er war der Überraschte gewesen, als er Tammy nackt und mit um Kramer geschlungenen Beinen vorfand. Sie hatte gestöhnt: *Ja, ja, ja. Fick mich, Wolf. Fick mich hart.*

Genau die gleichen Worte, die sie ihm einst gesagt hatte, als er noch unter ihrem Bann stand. Er hatte sich auf den ersten Blick Hals über Kopf in sie verliebt und sich eingeredet, Tammy wäre die Eine. Seine vorbestimmte Gefährtin. Die Frau, die er für immer beschützen und lieben wollte. Die eine Person auf der ganzen Welt, die ihn wirklich verstand. So hatte er es sich zumindest vorgestellt, bis er sich von ihrem sirenenhaften Bann befreit hatte.

Kramer hat uns einen Gefallen getan, uns von ihr zu befreien, sagte er zu sich selbst.

Verfluchter Sukkubus, knurrte sein Wolf.

Aber der Schmerz war immer noch da. Die Ablehnung, der Betrug. Er war Tammy treu gewesen, während sie sich direkt in ihren nächsten Fick gestürzt hatte; mit Kramer – und wer weiß, mit wem sonst noch?

Gut, dass Boone nicht nach seinem Glas gegriffen hatte. Es wäre unter dem bloßen Druck zerbrochen. Er war so leichtgläubig gewesen und hatte gedacht, es wäre das Schicksal und nicht Tammys Sukkubus-Magie gewesen, die ihn angezogen hatte. Die Frau wollte Sex, Sex und noch mehr Sex – und sie bekam ihn.

Ganz ehrlich? hatte Cruz zu Boone gesagt, als er erfuhr, was passiert war. *Du bist ohne sie besser dran. Und sie und Kramer sind perfekt füreinander. Zwei egozentrische Tagelöhner, die sich aneinander nähren. Lass sie gehen, Boone.*

Boone knirschte mit den Zähnen. Er hatte Tammy gehen lassen, aber die Narben ihres Verrats waren geblieben. Für Werwölfe war nichts heiliger, als die Verbindung zwischen vorbestimmten Gefährten, und Tammy hatte jeglichen Glauben in ihm mit Füßen getreten.

Sein Wolf knurrte. *Nur weil sie uns verhext hat, heißt das nicht, dass das Schicksal uns nicht unsere wahre Gefährtin schicken wird.*

Ein Bild von Nina, die sich in seinem Bett rekelte und schlief, traf ihn wie eine Tonne Ziegelsteine.

Unsere wahre Gefährtin, summte sein Wolf.

Er schüttelte den Kopf und versuchte, sich zu konzentrieren. Er musste jegliche verkorkste Emotion beiseitelegen und Informationen aus Kramer herausquetschen.

„Für wen arbeitest du?"

Kramer lehnte sich so weit zurück, dass sein Stuhl auf den beiden hinteren Beinen kippelte. „Ich habe es dir doch schon gesagt. Ich bin zu Gast hier."

Boone musste sich mit aller Macht zusammenreißen, um den Stuhl nicht umzustoßen. Er konnte die Lüge genauso deutlich riechen wie den malzigen Geruch seines Getränks. Ebenso deutlich, wie er auch noch etwas Anderes roch. Das Blut gefror ihm in den Adern.

„Hallo, Baby", säuselte ein geschmeidiger Sopran hinter ihm.

Und scheiße, er hätte sich fast umgedreht. Aber die Worte waren an Kramer gerichtet und nicht an ihn.

Tammy schlenderte vorbei, lief um Kramer herum und beugte sich hinunter, um sein Ohr zu küssen. Oder wohl eher, sein Ohr zu lecken und zu liebkosen. Boone zuckte zusammen. Was hatte er jemals in dieser Frau gesehen?

Sie trug einen winzigen String-Bikini mit einem hawaiianischen Wickeltuch, das um ihre Hüfte gebunden war, und viel zu viel Fleisch zur Schau stellte. Das Einzige, was der Bikini tatsächlich bedeckte, waren ihre Brustwarzen, und selbst das war großzügig ausgedrückt. Ihr schwarzes Haar schwang und lockte sich über ihren Schultern, was immer wieder Einblicke auf ihr Dekolleté zur Schau stellte. Außerdem trug sie ein Paar hochhackige Sandalen mit schwarzen Lederriemen, was einen kleinen Hinweis auf ihre Vorlieben im Bett lieferte.

Jeder Mann auf der Terrasse drehte sich um und schnüffelte. Boone hätte alles gegeben, um beiläufig zu verkünden: *Sie ist ein Sukkubus. Passt auf eure Herzen und Brieftaschen auf, Leute. Besser noch, passt auf eure Schwänze auf.*

„Boone", murmelte sie und ließ ihre Hand über Kramers Brust gleiten. Ihre Augen leuchteten auf und sie fuhr sich mit der Zunge über die Lippen.

Boone saß völlig regungslos dort, besorgt, dass der animalische Teil seines Körpers noch immer auf sie reagieren könnte.

Wenn ich reagiere, dann auf ihre Magie, nicht auf sie, knurrte sein Wolf.

Aber – nein. Kein Hauch der Erregung. Wenn überhaupt verspürte er Ekel – etwas, woran er sich wie an einem Schild festhielt.

Die Liebe zu Nina macht uns immun, lachte sein Wolf. *An Nina zu denken, macht es leicht, dieses boshafte Miststück zu ignorieren. Ich brauche nur Nina. Nina...*

Die Sonne strahlte ein wenig heller und das stickige Gefühl, das ihn umhüllt hatte, verflüchtigte sich mit dem Hauch einer frischen Brise.

Tammys Gesicht erstarrte in einem krokodilhaften Lächeln, während sie darauf warteten, dass er reagierte. Und sie wartete und wartete...

Wenn Nina lächelt, dann nur weil sie glücklich ist. Wirklich glücklich, beobachtete sein Wolf.

Boone kam nicht umhin zu denken, dass das Lächeln, das er am meisten liebte, dasjenige war, das er inspiriert hatte.

Wenn Tammy hingegen lächelte, gingen in seinem Kopf tausend Alarmglocken los.

„Schau einer an. Du siehst gut aus, Boone", säuselte sie und zog ihn mit den Augen aus.

„Du hast dich kein bisschen verändert, Tammy", sagte er. Es war kein Kompliment.

„Ta-ma-ra", korrigierte sie ihn und zog die Silben lang, um ihren Namen raffiniert und alt klingen zu lassen. Alles künstlich, was äußerst passend war. „So eine Überraschung, dich hier zu sehen."

Überraschung? Er war derjenige, der auf Maui wohnte. Was zum Teufel wollten diese beiden Gauner hier, die in seine Ecke des Paradieses eindrangen?

„Ich nehme an, dass du auch zu Gast hier bist", schaffte er es, zu sagen, obwohl seine Stimme in Unglauben versank.

„Stimmt genau. Nettes Plätzchen, nicht wahr?" Sie lehnte sich näher an ihn. „In unserer Suite gibt es auch ein schönes, großes Bett. Stell dir mal vor, welchen Spaß wir drei dort drin haben könnten."

Bei dieser Äußerung schaute sogar Kramer finster drein und Boone kam nicht umhin, sich zu fragen, welche Art Vereinbarung sie miteinander hatten. Gab sich Kramer Tammys wilden Gelüsten hin oder hatte er einen Weg gefunden, sie an der kurzen Leine zu halten?

Wie dem auch sei. Boone war noch nie so glücklich gewesen, Tammy los zu sein, wie in diesem Moment, und es ließ ihn auch Kramer in einem neuen Licht sehen. Vielleicht war Tammy tatsächlich die Art, wie das Schicksal Kramer bestrafte, auch wenn er sich dessen nicht bewusst war.

„Warst du in letzter Zeit mal auf dem Wasser?", fragte Boone, als ein Motorboot vorbeifuhr. Er konzentrierte sich auf Kramers Augen und dort war es – das Aufblitzen hinterhältiger Wiedererkennung.

„Ja. Ich habe sogar einen großen Fisch gefangen", sagte Kramer mit einem dreckigen Grinsen.

„Gefangen oder verloren?", warf Boone zurück.

Die Atmung des Söldners stockte für den Bruchteil einer Sekunde – so kurz, dass Boone es verpasst hätte, hätte er nicht genau darauf geachtet.

„Im Gegensatz zu anderen Männern verliere ich nie etwas“, sagte Kramer.

Es war ein erneuter Angriff, aber gleichzeitig auch ein Hinweis. Die Zahnräder in Boones Kopf begannen sich zu drehen. Kramer hatte Nina vielleicht nicht über Bord geworfen und sie zum Sterben zurückgelassen, aber Boone ging jede Wette ein, dass der Söldner wusste, wer es war.

Mehr als das würde er allerdings nicht aus Kramer herauskitzeln können. Also stand er zügig auf – so zügig, dass sich Kramers Schultern versteiften, als wolle er einen Angriff abwehren.

Gut, knurrte Boones Wolf. *Er soll sich ruhig sprunghaft fühlen. Lass ihn wissen, dass wir es ernst meinen.*

Eine Sekunde später war Kramers geschmeidige Fassade zurück und verbarg sein wahres Gesicht. „Willst du schon gehen?“

Boone wollte ihm die Worte am liebsten um die Ohren schleudern. Ja, er würde gehen, aber nur, damit er Kramer nicht auf der Stelle umbrachte, oder irgendetwas verriet. Er hatte schon zu viel durchscheinen lassen.

„Es stinkt hier drin“, murmelte er.

Kramers Grinsen sagte: *Ist das alles, was du kannst?* und als er sein Glas zum Abschied erhob, konnte Boone die Worte auf seinem Gesicht lesen: *Möge der beste Mann gewinnen.*

Er schenkte ihm ein falsches Lächeln und zwang sich, in seinem gewohnt schwungvollen Tempo zu gehen. Kramer und Tamara schauten ihm hinterher – seine sich aufrichtenden Nackenhaare verrieten ihm das – also drückte er seine Schultern breit durch. Als er auf sein Motorrad stieg und davonraste, ließ er den Motor mit einer klaren Botschaft absichtlich laut aufheulen.

Möge der beste Mann gewinnen, Arschloch. Möge der beste Mann gewinnen.

Kapitel 9

Nina starrte auf den Stapel Briefe in ihrem Schoß, während Hunter fuhr. *Nina Miller,* stand auf dem Umschlag.

Nina Miller war auch auf den zweiten Umschlag gedruckt. Sie strich mit dem Finger über die oberste Zeile.

Mein Name ist Nina Miller. Sie konnte spüren, wie eine Vielzahl von Erinnerungen an die Kante ihres Bewusstseins drängte, so wie Tee, der über den Rand einer überfüllten Tasse schwappte.

Sie drehte sich um, um zum zehnten Mal zurückzuschauen. Sie saß mit Hunter in seinem Fahrzeug, einem staubigen schwarzen Jeep mit einer Beule am vorderen Kotflügel. Cruz fuhr in einem funkelnden roten Ferrari direkt hinter ihnen und ließ ungeduldig den Motor aufheulen. Und was ihren Fluchtversuch betraf, hielt sich Hunter auf jeden Fall an das Fußgängertempo. Er fuhr das Tempolimit und keinen Tick schneller.

Nina verrenkte sich ihren Hals noch weiter, aber Boone war nirgends zu sehen.

„Er könnte eine Weile brauchen", murmelte Hunter.

Nina zwang sich, sich nach vorn umzudrehen. War es so offensichtlich, dass sie sich um Boone sorgte? Sie verschränkte ihre Hände und verschränkte sie dann erneut. Dann ordnete sie die Post auf ihrem Schoß, unfähig, still zu sitzen.

„Kennst du den Mann aus dem Resort?", fragte sie und dachte an den großen, bulligen Kerl, auf den Boone derart reagiert hatte.

Hunter ließ sich seine Worte eine ganze Minute lang durch den Kopf gehen, bevor er knapp nickte.

Nun? wollte sie schreien.

Hunter bewegte seine Hände auf dem Lenkrad. „Kramer. Ein Söldner. Schlimmer Typ."

Ninas Mund klappte auf. Zumindest nahm Hunter kein Blatt vor den Mund.

„Wird Boone zurechtkommen?"

Hunter schaute sie an, neigte den Kopf und überlegte sich seine nächsten Worte genauso sorgfältig, wie er es immer zu tun schien. „Du bist diejenige, die jemand töten wollte."

„Ich meine, ob Boone mit diesem Typen zurechtkommt."

Ein kurzer Blick auf Kramer hatte gereicht, um zu erkennen, dass der Mann ausgesprochen furchterregend war – und dass es definitiv böses Blut zwischen ihm und Boone gab.

Hunter fuhr um drei weitere Kurven, bevor er antwortete. „Mit Kramer wird Boone schon fertig. Ich mache mir mehr Sorgen um sie – diese Hexe."

Sie? Welche sie? Nina hatte keine Frau gesehen. Sie starrte Hunter an, dessen Lippen plötzlich versiegelt waren.

„Die Polizeiwache ist gleich hier", murmelte Hunter und wurde an einer Kreuzung langsamer. „Im Ernst, wenn du dich dort sicherer fühlst... "

Sicherer? Sie fühlte sich bei Boone am sichersten. Ihn zurückzulassen hatte an den Strängen ihrer Seele gezerrt, aber Boone hatte darauf bestanden, als der andere Mann erschien. Dass ihr Zimmer durchsucht worden war, war definitiv eine Komplikation, und sollte dieser Söldner etwas damit zu tun haben... vielleicht war es wirklich an der Zeit, zur Polizei zu gehen.

Sie stellte sich vor, wie das ablaufen könnte. *Jemand hat versucht, mich umzubringen. Können Sie mir bitte helfen?*

Wie heißen sie, Miss?

Anscheinend Nina Miller. Ich kann mich jedoch nicht genau daran erinnern.

„Würde es Boone mit diesem Typen helfen, zur Polizei zu gehen?", fragte sie.

Hunter schüttelte vehement den Kopf und studierte sie lange und intensiv, als wollte er abschätzen, ob man ihr trauen könnte. „Schau mal, Boone und der Rest von uns müssen uns bedeckt halten." Sie fragte sich, was genau das heißen sollte, aber ausnahmsweise fuhr Hunter fort und sprach mehr als nur einen Satz auf einmal. „Aber zur Polizei zu gehen, könnte dir helfen."

Sie kaute auf einem Fingernagel und schüttelte dann entschlossen den Kopf. Nein. Sie war noch nicht bereit, zur Polizei zu gehen. Nicht ohne vorher mit Boone zu sprechen.

Hunter fuhr schweigend weiter, schaute ständig in den Rückspiegel und warf Cruz verärgerte Blicke zu. Der andere Mann fuhr zu nah auf und versuchte, Hunter zu zwingen, schneller zu fahren. Nina starrte geradeaus und versuchte, sich an etwas zu erinnern. An irgendetwas.

Nina Miller... Wer bin ich?

Sie waren fast zurück am Koa Point, als rote und blaue Lichter hinter ihnen aufblitzten. Hunter stöhnte und starrte auf den Tacho.

„Verdammt, Cruz", murmelte er, als er am Straßenrand anhielt.

Nina schaute alarmiert zurück. „Kriegen wir Ärger?"

Hunter schüttelte schnell seinen Kopf. „Nur einen Strafzettel", seufzte er.

Cruz hatte ebenfalls angehalten und Nina beobachtete im Rückspiegel, wie sich eine Polizistin dem Ferrari näherte, Cruz' Führerschein überprüfte und dann zum Jeep gelaufen kam.

Nina erwartete ein strenges: *Kennen Sie die Geschwindigkeitsbegrenzung hier?* Aber es lief nicht ganz so ab.

„Mr. Bjornvald", sagte die Polizistin etwas atemlos.

„Officer Meli", flüsterte Hunter.

Sie starrten sich eine lange, stille Minute an. So still, dass Nina die Brandung hören konnte, die in nicht allzu weiter Entfernung übers Ufer rollte. Hunters Brust hob und senkte sich und die Wangen der Polizistin färbten sich rosa.

„Führerschein bitte", murmelte die Polizistin. Sie warf einen Blick auf Nina, die ihr Bestes tat, um deutlich zu machen, dass sie nur zum Mitfahren bei Hunter im Auto saß. Es musste funktioniert haben, denn die Polizistin schenkte ihre volle Aufmerksamkeit nun wieder Hunter.

Hunter begann sich zu bewegen, ganz plötzlich wie ein Welpe, begierig darauf, es ihr recht zu machen. Er beeilte sich, seinen Ausweis aus seiner Brieftasche zu ziehen, und reichte ihn ihr. Nina spitzte die Lippen. Hunter hatte zweifellos ein Faible für die Polizistin und wer konnte ihm das verdenken? Diese Frau war ausgesprochen schön, mit glatten, perfekten Gesichtszügen, die eine Mischung aus polynesischem, asiatischem und kaukasischem Ursprung erkennen ließen. Ihr tiefschwarzes Haar war zu einem glänzenden Zopf geflochten, der ihr bis zur Taille reichte, und wenn er schwankte, schien auch Hunter zu schwanken.

Elegant. Sittsam. Gelassen. Die Polizistin war alles, was Nina nicht war. Nina seufzte innerlich.

Hunter und Officer Meli starrten sich so sprachlos an, wie ein paar verknallte Achtklässler bei einer Tanzveranstaltung, die beide nicht wussten, wie sie den ersten Schritt machen sollten.

„Wenn er zu schnell gefahren ist, war das meine Schuld", erklärte Nina. Sie hatte schon genug Ärger verursacht. Sie wollte nicht, dass Hunter wegen ihr Ärger mit dem Gesetz bekam. Und ganz besonders nicht mit der Polizistin seiner Träume, wenn Nina die Signale richtig interpretierte.

Die Polizeibeamtin schaute sie kaum an, so sehr war sie auf Hunter fokussiet.

„Ähm, Officer Meli? Können wir bitte weiterfahren?" Cruz klopfte unruhig mit der Hand auf das offene Dach des Ferraris.

Nina blinzelte. Kannte sich in diesem Teil von Maui jeder mit Namen?

Officer Meli richtete sich schnell auf und reichte Hunter seinen Führerschein. „Achten Sie nächstes Mal auf die Geschwindigkeit."

„Ja, Ma'am", murmelte er.

Ihre Finger berührten sich kurz, wovon Hunters Wangen ebenfalls erröteten.

„Auf Wiedersehen", flüsterte Officer Meli.

„Bis bald", hauchte Hunter.

Nina saß so reglos wie möglich dort, um ihnen einen letzten Moment von... nun, von dem zu geben, was auch immer zwischen ihnen vor sich ging. Dann entfernte sich Officer Meli. Wenige Augenblicke später fuhr sie in ihrem Streifenwagen davon.

Hunter behielt beide Hände am Lenkrad und stieß einen verträumten Seufzer aus. Als Cruz hupte, zuckte Hunter zusammen.

„Scheiße. Entschuldige." Er legte den ersten Gang ein und fuhr weiter. Er warf Nina seine Brieftasche und seinen Führerschein hinüber. „Kannst du den bitte wieder reinstecken?"

Der Führerschein lag verkehrt herum, als sie ihn entgegennahm, und eine Erinnerung schoss ihr durch den Kopf.

Nina Miller. So stand es auf ihrem Führerschein.

Ich bin Nina Miller. Meine Mutter war Margaret Miller. Wir leben in New Jersey...

Und einfach so kam eine Reihe von Erinnerungen zu ihr zurück. Nicht alles, aber genug, um ihr den Atem zu rauben. Die Blumen, die auf ihrer hinteren Veranda blühten. Der Jugendverband, wo sie schwimmen gelernt hatte. Der Weg zur Bushaltestelle, um zur Arbeit zu fahren...

Sobald Hunter den Jeep in der Garage von Koa Point geparkt hatte, eilte Nina zum Strand, setzte sich auf einen Felsen und umklammerte ihre Knie. Ein Sturmtaucher flog vorbei, aber sie nahm ihn kaum wahr. Genau wie den Rest der Aussicht. Sie war dort, aber ihre Gedanken waren Tausende Kilometer weit entfernt.

Nina Miller. Mein Name ist Nina Miller. Cottage Hills, New Jersey ist mein Zuhause, aber dort wartet niemand auf mich.

Die Sonne senkte sich dem Horizont entgegen und der blaue Himmel begann, in Farben zu zerfließen, die ihrer Stimmung entsprachen.

Ihre Mutter war tot. Ihr Vater war kein Teil ihres Lebens – sie konnte sich nicht an die genauen Einzelheiten erinnern, aber es schien keine Rolle zu spielen. Wer auch immer er war, er gehörte nicht in ihr Leben. Sie hatte auch keine Schwestern oder Brüder – all diese Dinge waren glasklar in ihrem Kopf. Es gab einen freundlichen, alten Mann namens Lewis, den sie nicht ganz einzuordnen vermochte, aber sie erinnerte sich daran, dass er verstorben war. Es hatte sie auch niemand als vermisst gemeldet und wenn dies kein Beweis dafür war, dass sie niemandem wichtig war, wusste sie es auch nicht. Sie war ganz allein.

Ein Vogel zwitscherte im Widerspruch und das Rauschen der Wellen schien zu sagen: *Du hast Boone.*

Sie verbarg ihr Gesicht in den Händen und wiegte sich leise. Boone war großartig, aber sie war im Moment zu labil, um ihren Gefühlen zu vertrauen. Es wäre das Wichtigste, den Rest ihrer Vergangenheit aufzudecken, nicht wahr?

Aber die Vergangenheit machte ihr Angst. Hässliche Erinnerungen drangen neben den schönen an den Rand ihres Bewusstseins und sie war sich nicht sicher, ob sie für jegliche davon bereit war. Sie war sich über gar nichts sicher, also saß sie nur dort, wiegte sich und wünschte, sie könnte an einem Ort wie diesem neu anfangen. Und warum auch nicht?

Warte nicht auf einen guten Tag. Mach den Tag selber gut.

Das könnte sie tun. Sie könnte ihr ganzes Leben neu beginnen.

Glück ist ein Rezept, das man mit allen Zutaten, die das Leben zu bieten hat, selbst kreiert.

Zum Teufel, sie war auf Hawaii. Und keine Familie zu haben bedeutete, nichts zu haben, das sie nach New Jersey zurückzog, richtig?

Jede große Reise beginnt mit einem kleinen Schritt.

Mal ernsthaft, was hielt sie denn zurück?

Eine Welle brach sich über einem vorgelagerten Felsen und erinnerte sie daran, was es war. Jemand hatte versucht, sie zu töten. Jemand, der noch immer dort draußen war.

Boone wird helfen. Er hat es versprochen.

Die Sonne glitzerte auf dem Ozean, während sie versuchte, sich selbst zu überzeugen. Aber sie kam nicht weit. Was war für Boone dabei drin? Hatte sie ihm nicht bereits genug auferlegt?

Sie schwankte hin und her, ganz ähnlich wie die Wellen am Ufer. Sie wirbelten den Sand in kleinen Mustern, nur um sie dann wieder auszulöschen, und von vorn anzufangen, was sie verzweifeln ließ. Aber schließlich, nach einer Ewigkeit, in der sie auf dem Felsen gesessen und sich jämmerlich allein gefühlt hatte, erhob sich etwas in ihrer Seele. Etwas, das noch schöner und idyllischer war als die Umgebung, die sie völlig ignoriert hatte. Sie wusste nicht, was es war, bis sie sich umdrehte und sah, wie Boone den Weg hinuntergelaufen kam.

Ihr Herz sprang aus ihrer Brust und eine Melodie spielte in hohem Ton in ihrem Kopf. *Er ist da! Er ist wieder da!*

Es war lächerlich, so zu reagieren. Sie zwang sich, still zu sitzen, und ihn kommen zu lassen, anstatt ihm in die Arme zu fallen, wo sie nicht hingehörte.

„Hey", sagte er, kletterte auf den Felsen und ließ sich neben ihr nieder. Ganz nah neben ihr.

Ihre Seele hätte vor Freude tanzen sollen, aber Boones Schritt hatte seinen Schwung verloren und der Kampfgeist war aus seinen Augen verschwunden. Er sah müde aus und sein strahlendes Lächeln war weg.

„Geht es dir gut?", fragte er. So, wie er aussah sollte sie das eigentlich ihn fragen, dachte Nina.

„Es geht mir gut.", sagte sie.

Sein Arm war ihrem nah und sie konnte nicht anders, als ihn zu streicheln, und hoffte, dass er ihn nicht wegziehen würde. Wenn überhaupt, lehnte sich Boone jedoch näher zu ihr, sodass sie nicht aufhörte. Vielleicht war sie an der Reihe, ihn zur Abwechslung einmal zu trösten.

„Wer war das vorhin im Hotel?" Sie bereute diese Frage sofort, denn der Hauch von Spannung, der sich von Boones Schulter gelöst hatte, war augenblicklich wieder da.

„Niemand", sagte er so bitter, dass sie wusste, dass es eine Lüge war. Eine Lüge, die sie ihm angesichts der Art und Weise, wie sie ihren eigenen Wahrheiten auswich, nicht verübeln konnte.

Sie ließ das Thema bleiben und saß ganz still neben ihm, wobei sie mit den Fingerspitzen leicht über die drahtigen Muskeln von Boones Arm strich. Wieder und wieder, bis die Sehnen etwas weicher wurden. Mit jeder Bewegung lehnte er sich noch näher an sie und schmiegte sich dicht an ihre Seite.

Nina seufzte. Die Realität war scheiße, aber sie gab dieser Fantasie zehn von zehn Punkten. Ein Moment stiller Zweisamkeit, wie sie ihn schon seit sehr langer Zeit nicht mehr mit jemandem hatte teilen können.

Du bist nicht allein, hörte sie eine entfernte Stimme. *Du hast ihn.*

Sie drehte sich leicht, brachte ihren Körper näher zu seinem und wollte, dass er es auch fühlte. Dass auch er nicht alleine war. Er hatte sie.

„Möchtest du, dass ich dich alleine lasse?", flüsterte Boone.

Eine Stunde zuvor hätte sie vielleicht gesagt: *Ja. Nein. Ich weiß nicht, was ich will.* Aber jetzt war ihre Antwort verblüffend klar. „Nein."

Nein, verdammt, war wohl eher richtig. Sie ergriff seinen Arm und packte ihn, weil sie etwas brauchte, woran sie sich festhalten konnte. Etwas, das sogar noch besser war als ein Teddybär.

Der Sonnenschein wärmte die Einsamkeit einfach aus ihr heraus. Sie schloss ihre Augen und genoss den inneren Frieden, den Boone ihr verlieh. Und es dauerte nicht lange, bis sie nicht nur Boones einen Arm streichelte, sondern auch den anderen, wobei sie sich über seinen Körper beugte. Eine unsichtbare Energie begann zwischen ihnen zu knistern und ihr Körper wurde langsam heißer. Sie verfiel in einen traumähnlichen Zustand und achtete auf die subtilen Signale, die Boone ihr sandte. Die leichte Drehung seines Körpers, als er sich ihr näherte. Die Wärme, die einladend von seiner Seite ausstrahlte. Die sanften, leichten Atemzüge, die ihr verrieten, dass er sich ebenfalls besser fühlte.

Es war friedlich. Einfach. Natürlich.

Ohne darüber nachzudenken, legte sie ihre Hand um seine Wange und streichelte sie in langsamen, gleichmäßigen Zügen mit ihrem Daumen. So wie es ihre Mutter früher immer getan hatte, wenn ein Albtraum Nina aus dem Schlaf gerissen hatte. Was irgendwie passend war, denn genauso fühlte sie sich jetzt. Ihre Haut kribbelte möglicherweise immer noch von der Panik des Albtraums, aber die Angst war verschwunden, und sie war wieder okay.

Als Boone begann, sie ebenfalls zu berühren, wollte Nina am liebsten schnurren. Die Reihe der Palmen, die sie vom Rest des Anwesens trennte, war wie eine Mauer gegen die Realität und sie wollte ihrer Fantasie gerne noch eine Weile länger freien Lauf lassen. Und das tat sie dann, bis zu dem Punkt, an dem Boone sich zu ihr drehte, den Kopf anwinkelte und sie küsste.

Sie öffnete ihre Augen und sah ein Meer von Blau, das sie anstrahlte. Reiner und strahlender als alles, was sie je gesehen hatte. Und, oh – dies war nicht das Meer, sondern Boones Augen, die sie bewunderten. Sie stellten eine unausgesprochene Frage. Wollte sie noch einen Kuss?

Ja. Ja, das wollte sie.

Sie schmiegte sich näher an ihn und ließ ihre Hand von seiner Wange über seinen Hals gleiten, wo sich sein Puls überschlug. Boone zog sie an sich und sie entgegnete seinen Kuss. Er schmeckte nach Sonnenschein und Kokosnuss, und seine Lippen waren wie weiche Kissen. Je länger sie ihn küsste, desto eindringlicher konnte sie den ursprünglichen Ton hören.

Das hier ist richtig. Das hier ist gut.

Es fühlte sich genau richtig an. Und gut – unglaublich gut. Sie genoss seinen salzigen Geruch, seinen reichhaltigen Geschmack. Das weiche Gefühl seines Haares zwischen ihren Fingern und wie sich seine Brust an ihrer hob.

Dieser Mann gehört dir.

Sie hatte Legenden über Götter und Magie an Orten wie Hawaii gehört. Und über Geister. Waren sie es, die jetzt zu ihr sprachen? Oder war es der ursprüngliche Rhythmus der Erde, der sie genauso verführte, wie er es in längst vergangenen Jahrhunderten mit Seeleuten getan hatte?

Ihre Lippen bewegten sich über Boones, so wie das Wasser über den Sand strömte. Sie nahmen und gaben. Sie atmete, ohne Luft zu holen, denn sie wagte es nicht, sich von ihm zu lösen. Es hätte genauso gut ein Lagerfeuer und eine Gruppe von Trommlern am Strand geben können, so wie das Blut in ihr pulsierte. Ein stetiger Rhythmus der Erregung, den sie nicht leugnen konnte. Ein Rhythmus, den sie nicht leugnen *wollte*, weil sie so viel durchgemacht hatte. War es nicht an der Zeit, dass sie etwas fand, das ihr Freude bereitete? Etwas, das sie mit Geist, Körper und Seele umarmen konnte?

Boones Puls raste nun im Galopp. Nina erwischte sich dabei, wie sie seine nackte Haut berührte und seine Ärmel hinaufschob, um ihn weiter zu erkunden. Boone tat dasselbe, indem er seine Hände unter ihr Oberteil schob, um ihre Seiten zu berühren, bevor er sie mit einem scharfen Atemzug losließ.

„Nina", flüsterte er. Seine Augen waren wild. Ausgehungert. Sie glühten fast – es sei denn, sie träumte dies, was angesichts ihres derzeitigen Geisteszustandes durchaus möglich war.

„Hör nicht auf. Bitte hör nicht auf", flehte sie.

Ihre Lippen spielten über seine und ihre Brust hob sich. Der Moment der Entscheidung war gekommen. Würde das ursprüngliche Verlangen gewinnen oder bräche die Realität über ihnen herein?

„Bist du dir sicher?" Er neigte seinen Kopf, um an der Haut ihres Halses zu saugen. Eine unfaire Frage, wenn man bedachte, wie sich ihre Brustwarzen aufrichteten, aber Nina wollte sich nicht beschweren. Ausnahmsweise würde sie sich ein Vergnügen nicht selbst versagen, so wie sie es in der Vergangenheit schon oft getan hatte. Die Erinnerungen waren alle da – das Knausern und Sparen, das Improvisieren und Auskommen. Mit dem Luxushotel, in dem sich ein paar ihrer Habseligkeiten befunden hatten, musste es einen Irrtum gegeben haben. Im wirklichen Leben kam sie kaum über die Runden. Sie hatte einen ganzen Berg von Schulden zu begleichen. Sie. . .

Sie unterbrach ihre Gedanken. Sie hatte einen Mann, der sie besinnungslos küsste, und das in diesem Moment alles war, was sie brauchte.

„So sicher. Boone. . . " Sie verstummte, weil sie sich nicht ganz sicher war, wie sie ihre Wünsche artikulieren sollte. Wollte sie Sex? Ein Leben lang grenzenloser Liebe? Das Versprechen, dass sie niemals wieder allein sein würde?

Sie wusste, dass sie nicht klar denken konnte, aber Sex schien ein guter Anfang zu sein. Sie konnte ihre Identität später erforschen. In diesem Moment wusste sie genau, wer sie war und was sie wollte. Sie war eine Frau, die sich zu einem Mann hingezogen fühlte. Und sie begehrte ihn. Sehnsüchtig.

Kapitel 10

Boone wusste, dass er nicht weitergehen sollte. Er war verrückt, Nina überhaupt geküsst zu haben, denn tatsächlich sollte er auf seinem Lieblingsfelsen am Strand ganz sicher keine Menschen knutschen. Aber der Kuss war aus dem Nichts gekommen – ein wenig so wie Nina in der Nacht, als er sie gefunden hatte. Der Kuss nahm ein Eigenleben an. Eine Kraft, die er nicht aufzuhalten vermochte, genauso wie er die Flut nicht aufhalten konnte.

Warum aufhören? heulte sein Wolf und lehnte sich gegen den Rest seines Widerstandes auf. *Sie ist unsere Gefährtin!*

Sein Hinterkopf versuchte, einen Grund zu finden – irgendetwas über Ehre und Pflicht und darüber, ein Gentleman zu sein. Aber er brachte die Gedanken nicht zu Ende – nicht, wenn sie ihn so küsste. Nicht, wenn sein Wolf derart heulte.

Sie braucht uns. Spürst du es nicht?

Natürlich konnte er es spüren. Tief in seinem Innersten, genauso wie er es spüren konnte, wenn sich ein Sturm über den Gipfeln des Kahalawai zusammenbraute.

Es gibt keinen Grund zu zögern.

Man konnte es auch kaum Zögern nennen. Tatsächlich zog er Nina bereits in die Richtung seines Bungalows. Aber in seinen Gedanken befasste er sich noch immer mit einem Dutzend Hindernissen, die ihnen im Weg standen. Zum Beispiel mit der Tatsache, dass sie eigentlich den Spuren folgen sollten, die sie aufgedeckt hatten, anstatt das Gefühl ihres weichen und seidigen Haares auf seiner Wange zu genießen. Die Tatsache, dass er Kramers plötzlichem Auftauchen auf Maui auf den Grund gehen musste, anstatt sich am Geschmack ihres Kusses zu ergötzen. Oder die Tatsache, dass... dass...

Langsam verblassten diese Gedanken, und er konnte sich kaum noch erinnern, was er tun sollte, anstatt die Frau in seinen Armen zu befriedigen.

Er duckte sich unter einem Palmwedel hindurch und zog Nina zu einem weiteren hungrigen Kuss an seinen Körper. Er hatte seine Schuhe am Strand abgeschüttelt und die Erde fühlte sich kühl unter seinen Füßen an. Die Brise zupfte an seinem T-Shirt und drängte ihn, es beiseite zu werfen, um sich von Nina streicheln zu lassen. Sich berühren und küssen zu lassen.

Sie begehrt uns. Wir begehren sie. Wir brauchen sie.

Er sollte sie beschützen, nicht mit ihr spielen. Nicht zu einem Zeitpunkt wie diesem.

Das Schicksal will es so, verstehst du das nicht? beharrte sein Wolf.

Seine Schritte stockten. Er war einst auch in Tammy verliebt gewesen, vor langer Zeit. Was, wenn er sich wieder irrte?

Tammy war ganz anders, erinnerte ihn sein Wolf. Das war nur Lust, keine Liebe.

So viel musste Boone dem Wolf geben. Damals hatte er es nicht bemerkt, aber jetzt war der Unterschied glasklar. Gott, er war solch ein Narr gewesen. Aber dennoch – wie konnte er sich über seine wahre Gefährtin sicher sein?

Folge deinem Herzen, flüsterte eine tiefe, ursprüngliche Stimme in seinem Hinterkopf. Die Stimme des Schicksals?

Sein Wolf fauchte nun. *Gut. Dann tu so, als wäre sie nicht unsere Gefährtin. Aber sie ist immer noch eine Frau und du bist ein Mann. Also leg los, du Idiot!*

Boone musste dem Wolf Recht geben. Er hatte sich in den letzten Jahren auf einige Frauen eingelassen. Warum zum Teufel auch nicht? Aber das waren nur Spielchen gewesen. Das hier war etwas ganz Anderes. Das hier war Schicksal und wenn er es vermasseln würde ...

„Boone", flehte Nina.

Er hob sie mühelos hoch und sie schlang ihre Beine um seine Taille, presste ihren Körper an seinen und schürte das Feuer in ihm.

Wir brauchen sie, sagte sein Wolf immer und immer wieder. *Brauchen sie.*

Am Ende schlug sein Verlangen sein besseres Urteilsvermögen um Längen. Und Boone sah sich selbst, wie er Nina die Kleidung auszog, gefolgt von seiner eigenen.

„Nette Tätowierung", murmelte sie und berührte dabei den Wolf auf seinem Arm. Dann schnappte sie beim Anblick der Narbe auf seinem Bauch nach Luft. Ein Souvenir aus seiner Militärzeit – als er dem Tod für sein Land so nahegekommen war. Es war tatsächlich schrecklich nah gewesen, wie die Narbe bewies, denn es bedurfte einer höllischen Wunde, um eine solche Spur auf einem schnell heilenden Gestaltwandler zu hinterlassen.

Er zog Ninas Hände von der Narbe weg und führte sie zu der Außendusche neben seinem Bungalow. Nichts konnte ihn jetzt noch aufhalten. Kramer und Tammy zu sehen…

Ta-ma-ra, korrigierte ihn sein Wolf und rollte mit den Augen.

… es hatte ihm das Gefühl gegeben, schmutzig und benutzt worden zu sein, und er wollte dies abwaschen, bevor er sich Ninas Reinheit näherte.

Die Freiluftdusche wurde von langen Reben der Prunkwinde und leuchtend Rotem Ingwer mit langen, grünen Blättern geschützt. Der Fußboden war aus glatten, heimischen Steinen gefertigt. Das Duschen unter freiem Himmel hatte immer einen gewissen Reiz, eine Reinheit, als stünde man unter einem Wasserfall. So als gäbe es nur sie beide auf einer einsamen Insel und sie hätten Wochen, ja sogar Monate Zeit, sich vor der Welt zu verstecken. Aber es gab auch eine Dringlichkeit, so wie die untergehende Sonne ein Gefühl der Dringlichkeit vermittelte. Er hatte sich zu lange gegen Ninas Anziehungskraft gewehrt und jetzt ganz plötzlich musste er alles von ihr haben.

„Ist das in Ordnung?", murmelte er und drückte sie gegen die Wand. Sein Herz hämmerte und sein Schwanz drängte sich gegen ihre Hüfte.

Als sie ihre Zustimmung quietschte, brüllte sein Wolf.

Er hielt ihre Hände hoch, küsste sie tief und versuchte verzweifelt, die volle Kraft seiner Leidenschaft zurückzuhalten. Dann war es ihm nicht mehr genug, sie nur zu küssen. Er arbeitete sich Stück für Stück an ihrem Körper hinunter, knabberte und leckte sie dabei verzweifelt. Ihre Kehle war würzig vom Duft der Erregung. Ihr Schlüsselbein so fein und anmutig geschwungen, dass er eine ganze Minute dort verweilte. Dann glitt er tiefer über die Rundung ihrer Brust.

Er ließ ihre Hände los und Nina fuhr mit den Fingern durch sein Haar. Sie führte ihn tiefer. Tiefer...

„Boone", stöhnte sie in dem Moment, als sich seine Lippen um ihre Brustwarze schlossen.

Seine Augen waren geschlossen, aber er konnte schwören, er hätte ein Feuerwerk gesehen. Einen ganzen Himmel voll und es blitzte und knisterte nur so vor Elektrizität. Sein Körper brannte vor Verlangen und sein Schwanz wurde so hart, dass es schmerzte.

„Ja", murmelte Nina, die ihre Hand unter das Fleisch ihrer Brust schob und es für ihn hochhielt.

Er saugte hart, sodass sie nach Luft schnappte, ließ sie dann mit einem Plopp los und leckte ihre Haut glatt. Er wandte sich der anderen Seite zu und öffnete seinen Mund unter dem Rinnsal von Wasser, das von ihrer Brustwarze lief, und trank.

„Genau hier", sagte er und führte ihre Hand zu dieser Seite, bis sie ihm das pralle Fleisch entgegenstreckte, damit er auch von dort trinken konnte.

„Mehr", stöhnte sie und zitterte unter seiner Berührung.

Boone hatte noch nie etwas so Erotisches oder Aufregendes getan wie das hier. Noch nie. Er schloss seine Hände über ihren, ließ seine Daumen über ihre Brustwarzen steifen, damit sie sich aufrichteten, und stürzte sich das Wasser hinunter wie ein Mann, der jahrelang in der Wüste verloren gewesen war.

Ein ganzes Leben lang. Ein ausgedörrtes Leben ohne sie, sagte sein Wolf.

Aber verdammt. Hier war er nun und jagte seinem eigenen Vergnügen nach. Was war mit ihrem?

Es gefällt ihr, lachte sein Wolf leise.

Ja, er konnte es daran erkennen, wie sie sich an ihm rieb und ihren Kopf zurückwarf.

„Warte", flüsterte er und glitt wieder an ihrem Körper hinauf.

Nina stöhnte aus Protest.

„Ich schwöre dir, dass es noch besser wird", sagte er und küsste ihr Ohr.

„Nicht möglich."

Er grinste. „Absolut möglich. Dreh dich um."

Ninas Blick war verschwommen, aber sie drehte sich in seinen Armen um. „Was nun?"

Er ließ sie ihre Hände gegen die Wand stemmen und ermutigte sie, sich zu öffnen, indem er ihre Beine sanft auseinander drückte. „Jetzt lass ich dich noch besser fühlen."

„Oh. Das gefällt mir", flüsterte sie und streckt ihm ihren Hintern entgegen.

Sein Lächeln wurde breiter. Wer hätte gedacht, dass seine sanftmütige Schönheit ihre Hemmungen so schnell ablegen würde?

Sie kennt ihren Gefährten, brummte sein Wolf vor Stolz. *Sie vertraut uns.*

Er umfasste ihre Taille, griff nach vorn und neckte ihre Brüste. Wasser lief über ihre Schultern und ihr Dekolleté hinunter. Er beobachtete, wie sich winzige Bäche teilten und wiedervereinigten.

Nina lehnte ihren Kopf gegen seine Schulter, als er eine Hand tiefer gleiten ließ. Ihr Körper spannte sich an, aber sie spreizte ihre Beine breiter und lud ihn ein.

„Perfekt", flüsterte er, bewunderte ihre Kurven und folgte ihnen zu ihrer privatesten Körperstelle.

„Perfekt", seufzte sie, als sie seine linke Hand tiefer führte, während sie die rechte an ihrer Brust festhielt.

Er rieb zunächst über ihren Oberschenkel und glitt dann langsam tiefer, um ihre Schamlippen zu liebkosen. Ihr Fleisch war weich und warm. Jeder Teil ihres Körpers zog ihn zur gleichen Stelle hin.

„Fass mich an", flüsterte sie und streckte sich seiner Hand entgegen.

Seine Stimme war heiser vor Verlangen, als er antwortete: „Ich fasse dich doch an."

„Tiefer", bettelte sie und ließ sein inneres Feuer gleich zehn Grad heißer brennen.

Ihre nasse Hitze kam nicht von der Dusche und als er ihrem Befehl gehorchte, rutschten seine Finger direkt hinein. Zwei Finger, nicht einer, die er kreisen und tanzen ließ.

„Boone", stöhnte sie und krümmte sich ihm entgegen. Er kniff in ihre Brustwarze und ließ seine Zähne über ihren Hals gleiten.

Genau hier, murmelte sein Wolf und überlegte bereits, wo er seinen Paarungsbiss platzieren würde. Und verdammt, wenn dies keine Erinnerung daran war, wie wichtig es war, sein inneres Tier an der Leine zu halten!

Kein Paarungsbiss, befahl er dem Biest. *Lass sie es einfach genießen.*

Sein Wolf protestierte halb und stimmte halb zu. *Es sie so richtig genießen zu lassen.*

„Boone", flüsterte Nina, als er seine Finger in ihr versenkte. Vor wenigen Augenblicken war sie noch locker gewesen, aber nun baute sich die Spannung in ihrem Körper auf. Die gute Art von Spannung, die ihre Nerven höher und höher trieb.

„Ja... ", hauchte sie und rieb sich an ihm.

Er fügte einen dritten Finger hinzu und massierte sie fester. „Ja... "

Ja, wollte er brüllen. *Ja.*

Tatsächlich wollte er sie vornüber lehnen und von hinten in sie eindringen. Wenn sie dies mochte, würde sie das lieben. Aber verdammt, er hatte hier draußen kein Kondom in der Nähe. Also in Ordnung. Er gab sich damit zufrieden, ihr einen Orgasmus zu bescheren, den sie nicht vergessen würde, bevor er sie mit in sein Bett nahm.

„So gut", heulte sie, massierte sich selbst die Brüste und ließ ihre Hüften kreisen.

Fühlt sich großartig an, wollte er sagen. Er zuckte allerdings ein wenig zusammen, weil es in seinem Kopf leise klopfte. So als würde jemand gegen eine Tür klopfen und verlangen, hereingelassen zu werden. Was war das?

„Das ist erst der Anfang." Er flüsterte das Versprechen in ihr Ohr.

Er biss die Zähne zusammen und sagte sich, dass seine Worte keine Doppelbedeutung hätten.

Der Beginn unseres gemeinsamen Lebens, summte sein Wolf. *Als Gefährten.*

„Versprich es", sagte sie plötzlich fordernd. „Versprich es."

Seine Brust schmerzte beim Drang seines Herzens, das sich danach sehnte, diese Vereinbarung sofort mit ihr zu besiegeln. Er könnte sie auf dem Höhepunkt ihres Orgasmus beißen und sie zu seiner Gefährtin machen. Sie würde niemals wieder gehen und sie könnten ein Leben lang solche Momente genießen.

Er biss die Zähne zusammen. Es gab so vieles, was Nina nicht über ihn wusste. So vieles, was sie zuerst herausfinden mussten. Zum Beispiel, was zum Teufel dieses Klopfen in seinem Kopf war.

Versprich es, sagte sein Wolf. *Wenn schon nicht für immer, dann versprich ihr zumindest, dass du sie nicht aufgeben wirst. Versprich ihr, dass du alles für sie tun wirst.*

Er nickte. Das wäre doch halbwegs angemessen, oder?

„Ich verspreche es", sagte er. Dann hörte er auf zu reden, hörte auf zu denken und konzentrierte sich voll und ganz auf sie.

Er knabberte an ihrem Hals. Zwickte ihre Brustwarzen. Stieß schneller mit seinen Fingern. Er hörte ihrem Stöhnen und Wimmern zu, als das Klopfgeräusch immer lauter wurde.

„Ja... Ja... "

Ihr Kopf rollte auf seine Schulter. Ihr Körper spannte sich wie unter dem Druck einer Feder an. Das Wasser ließ ihr nasses Haar an seinem und ihrem Körper kleben. Und wenn er kurz innehielt und dann wieder zustieß, zitterte und keuchte sie lange und heftig, völlig ihrem inneren Verlangen hingegeben.

Das Wasser strömte über ihren Körper und er schaute hinunter zu der Stelle, an der sich seine Hand über ihr schloss. Er würde sie so lange wie möglich diesem Hochgefühl nachjagen lassen, bevor er lockerließ. Aber das Klopfen in seinem Kopf verwandelte sich in eine Explosion und ganz plötzlich hörte er mit all seinen Sinnen den Klang von Ninas Stimme.

So gut... Ja... Hör nicht auf...

Ein blendendes weißes Licht überkam seine Sicht, als ihre Sinne seine eigenen in Besitz nahmen, so als wäre sie in seinen

Kopf geklettert und würde sich dort drinnen vor Vergnügen winden.

Gott, ja. Lass mich nicht los...

Er konnte Nina hören. Nina spüren. Sie waren verbunden.

Sie hat gesagt, nicht aufzuhören, bellte sein Wolf.

Er stieß mit seinen Fingern tiefer in sie und wirbelte sie herum, während sie in seinem Kopf stöhnte, ohne zu wissen, dass er sie hören konnte.

Ja... Ja...

Boone hatte noch nie zuvor etwas so Schönes gesehen und sich noch niemals so verbunden gefühlt. Er wusste genau, was sie brauchte und wo. Wann er innehalten und wann er tiefer stoßen musste. Wann er seinen Finger über ihre Klitoris gleiten lassen musste, um ihren verborgenen Reserven noch ein extra Fünkchen der Lust zu entlocken. Äußerlich schien sich ihr Körper von diesem Hochgefühl zurückzuziehen. Aber ihre Seele war hungrig nach mehr, also dehnte er das Vergnügen noch aus.

Jetzt! stöhnte sie innerlich. *Jetzt!*

Ihre Stimme erhob sich und ihr Körper tanzte weiter und weiter. Er ließ seine Finger kreisen, zog sie heraus und stieß sie wieder hinein, während er seine Lippen über ihrem Hals schloss.

„Oh...", stöhnte sie und sackte langsam zusammen.

Er fing sie auf und hielt sie fest. Ihr Hochgefühl ließ nach und wich einer tiefen Befriedigung. Er konnte sie praktisch schnurren hören.

„Oh mein Gott, Boone", murmelte sie einen Augenblick später. „Das war so gut."

Ich weiß, wollte er zu ihr sagen. *Ich habe es auch gespürt.*

Was bedeutete, dass er die Wahrheit nicht länger leugnen konnte. Sie waren vorbestimmte Schicksalsgefährten. Er war noch nie zuvor mit einer anderen Person so verbunden gewesen. Weder mit der ersten Frau, die er je berührt hatte, noch mit der letzten. Und ganz sicher nicht mit Tammy. Mit niemandem. Jemals.

Nina war seine Schicksalsgefährtin.

Sag es ihr, drängte sein Wolf. *Sag es ihr.*

Er saugte die Lippen nach innen und schloss die Worte dahinter ein. Auf gar keinen Fall würde er jetzt damit herausplatzen. Nina würde ihn für verrückt halten und verdammt, er bezweifelte, dass er etwas so Monumentales überhaupt in Worte fassen konnte.

In Ordnung, vergiss es, es ihr zu sagen. Zeige es ihr, knurrte sein Wolf.

Er schmiegte seine Wange an ihre und hielt sie fest, während er bedeutungslose Silben in ihr Ohr murmelte. Er kuschelte sich sanft an sie, dann fester, und bewegte sich dabei von der rechten Gesichtshälfte zur linken Seite.

„Boone", kicherte sie und legte ihre Hände um sein Gesicht.

Er schmiegte sich weiter an sie. Dies sollte der Anfang von allem sein, was er ihr jetzt noch nicht sagen konnte… über Wölfe, Schicksal und wahre Liebe. Dies möge ein Teil seines Versprechens an sie sein.

Ha, heulte sein Wolf. *Noch ein Versprechen. Es tut gar nicht weh, oder?*

Nein, das tat es nicht. Es brachte seine Seele zum Singen. Aber darin lag auch eine Gefahr und Boone wusste es.

Nina streckte die Arme aus und umarmte ihn, wobei sie ihre Gliedmaßen langsam wieder in Bewegung brachte. Genug, um ihre Hände seinen Rücken hinuntergleiten zu lassen und über seinen Hintern zu streicheln. „Du hast versprochen, dass das erst der Anfang war, richtig?"

Er grinste und kuschelte sich an ihr Ohr. „Stimmt genau."

Kapitel 11

Nina konnte nicht ganz glauben, was sie soeben mit einem fast völlig Fremden getan hatte – noch dazu in einer Freiluftdusche. Sie hatte nicht vor, in ihrem lückenhaften Gedächtnis nach sexuellen Abenteuern zu suchen. Aber wenn sie es täte, war sie sich ziemlich sicher, dass sie nicht allzu viele finden würde. Und wow. Sie hatte sich noch nie im Leben so gut gefühlt. So sinnlich. So sehr von einem begehrenswerten Mann angetörnt.

Boone schnaufte an ihrem Hals, als ob er derjenige gewesen wäre, der unter ihrer Berührung schreiend zum Orgasmus gekommen wäre. Nina war sich nicht sicher, ob sie sich in gleichem Maße der Lust dafür revanchieren konnte, aber sie wollte ihm verdammt sicher alles geben.

„So gut", flüsterte sie und küsste sein Ohr. Sie schlang ihr Bein um seines herum, bereit, ihn in sich zu spüren.

„So wundervoll", sagte er und fuhr mit den Fingern durch ihr Haar.

Das Komische daran war, dass sich seine Lippen nicht zu bewegen schienen, aber sie konnte die Worte dennoch so deutlich wie eine Glocke in ihrem Kopf hören.

„Sollen wir hineingehen?"

„Ich muss dich erst abtrocknen", sagte er mit dem Hauch eines frechen Lächelns.

Sie grinste. Selbst jetzt, so nackt in einem Moment des sexuellen Nachglühens, der unangenehm hätte sein können, fühlte sie sich vollkommen wohl. So als ob sie zusammen gehörten. Für immer.

Die Palmen wiegten sich in der Meeresbrise. *Ihr gehört zusammen. Es ist Schicksal.*

Sie schüttelte leicht den Kopf. Ein solch heftiger Orgasmus konnte ganz offensichtlich mit dem Verstand einer Frau spielen.

„Wie wäre es, wenn ich dich abtrockne?", fragte sie.

Als Boone ihr ein großes, flauschiges Handtuch reichte, stockte Nina der Atem in der Kehle. Seine Augen glühten im Licht des Sonnenuntergangs und er öffnete seinen Mund ganz leicht, als wäre sie das schönste Objekt in seinem Blickfeld. Nicht der mächtige Pazifik, der hinter ihr wogte. Nicht der üppige tropische Garten rundherum, der mit verborgenem Leben zwitscherte. Nicht die Farben der untergehenden Sonne, in Fetzen von Orange und Rot. Sie. Sie war der schönste Teil dieser Szenerie.

Langsam zog sie an dem Handtuch und Boone ließ es durch seine Hände gleiten, als wollte er den magischen Moment nicht gehen lassen. Dann lächelte sie und ließ einen Finger in der Luft kreisen.

„Dreh dich um."

Er zog fragend eine Augenbraue hoch.

„Damit ich dich besser küssen kann. Damit ich dich besser berühren kann. Erforschen kann", murmelte sie und beschwor ihre innere Verführerin herauf.

„Du klingst wie der große, böse Wolf." Boone grinste über seinen Insiderwitz.

„Ha. Das bist ja wohl eher du, Mister. Jetzt dreh dich um."

Sein Lächeln wurde breiter – jetzt war er definitiv ganz der unanständige Strandlümmel – und er gehorchte. Nina holte tief Luft. Bei einem so breiten Rücken, wo sollte sie da anfangen? Sie breitete das Handtuch aus und wischte ihm das Wasser von den Schultern. Irgendwie verdammt schade, denn die Wassertropfen betonten jeden seiner drahtigen Muskeln. Andererseits konnte sie so jeden Zentimeter seiner Haut wieder und wieder nachzeichnen.

„Immer noch nass, ja?", gluckste er eine Minute später, als sie immer noch dabei war.

„Ich will ja nicht, dass du das ganze Haus mit Wasser volltropfst."

Sie lachten beide. Die Hütte war kaum ein gepflegter, aufgeräumter Ort. Auf dem Boden lag Sand verstreut, ganz zu schweigen von den vom Wind hereingewehten Blättern. Aber das war es, was ihr daran so gefiel. Und auf Hawaii konnte man sich dies, im Gegensatz zu New Jersey, tatsächlich erlauben. In Boones Hütte zu sein fühlte sich so an, als wäre man immer noch draußen, so als wäre sie ein Teil der Landschaft.

Sie ließ das Handtuch tiefer gleiten und folgte seinen Leisten zu seinem unteren Rücken. Als sie mit dem Handtuch über seinen festen Hintern strich, musste sie an die Kraft denken, die ihm dabei helfen würde, wieder und wieder in sie zu stoßen.

Boones Nasenlöcher bebten. Hatte er sich dasselbe vorgestellt?

Sie schloss das Handtuch um seine Hüfte und griff nach vorn, um sein bestes Teil zu streicheln – ähm, zu trocknen. Er stand stramm und sie schluckte hart. Würde er überhaupt in sie passen?

Dann fiel ihr wieder ein, wie sie sich unter seinen Fingern so leicht gedehnt hatte und sie beschloss, dass sie es kaum erwarten konnte, es herauszufinden.

Boone schloss seine Hand über ihrer und half ihr den perfekten Rhythmus von Auf und Ab zu finden. Langsam auf dem Weg nach unten und schneller wieder hoch. Ein wenig wie das Wasser, das über den Sand strömte – ein Vorwärtsrauschen und dann das langsame Zurückrinnen zur Quelle. Sie wiederholte die Bewegung, wobei sie ihren Daumen über dem Ansatz seiner Vorhaut behielt, bis sie so weit hinuntergeglitten war, dass sie ihre Finger nicht weiter spreizen konnte. Boone senkte sein Kinn, um sie entweder zu beobachten oder er schloss die Augen, um sich auf das Gefühl zu konzentrieren.

Nina schaute staunend zu, verwundert über sich selbst und ihn. Wann hatte sie jemals das Selbstvertrauen verspürt, einen Mann auf diese Weise zu berühren? Wann hatte sie jemals so viel Zeit damit verbracht, jeden Zentimeter eines derart durchtrainierten Körpers zu genießen? Sex war immer etwas gewesen, das sie im Dunkeln getan hatte, und es war auch nie so gut gewesen, wie die Leute es einen glauben machen wollten.

Außer jetzt. Mit Boone erstreckte sich das Vergnügen immer weiter und sie war ihm in jeder Hinsicht ebenbürtig, wenn es darum ging, zu entscheiden, welchen Schritt sie als Nächstes tun wollte. So wie an seiner Schulter zu saugen, während sie ihre Brüste gegen seinen Rücken presste. Sie rieb ihren Körper an seinem wie ein wildes Tier, das sein Revier markierte. Boones kleine Macken färbten definitiv auf sie ab und sie war einmal mehr versucht, die Vergangenheit hinter sich zu lassen und von Grund auf ein neues Leben zu beginnen.

Boone griff nach ihrer Hand und hielt sie fest.

„Nicht gut?", fragte sie.

„Richtig gut", murmelte er und drehte sich in ihren Armen um. „Aber ich möchte nirgendwo anders kommen als in dir."

Seine Stimme klang wild und begierig und seine Augen leuchteten.

Nina klappte der Mund auf. Sprach er wirklich von ihr und nicht von irgendeiner Göttin der Nacht?

„Lass uns hineingehen", sagte er und zog das Handtuch aus ihren Händen.

„In Ordnung", schaffte sie es, zu sagen. Man hätte es zu *Ja, wirf mich auf deine Matratze und liebe mich leidenschaftlich, Baby* übersetzen können, wäre sie in der Lage gewesen, so viele Silben über die Lippen zu bringen.

Boone legte seinen Arm um sie und sie wandten sich dem Bungalow zu. Die vier Stufen hinauf durch die weit geöffneten Türen und hinüber zum Bett, wo er sie genauso zurücklehnte, wie sie es sich vorgestellt hatte. Sie kroch nach hinten, um ihm auch Platz zu machen, und legte sich ausgestreckt für seine schmachtenden Augen hin.

„Kommst du, Mister?", scherzte sie und hoffte, dass ihm gefiel, was er sah.

„Ich will zuerst noch die Aussicht genießen." Seine Stimme war düster und hart.

Ninas Puls raste. Das war einfach nur sie, die ihn so anmachte. Und wenn ihm dieser einfache Anblick schon so gut gefiel, würde er sie wahrscheinlich gerne noch etwas länger beobachten.

Sie strich mit den Händen langsam über ihren Bauch und zu ihren Brüsten hinauf und beobachtete Boone dabei genau. Seine Augen funkelten, also machte sie weiter, knetete ihre Brüste und hielt sie zu ihm hin.

Boones Mund klappte auf und er leckte sich die Lippen. Lippen, die sie schon bald auf ihrem Körper spüren wollte. Aber es fühlte sich gut an, ihn zu necken. Es war Neuland für sie, aber jede Berührung, jede Bewegung fühlte sich natürlich an. Spontan. Richtig.

„Gefällt dir die Aussicht?", flüsterte sie und öffnete ihre Knie.

Sein Adamsapfel wippte.

„Ich werte das als Ja", kicherte sie.

Sie umkreiste ihre rechte Brustwarze mit einer Hand, während sie mit der linken Hand hinunter griff und sich selbst berührte. Sie öffnete ihre Schamlippen und spürte die nasse Hitze, die ihre Finger so sanft gleiten ließ.

Boone berührte seinen Schwanz, wobei sie sich so leicht vorstellen konnte, wie er in sie hineingleiten würde.

Nina wurde langsamer, dann schneller, und jedes Mal passte sich Boone ihrem Tempo an. Sein Blick war wachsam, die Gesichtsmuskeln angespannt.

Nina umkreiste gleichzeitig ihr Zentrum und ihre Brust und fragte sich, wie weit sie dies wohl treiben könnte. Sie fragte sich, wie weit sie es treiben *wollte*. Sie keuchte und stöhnte bereits jetzt innerlich. Mehr als je zuvor, war sie bereit dafür, dass ein Mann sie berührte. Ja, sie sogar in Besitz nahm.

„Boone", flüsterte sie und ließ ihre Hände wieder über ihre Brüste gleiten. Dann streckte sie sich zurück. Sie gab sich ihm voll und ganz hin und wusste, dass seine Berührung besser als ihre eigene sein würde. „Fass mich an. Komm zu mir. Bitte."

Sein Kiefer pulsierte, während er sie beobachtete, und er sah in diesem Moment ganz deutlich wie ein Raubtier aus, im Bruchteil der Sekunde vor einer Verfolgungsjagd. Er hielt seinen Atem an, jeder Muskel war angespannt. Und eine Sekunde später...

Er fiel über sie her und verschlang ihre Lippen in einem wilden, unkontrollierten Kuss. Er verzehrte sie. Er beherrschte sie. Er genoss sie und bewegte sich schnell an ihrem Körper hinunter. Dabei platzierte er eine Reihe von heißen Küssen auf ihrem Hals, ihren Brustwarzen und ihrem Bauch, wo er innehielt.

Nina fuhr mit den Fingern durch sein dichtes Haar und führte seinen Kopf weiter nach unten, wobei sie seine unausgesprochene Frage beantwortete. Ja, sie wollte, dass er sie schmeckte. Sie berührte. Sie um den Verstand brachte.

Boone griff mit jeder Hand nach einem Oberschenkel, spreizte ihre Beine noch breiter und tauchte ein. In der Sekunde, in der seine Zunge ihre Mitte berührte, heulte sie auf. Ihre Hüften krümmten sich ihm von der Matratze entgegen, während er sie genau dort festhielt, wo er sie haben wollte... geöffnet für seine plündernde Zunge.

Ihre rhythmischen Schreie wandelten sich zu einem lang gezogenen Stöhnen und sie wand sich unter seinem festen Griff. Boone beglückte sie mit seinen Fingern und seiner Zunge gleichzeitig und ließ jede Berührung zu einer neuen Art von Ekstase werden. Das beharrliche Drängen seiner Zunge an ihrer Klitoris, das Kreisen seines Zeigefingers. Die stetig tiefer dringende Bewegung seines Ringfingers durch ihre Schamlippen.

„Boone", heulte sie und war so kurz davor, noch einmal den Verstand zu verlieren. „Ja... "
Er leckte sie schneller und drängte tiefer.
Nina taumelte am Rande eines weiteren überwältigenden Höhepunkts, bereit, sich dem Ansturm zu ergeben. Wenn sie jedoch nur noch etwas länger durchhalten könnte...
„Warte", murmelte sie und war sich plötzlich sicher, was sie wollte.

Boone blickte mit glänzenden Lippen zu ihr auf und eine ursprüngliche Stimme heulte wohlwollend auf. Das war sie auf seinen Lippen. Sie war es, die seine Augen mit diesem animalischen Verlangen füllte.

„Keine Spielchen mehr. Ich brauche dich in mir", hauchte sie.

Boone erhob sich auf die Knie, zog ein Kondom aus dem Nachttisch und begann, es abzurollen. Nina keuchte erwartungsvoll und schwelgte bereits in dem, was sie spüren würde. Sie überlegte, sich zurückzulehnen, ihre Beine um Boone zu schlingen und sich von ihm um den Verstand vögeln zu lassen. Aber Boone hatte etwas Wildes und Animalisches an sich.

Eigenschaften, die auf sie übergegangen waren, und auch sie in Besitz nahmen. Sie wollte mehr als nur die passive Missionarsstellung. Sie wollte sich ihm entgegendrängen, wenn er in ihr kam. Und die Art und Weise, wie er sie in der Dusche berührt hatte, verriet ihr genau, was sie beide in diesem Moment brauchten.

Sie drehte sich um und zeigte ihm ihre Rückseite.

„So", flüsterte sie, erhob sich auf die Knie und streckte ihm ihren Hintern entgegen. Sie wackelte damit und bettelte um seine Berührung.

Sie sah ihn über ihre Schulter an. Boone riss die Augen weit auf und hielt einen Moment lang überrascht inne. Einen Augenblick später blitzten seine Augen auf. Er rollte den Rest des Kondoms ab und kroch näher zu ihr heran.

„Wie kommt es, dass du meine Gedanken lesen kannst, Frau?" Seine Stimme war ein tiefes Knurren.

Nina grinste. „Witzig, ich wollte dich gerade dasselbe fragen."

Boones Hände klammerten sich an ihre Hüften und er zog sie zurück, bis sie die Spitze seines Schwanzes spürte. Er war hart und steif und sie wimmerte.

„Boone…"

Mit einem geschmeidigen Stoß war er in ihr und dehnte sie bis an ihre Grenzen. Tränen füllten ihre Augen und brannten genauso, wie als er in sie eingedrungen war. Aber ihr Körper sehnte sich nach dem Vergnügen, das der Schmerz mit sich brachte, und sie drängte ihn weiter.

„Mach weiter…"

Boone zog sich zurück und stieß dann tiefer hinein. Nina schrie vor Erregung auf, obwohl das Kissen das Geräusch dämpfte. Sie vergrub ihr Gesicht darin und konzentrierte sich ganz auf das Gefühl von Boone, der wie eine Maschine in ihren Körper hinein und wieder herausglitt.

Mehr, wollte sie betteln. *Härter.*

Boone hielt ihre Hüfte so fest, dass seine Nägel ihre Haut zerkratzten, während er wieder und wieder in sie hämmerte.

Tiefer, hauchte sie.

Seine Stöße waren so kraftvoll, dass sie ihre Arme abstützen musste, um nicht auf dem Bett nach oben zu rutschen. Als er das nächste Mal vorwärts stieß, drückte sie sich ihm entgegen und sie schlugen zusammen, härter als zuvor.

„Nina", stöhnte Boone.

Sie spannte ihre inneren Muskeln um ihn herum an, zog sie im Takt seiner Stöße zusammen und lockerte sie wieder.

„Ja... Ja... ", summte sie zum Rhythmus, in den sie fielen. Leidenschaft machte sie vielleicht blind, aber nicht taub. Sie hörte Boones lustvolles Keuchen hinter ihrem Rücken. Hörte, wie seine Eier gegen ihre Haut schlugen. Das Echo jedes einzelnen ihrer eigenen Schreie. Und tief in ihrem Inneren die Stimme, die sie immer weitertrieb.

Dieser Mann gehört dir. Verbinde dich mit ihm. Liebe ihn. Halte ihn.

Oh ja, und wie sie ihn halten würde. Sobald sie beide diesem Tsunami der Lust erlegen waren, der im Begriff war, sie mit sich zu reißen.

Er braucht dich und du brauchst ihn.

„Boone", stöhnte sie und stieß härter zurück.

Sie brauchte Boone – nicht nur für diese unglaubliche Lust und nicht nur, um sie vor dem Bösen in der Welt zu schützen. Sie brauchte ihn, um sich vollständig zu fühlen. Um das Leben feiern zu können.

„Jetzt", stöhnte sie und blickte über ihre Schulter. Sie spannte jeden Muskel an.

Boone zog sich zurück, zögerte für den Bruchteil einer Sekunde und vergrub sich dann bis zum Anschlag in ihr. Er warf seinen Kopf mit einem leisen Heulen zurück und hielt ganz still, als er seine Erlösung in sie sprudeln ließ.

Ihr Kopf explodierte mit Licht und ihr Blut wurde heiß. Ihr Körper zitterte unkontrolliert, als sie den Höhepunkt erreichte und in die Länge zog. Ihr Orgasmus kam in Wellen und Boone erahnte jeden neuen Anstieg, zog sie näher an sich und ließ sie die Größe seines Schwanzes spüren. Er konnte sie wie ein Buch lesen und half ihr dabei, jedes letzte Fünkchen des Rausches zu genießen.

Die vage Erinnerung an einen anderen Mann tauchte in Ninas Kopf auf. Ein Mann, der mit selbstsüchtiger Befriedigung grunzte, und sie in der Sekunde, in der er gekommen war, hatte fallen lassen. Ein Mann, der überhaupt nicht wie Boone war. Sie drängte das Bild sofort weg – weit weg. Warum sollte sie über so etwas nachdenken, wenn sie sich doch auf Boone konzentrieren konnte, der in ihr Ohr flüsterte und ihre Hüfte liebkoste?

„So gut", murmelte er und neigte sich seitwärts, bis sie eng zusammengekuschelt nebeneinanderlagen. Er zog sie an seine Brust und ließ seinen Finger leicht über ihr Schlüsselbein gleiten. „Habe ich dir schon gesagt, wie wunderschön du bist?"

Ninas Brust hob sich mit einem süßen Seufzer. „Vielleicht kannst du es mir noch einmal sagen."

„Du bist die schönste Frau auf der Welt. Du bringst meinen Wolf zum Singen."

Sie kicherte. „Deinen was?"

Boone erstarrte und reagierte dann schnell. „Meinen Wolf."

Er zeigte auf die Tätowierung an seinem Arm und studierte sie genau, als würde er auf eine Reaktion warten. Repräsentierte der Wolf seine Seele? Seine Vergangenheit? Einsamkeit? Einen Moment später gab sie den Versuch auf, die Äußerung zu interpretieren, und genoss stattdessen die Lieblichkeit seines Gedankens.

„Nun, wenn ich einen Wolf hätte, würdest du ihn auch zum Singen bringen", antwortete sie und kuschelte sich näher an ihn.

Er murmelte mit so leiser Stimme, dass sie die Worte kaum hören konnte: „Dessen kannst du dir sicher sein."

Sie gab ihm einen verspielten Klaps auf die Hand und verschränkte ihre Finger in seinen. „Ist das ein Versprechen?"

Sie machte Witze, aber seine Stimme war todernst. „Ich verspreche es. Ich schwöre, dass ich das tue."

Sie hätte sich ihm fast zugewandt, brachte es aber in diesem Moment nicht fertig. Ihre Gedanken wurden langsamer und sie wollte nichts mehr, als im Himmel von Boones Umarmung davon zu driften.

Kapitel 12

Nina driftete nicht einfach nur für eine Weile weg. Sie schlief volle zwei Stunden, aß den Snack, den Boone ihr brachte, gefolgt von einer weiteren Runde unglaublichen Sexes, bevor sie für den Rest der Nacht kollabierte. Entweder war sie so erschöpft von Boones Intensität oder sie war wirklich noch nicht bereit, sich ihrer Vergangenheit zu stellen.

Doch schließlich ging die Sonne auf und selbst die Vorhänge, die verträumt in der Brise flatterten, konnten sie nicht zum Weiterschlafen verleiten. Sie quälte sich aus Boones paradiesischem Bett, hüllte sich in ein Wickeltuch und atmete tief durch, bevor sie sich ihrem Liebhaber auf der Veranda anschloss. Würde sich die unglaubliche Verbindung, die sie letzte Nacht zu ihm gespürt hatte, in einen unangenehmen Morgen wandeln? Oder waren sie auf einer tieferen Ebene miteinander verbunden, wie sie es so verzweifelt glauben wollte?

Boone saß auf der obersten Treppenstufe und blickte aufs Meer hinaus. Als sie sich zu ihm gesellte, hob er seinen Arm und zog sie eng an sich. Also nein, die Magie war nicht verschwunden. Der Kuss, den er auf ihre Stirn drückte, war weich und zärtlich, aber seine Stirn lag in Falten und seine Schultern waren verspannt. Er streichelte mit seinen Fingern über ihren Unterarm, griff nach ihrer Hand und hob sie zu seinen Lippen.

„Die beste Nacht aller Zeiten", murmelte er und küsste ihre Fingerknöchel.

Ninas Herz schmolz erneut.

„Die beste Nacht aller Zeiten", stimmte sie ihm zu. Wenn sie dies doch auch nur über den kommenden Tag sagen könnte. Irgendetwas sagte ihr, dass der ein Hammer werden würde.

Aber mit Boone an ihrer Seite könnte sie alles durchstehen, nicht wahr?

Er reichte ihr seine Kaffeetasse. Sie trank einen Schluck und genoss den Moment des Friedens. Vielleicht waren sie und Boone in einem früheren Leben ein Liebespaar gewesen. Er fühlte sich so vertraut an, so sehr wie ein Teil ihres Lebens. Vielleicht war die Vergangenheit, an die sie sich nicht mehr erinnern konnte, in Wirklichkeit zehn glückselige Jahre gewesen, die sie mit ihm verbracht hatte. Während sie die Linien seiner Hand nachzeichnete, fragte sie sich, was ihr das Leben wohl als Nächstes liefern würde. Einen weiteren großartigen Fund wie Boone oder einen vernichtenden Schlag?

„Nun", sagte sie und versuchte, entschlossen zu klingen. „Ich nehme an, es ist an der Zeit, herauszufinden, wer ich bin."

Boone überraschte sie, indem er den Kopf schüttelte. „Ich weiß bereits, wer du bist."

Sie erstarrte. Hatte er sich, während sie schlief, hinausgeschlichen und ihren Namen recherchiert? Hatte er die Briefe geöffnet, die sie im Hotel erhalten hatte, und eine Fülle von schrecklichen Geheimnissen entdeckt?

Aber Boone zuckte nur mit den Schultern und küsste sie wieder. „Du bist Nina und du bist großzügig. Gütig. Verantwortungsbewusst."

Sie biss sich auf die Lippe und schloss die Augen.

Boone schenkte ihr ein schwaches Grinsen. „All die Dinge, die ich nicht bin."

Sie zog protestierend an seiner Hand. „Du bist großzügig. Du bist gütig. Du bist... "

Er zog eine Augenbraue hoch und forderte sie stillschweigend heraus, das Wort zu sagen.

Sie warf einen Blick auf die Surfbretter draußen, auf das Meerglas in den Fenstern, die Flipflops, die er vor der Tür fallengelassen hatte. In Ordnung, *verantwortungsbewusst* war vielleicht nicht das erste Wort, das ihr in den Sinn kam. Er war eher wie Peter Pan – ein Mann, der nicht erwachsen werden wollte. Aber das war nicht der echte Boone. Dessen war sie sich sicher.

„Du bist verantwortungsbewusst mit den Dingen, auf die es ankommt, und lass dir bloß von niemandem etwas Anderes sagen", sagte sie energisch. *Rede dir so etwas bloß nicht ein,* hätte sie fast noch hinzugefügt. Denn wenn Boone irgendetwas zurückhielt, dann war es Boone selbst, und niemand sonst.

Er hielt ihre Hände in seinen und drehte sich zu ihr um. Er sah ernster aus, als sie ihn je gesehen hatte. Seine Lippen bewegten sich, als wollten sie ein großes Geheimnis preisgeben, aber es kam kein Ton heraus. Dann senkte er seinen Kopf und flüsterte in ihre Hände: „Egal, als wen du dich herausstellst, Nina, du wirst immer noch du sein." Seine Worte gaben ihr so viel Hoffnung, aber dann fügte er in einem seltsam traurigen Ton noch etwas hinzu: „Und ich werde immer noch ich sein."

Was meinte er denn damit? Was war es, das sie voneinander fernhielt?

Aber Boone sah nicht so aus, als hätte er noch etwas hinzuzufügen, also stand sie auf und wandte sich der Sonne zu. Überall gab es Geheimnisse – in der Vergangenheit und in der Gegenwart. Und was die Zukunft betraf, nun... Sie würde die Dinge einen Schritt nach dem anderen angehen müssen.

Sie zog ein paar Kleidungsstücke aus ihrer Tasche und strich mit den Händen darüber. Gestern hätte sie noch alles gegeben, um etwas Vertrautes zu berühren. Jetzt füllte es sie mit einem Gefühl der Angst.

„Bist du soweit?", fragte Boone und zeigte auf den Weg, der zum Gemeinschaftshaus führte.

„Geh schon vor", sagte sie. „Ich komme gleich nach." Sie brauchte einen Moment – oder vielmehr eine Stunde – um sich wieder zu sammeln.

Boone schien zögerlich, nickte dann jedoch und lief den Weg hinauf. In dem Moment, als er außer Sichtweite war, schmerzte ihr Herz. Sie schlang ihre Arme um sich. War es denn wirklich möglich, sich nach so kurzer Zeit mit jemandem dermaßen verbunden zu fühlen, oder litt sie an einer Art Retter-für-Mädchen-in-Not-Komplex? Sie griff nach einem Stückchen Meerglas, hielt es ins Sonnenlicht und beobachtete, wie die Farbe herausströmte. So rot wie ein Rubin. Rot wie die Liebe?

Sie legte es wieder hin und zwang sich zur Tür hinaus. Dies war Boones Haus, nicht ihres, und sie musste in die Gänge kommen. Als sie den Weg hinauflief, sagte sie sich, dass sie bereits wusste, wer sie war. Was auch immer sie im Begriff war, zu entdecken, würden nur Details sein, nicht wahr?

Der Pfad schlängelte und wand sich und als sie auf dem Rasen vor dem *Akule Hale* – dem Gemeinschaftshaus – ankam, hielt sie inne.

Scheiße. Sie würde sich nicht nur ihrer Vergangenheit stellen müssen. Sie musste auch Hunter und Cruz gegenübertreten und das am Morgen, nachdem sie stundenlang mit Boone gevögelt hatte. Würden sie es wissen? Würden sie sie dafür verurteilen? Interessierte es sie überhaupt?

Langsam ging sie auf das Gebäude zu und wartete darauf, dass jemand glucke oder ihr einen schmutzigen Blick zuwarf. Aber Hunter blickte mit demselben ermutigenden Lächeln von seinen Haferflocken auf, das er ihr immer schenkte. Und wenn Cruz böse in seine Kaffeetasse starrte, war das auch völlig normal.

Boone sah jedoch aus, als wäre er soeben mit einem Stock geschlagen worden. Er stand über eine Zeitung gelehnt am Tresen und als er zu ihr aufblickte, war sein Lächeln schwach.

Was? wollte sie schreien. *Was?*

Hatte sie eine kriminelle Vergangenheit? Hatte sie drei Kinder, die sie irgendwie vergessen hatte? Was?

Niemand sagte irgendwas, als sie ihren Blick über den Esstisch schweifen ließ. Die Post, die sie im Hotel erhalten hatte, lag unberührt dort gestapelt, zusammen mit mehreren Zeitungen und etwas, das aussah wie ein Stapel von Ausdrucken. Sie begann, in diese Richtung zu laufen, und machte dann einen Umweg in die Küche. Sie würde zunächst einmal einen Kaffee brauchen. Und vielleicht Frühstück.

„Nina", murmelte Boone, als sie begann, durch den Kühlschrank zu wühlen.

„Möchte jemand Rührei?", fragte sie und versteckte sich hinter der Tür. „Ich bin zwar keine gute Köchin, aber ich könnte ein paar Eier aufschlagen."

„Nina."

„Möchte jemand Kaffee?" Sie hielt die Kanne hoch.

„Nina, du musst dir das hier ansehen", sagte Boone.

Ihre Hand zitterte, als sie sich eine Tasse Kaffee eingoss – quälend langsam, um es so lange wie möglich hinauszuzögern. Als sie schließlich nach der Tasse griff und sie neben Boone abstellte, klapperte der Löffel und der Kaffee spritzte heraus.

„Verflixt. Ich hole nur schnell einen Schwamm", sagte sie, aber Boone zog sie zurück. Er hielt ihr die Zeitung hin und klopfte auf einen Artikel unten rechts.

Alle waren still. Absolut still. Offensichtlich wussten sie alle bereits, was sie im Begriff war herauszufinden.

Sie ließ sich auf dem Barhocker neben Boone nieder und zog die Zeitung näher zu sich heran, anstatt ihrem Instinkt zu folgen, und sie weiter von sich zu schieben.

Der Artikel, auf den Boone gezeigt hatte, zeigte ein Foto eines älteren Mannes in einem Anzug und die Schlagzeile lautete...

Gut, dass Nina sich nicht entschieden hatte, die Schlagzeile laut vorzulesen. Ihr Kiefer wäre mittendrin aufgeklappt.

Bekleidungsindustrie-Tycoon hinterlässt Kellnerin 50 Millionen Dollar, stand dort als fett gedruckte Überschrift. Fett und kursiv, so als ob niemand diesen Worten Glauben schenken würde, wenn sie nicht mehrfach betont worden wären.

Boone faltete die Zeitung auf und zeigte ihr das zweite Bild. Ein Bild von ihr mit einer Rüschenschürze um die Taille gebunden und einem unsicheren Lächeln. Die Bildunterschrift besagte: *‚Ich bin überwältigt‘, erklärt die unerwartete Erbin.*

Überwältigt. Ja, überwältigt war ein gutes Wort, entschied Nina.

Sie griff nach Boones Hand und umklammerte sie, als sie zu lesen begann.

Lewis McGee stirbt friedlich im Alter von achtundsiebzig Jahren ... Anwälte bestätigen, dass der letzte Wille und sein Testament völlig rechtmäßig sind ... Familie schockiert ...

Nina schluckte. Ja, schockiert war ein weiteres sehr treffendes Wort.

Im ersten Absatz ging es um den verstorbenen Tycoon. *Körperlich und geistig gesund … Ein Mann aus bescheidenen Verhältnissen, der wusste, was harte Arbeit bedeutete …*

Sie schaute sich das Bild noch einmal an und ja, sie erkannte das Gesicht des Mannes und auch seine Kleidung. Das Bild, an das sie sich erinnerte, war ein abgetragener Pullover und eine lässige Hose.

Nennen Sie mich Lewis, hatte er zu ihr gesagt, um sie zu korrigieren, nachdem sie ihn mit *Sir* angesprochen hatte.

Sie hielt sich an der Theke fest. Wow – sie erinnerte sich! Das Bistro. Die Kunden. Der ältere Herr, der jeden Nachmittag vorbeikam, wenn das Geschäft nur schleppend lief und sie Zeit zum Plaudern hatte. Ein netter Witwer, so hatte sie ihn eingeschätzt. Ein netter Mann mit einem netten Lächeln, der sie wie die Tochter behandelte, die er selbst nie gehabt hatte. Ein Mann, der immer ein Trinkgeld hinterließ, aufgerundet von den üblichen fünfzehn Prozent.

Der freundliche, alte Lewis war Multimillionär gewesen? Sie holte tief Luft und blinzelte ein paarmal.

Boone erwischte sie dabei, wie sie auf das Datum oben in der Zeitungsecke blickte. „Die ist von vor zwei Wochen", murmelte er.

Zwei Wochen?

Nina wischte sich die Tränen aus den Augen und las weiter. Im zweiten Absatz ging es um sie.

Nina Miller, 28 … Immer pünktlich zu ihrer Schicht, berichtet die Köchin … „Sie schenkt jedem ein Lächeln und eine Minute ihrer Zeit, um einem zuzuhören", berichtet ein Stammgast … Absolventin der Cottage Hills High-School … Mutter starb vor drei Jahren an Gebärmutterkrebs …

Sie rührte ihren Kaffee um und trank einen großen Schluck, während sie noch mehr Tränen wegblinzelte. Sie las den Artikel bis zum Ende durch, fing wieder am Anfang an und las ihn noch einmal. Dann starrte sie eine Weile völlig überwältigt auf das Bild von sich.

Boone schob ihr eine Zeitschrift zu und sie nahm sie mit zitternden Händen entgegen. Das *People*-Magazin hatte auch einen Artikel über sie geschrieben?

Vom Tellerwäscher zum Millionär? schrie der Untertitel des Artikels. Nina atmete lang und tief ein.

Dieser Artikel hatte viele Bilder, hauptsächlich von Lewis McGee, seiner Villa und seiner Familie.

Erste Frau vor vierzig Jahren verstorben … entfremdet von seiner zweiten Frau … Zwei Stieftöchter …

Schwarz-Weiß-Fotos zeigten einen jungen Lewis strahlend neben einer Frau stehen, während neuere Fotos ihn neben einer anderen Frau mit einem prunkvollen Nerzmantel zeigten. In diesen war sein Lächeln gezwungen, während die Frau triumphierend strahlte.

Etwas in Ninas Gedanken flatterte wie ein Schmetterling. Eine Erinnerung an den Tag, an dem Lewis allein ins Bistro gekommen war, so wie er es immer tat, und eine Blume auf den Platz neben sich gelegt hatte. *Es ist Marys Geburtstag,* hatte er gesagt.

Mary, seine erste Frau. Ihr Geburtstag war der 22. Oktober. Nina erinnerte sich ganz genau. Sie hatte den älteren Mann zu Tränen gerührt, als sie ein Stück Kuchen herausbrachte und leise mit ihm sang, die Kerze ausblies und leise geflüstert hatte: *Alles Gute zum Geburtstag, Mary.*

Die Art und Weise, wie die Augen des alten Mannes auf dem Rauch der Kerze verweilt hatten, hatte ihr gezeigt, was wahre Liebe ist, und sie hatten diese kleine Zeremonie jedes Jahr wiederholt. Der Mann war voll von kleinen kuriosen Fakten und Geschichten aus vergangenen Zeiten gewesen. Einmal hatte er ihr erzählt, wie man vor vielen Jahren bei einem Vermittler anfragen musste, um einen Anruf zu tätigen. Und wie er früher Dampfschiffe beobachtet hatte, die im New Yorker Hafen ein-

und ausliefen. Ein interessanter Mann. Ein guter Mann. Aber, wow – ein Millionär? Das hätte Nina nie vermutet.

Im Artikel gab es auch Bilder von ihr. Ein grobkörniges High-School-Foto aus einem Jahrbuch. Ein weiteres von ihr bei einer Veranstaltung des Community College. Sie war so aufgeregt gewesen, am Community College zu studieren, aber sie hatte es aufgeben müssen, als ihre Mutter krank wurde.

> Miss Miller steht nicht für eine Stellungnahme zur Verfügung, aber ihr nahe stehende Quellen berichten, dass „sie sich ihre Optionen offenhält".

Nina schnaubte und fragte sich, wer diese Quellen sein könnten. Je mehr sie las, desto mehr Erinnerungen sickerten zu ihr zurück, aber es gab keine beste Freundin oder eine Cousine, der sie sich anvertraut hätte. Alle ihre Freunde hatten Cottage Hills verlassen. Und verdammt ja, sich ihre Optionen offenzuhalten, war eine gute Idee, da sie überhaupt keine Ahnung hatte, wo sie anfangen sollte.

Sie erinnerte sich, dass sie auch weiterhin zu ihren Schichten im Bistro aufgetaucht war, bis der Besitzer sie zur Seite genommen hatte. *Schätzchen, meinst du denn nicht, dass du eine Pause verdient hast? Du hast jetzt so viel Geld. Fahr in den Urlaub und überlege dir alles.*

Urlaub. Hawaii? War sie deshalb nach Maui gekommen?

„Erinnerst du dich jetzt?", fragte Boone leise.

Sie nickte langsam. „Der Anwalt... Lewis' Anwalt hat gesagt, dass die McGees einen Anteil an einem Resort auf Hawaii besaßen... "

„Kapa'akea Resort", murmelte Hunter und nickte Boone zu.

Sie sah sich um. Natürlich. Hunter hatte ihren Namen auf den Umschlägen gesehen. Damit angefangen hatte er alle diese Informationen ausgraben können. Sie überflog die Stapel von Zeitungen und Ausdrucken. „Du hast das alles seit gestern gefunden?"

Er zuckte mit den Schultern. „Die Privatdetektiv-Lizenz ist manchmal ziemlich nützlich."

Sie starrte den großen, stämmigen Mann an. Sie hatte gedacht, er wäre Mechaniker. Tatsächlich war sie sich sicher gewesen, dass er Mechaniker war.

„In jedem Beruf Geselle, aber in keinem ein Meister", murmelte Cruz zu Hunter und zog ihn auf, wie es Freunde taten.

Nina sah Cruz an. War er auch ein Privatdetektiv?

„Also bist du ins Kapa'akea Resort gefahren?", fragte Boone und drängte sie weiter. „Erinnerst du dich daran?"

Sie schloss ihre Augen und dachte zurück. Sie erinnerte sich an die blitzenden Lichter, die in den ersten Tagen überall, wohin auch immer sie ging, um sie herum explodiert waren. Und sie erinnerte sich an den Anwalt, der ihr geholfen hatte, den Hintereingang zu benutzen, damit sie den Paparazzi entkommen konnte. *Bis sich die Lage etwas beruhigt hat,* hatte er gesagt. *Ich werde mich über das Resort mit Ihnen in Verbindung setzen.*

„Erinnerst du dich daran, was passiert ist, als du in Maui angekommen bist? Hat dich jemand vom Flughafen abgeholt?", fragte Boone.

Nina stand auf und runzelte die Stirn. „Ich kann mich nicht erinnern." Verdammt. Warum konnte sie sich nicht erinnern?

Sie begann auf- und abzulaufen, um ihre Erinnerung in Gang zu bringen. Nicht das Nummernschild des zerbeulten Autos ihrer Mutter, oder den Namen der Katze, die sie als Kind gehabt hatte – Paddington – sondern etwas, das ihre aktuelle Situation erhellen würde.

„Wer würde mich umbringen wollen? Warum?"

„Ich wette die Ehefrau", sagte Cruz sofort. „Sie und die Stieftöchter."

Nina griff sich mit beiden Händen an den Kopf. „Ich kenne sie noch nicht einmal. Warum würden sie wollen, dass ich sterbe?"

„Der alte Knacker hat dir..."

„Sein Name ist Lewis", schnappte sie.

Cruz warf die Hände in die Luft. „Er hat dir fünfzig Millionen Gründe hinterlassen, warum dich jemand tot sehen will."

„Aber ich habe nichts getan. Ich habe nie um das Geld gebeten. Ich bin mir noch nicht einmal sicher, ob ich es überhaupt haben will.“

„Zum Teufel, wenn du es nicht willst, gib es mir“, sagte Cruz.

Boone knurrte und schoss Cruz einen warnenden Blick zu.

Nina atmete tief durch und sagte sich, sie müsse die Dinge logisch angehen. Sie rannte regelrecht zu dem Tisch, auf dem ihre Post lag, und schnappte sich den dicken Umschlag mit dem vornehmen Aufdruck. Könnte es darin einen Hinweis geben? Ein Stapel Papiere rutschte heraus, zusammen mit einer Art Paket in der Größe eines Taschenbuchs. Sie blätterte schnell durch die Papiere.

Sehr geehrte Miss Miller, fingen sie alle an und die meisten gingen im Juristenjargon weiter. Sie registrierte nur Bruchstücke davon. Dinge wie, *der Nachlass sollte schnell geregelt werden* oder *ein Konto in ihrem Namen wurde eingerichtet* und *alle Gelder sollten bis zum Ende der Woche freigegeben sein.*

All dies war trocken, unpersönlich und drehte sich um Geld. Dinge, die sie nicht wirklich interessierten. Was sie interessierte, war das Wer. Das Wie. Das Warum.

Sie drehte das Paket in ihren Händen um. Es war in schlichtes, braunes Papier gewickelt und mit einer Schnur zusammengebunden worden, wie eine Art Kriegspaket. Hinter der Schnur steckte ein Zettel und sie zog ihn heraus. Die Handschrift war länglich und geschwungen, so, wie sie der Generation ihrer Großmutter beigebracht worden war.

Liebe Nina,

es gibt auf dieser Welt viele korrupte Seelen – aber auch viele gute Menschen. Sie sind einer der Letzteren. Ich danke Ihnen für all Ihre Freundlichkeit und Ihre stetig gute Laune. Danke, dass Sie der Welt Freude bringen, eine Tasse Kaffee nach der anderen.

Sie presste die Lippen zusammen und fragte sich, wann Lewis beschlossen hatte, ihr so viel Geld zu hinterlassen. Sie fragte sich, warum er es ihr nie gesagt hatte.

> Man kann mit Geld weder Liebe noch Glück kaufen, aber es hilft ganz sicher, einem ein Dach über dem Kopf zu geben. Meine Mary war nie jemand, der törichte Einkäufe tätigte, und wir sparten jeden Cent, den wir hatten. Aber als ich sie dies hier bewundern sah, habe ich uns beiden diese eine feine Sache gegönnt. Mary hat ihn nicht oft draußen getragen, weil sie nicht gern damit angeben wollte, aber sie trug ihn Zuhause. Sie sagte immer, dass sie es liebte, wie sich das Licht in der Farbe fing. Wenn ich eine Tochter hätte, würde ich ihr dieses Schmuckstück hinterlassen – das Juwel meines Herzens. Also überlasse ich es Ihnen und wünsche Ihnen all die Liebe, die Freude und das Lachen, die im Herzen meiner geliebten Frau Zuhause waren.
>
> Ihr ergebener,
>
> Lewis McGee

Nina strich mit dem Finger über die Schrift und wünschte sich, sie hätte die Gelegenheit, Lewis für sein Vertrauen zu danken.

„Wirst du es aufmachen?", fragte Boone leise.

Nina war sich nicht so sicher. Es gab nichts, was Lewis in dieses Paket hätte stecken können, dass sie so sehr bewegen könnte wie seine Worte. Als sie schließlich danach griff, zitterte ihre Hand. Das Paket war warm, so als hätte man es in der Sonne liegen gelassen. Aber es hatte im Schatten gelegen und sie schwor, dass die Wärme aus dem Inneren des Paketes selbst heraus strahlte – oder bildete sie sich das nur ein?

Langsam löste sie den Knoten und packte etwas von der Größe einer Zigarrenkiste aus. Die Schmuckschatulle schimmerte schwarz und glänzend in der Sonne. Sie öffnete den winzigen silbernen Verschluss, schob die Stoffschicht zur Seite, die das Innere bedeckte, und...

Nina setzte sich. Sie atmete tief ein.

„Oh mein Gott." Sie wiederholte die Worte ein paarmal. Das hatte Lewis ihr hinterlassen?

Leise Schritte huschten über den Boden, als Hunter und Cruz über ihre Schulter blickten. Boone pfiff.

„Heilige Scheiße."

„Was ist das?", murmelte Hunter und selbst Cruz schien von diesem Mysterium in seinen Bann gezogen worden zu sein.

Vorsichtig griff sie die Silberkette, zog das Juwel heraus und hielt es in die Sonne.

„Ein Rubin", flüsterte sie. Ein Rubin, der fast so groß wie ein Golfball war, in dem sich das Sonnenlicht fing und der in tausend verschiedenen Facetten rot glitzerte.

„Donnerwetter", murmelte Cruz.

„Ein Rubin?", fragte Hunter überrascht.

„Ein Rubin." Sie nickte und dachte an Lewis' Worte. *Das Juwel meines Herzens.*

Kapitel 13

„Langsam wird die Sache interessant", murmelte Cruz.

Boone hätte dem Tiger am liebsten eine reingehauen – und das ohne guten Grund, sondern nur, weil er so unerträglich nervös war. Zum einen lag es daran, dass Nina angespannt war, und ihre Emotionen auf ihn abfärbten. Zum anderen lag es auch an dem, was sie soeben herausgefunden hatten. Cruz hatte recht. Nina hatte Millionen Gründe dafür, dass irgendeine eifersüchtige Seele ihren Tod wünschen würde.

Sie hatte auch Millionen Gründe, ihn nicht mehr zu brauchen.

Mit Geld konnte man nicht alles kaufen, aber zur Hölle – fünfzig Millionen Dollar? Er lebte in einer Hütte am Strand auf dem Grundbesitz eines anderen Mannes. Seine Ersparnisse waren näher an fünfhundert Dollar als an tausend. Sicher, Nina mochte ihn, aber ganz ehrlich, wie lange würde das anhalten? Nina war ein nettes, verantwortungsbewusstes Mädchen und früher oder später würde ein netter, verantwortungsbewusster Mann sie weglocken.

Sein Wolf knurrte. *Das war Tammy mit Kramer. Nina ist anders. Sie ist etwas Besonderes.*

Und das war genau das Problem. Sie war etwas Besonderes – und er war es nicht. Er war einfach nur er. Und schlimmer noch – er war ein Werwolf und Nina war ein Mensch. Die Welt der Gestaltwandler war voller Gefahren und Intrigen. Sie dort hineinzuziehen, würde sie nur noch mehr Gefahren aussetzen.

Als würde sie nicht schon tief drinstecken? knurrte sein Wolf.

Verdammte Scheiße, murmelte Cruz in seinem Kopf. *Weißt du, was dieser Stein ist?*

Boone zuckte mit den Schultern. Was kümmerte ihn schon ein Edelstein? Er war nur an Nina interessiert.

Das ist kein gewöhnlicher Stein, beharrte Cruz.

Was du nicht sagst, wollte er sagen. Er muss ein Vermögen wert sein.

Sieh ihn dir an, zischte Cruz.

Boone schaute hin. In Ordnung, ein großer, roter Stein. Ein großer, verdammt teurer, roter Stein.

Fühle ihn, beharrte Cruz. *Zur Hölle, geh einfach in seine Nähe.*

Boone wollte nicht nach Ninas Juwel greifen, er legte sachte seine Hand um ihre. Nina hielt den Edelstein an der Silberkette fest. Als sie ihn näher an ihr Gesicht hob, spürte sie, wie die Temperatur um den Stein herum anstieg.

Es ist einer der Seelensteine, murmelte Cruz.

Boone wich zurück. Heilige Scheiße.

Ich wette mit dir um fünfzig Million Dollar dass er das ist, fuhr Cruz fort.

„Was weißt du über diesen Edelstein?", fragte Hunter Nina ganz beiläufig.

„Gar nichts. Ich wusste nicht einmal, dass Lewis reich war."

„Er hat ihn nie erwähnt?"

Sie schüttelte den Kopf. „Er hat auch seine Frau nur selten erwähnt und wenn er es tat, trieb es ihm immer die Tränen in die Augen."

Boone sah Cruz an. Die Seelensteine waren eine Sammlung von fünf Edelsteinen mit besonderen Kräften, die einst im Besitz eines mächtigen Drachenclans gewesen waren. Aber die Horde von Drachen hatte sich bereits vor Jahrhunderten in alle vier Windrichtungen zerstreut. Und obwohl die Geschichten ihm ein wenig schräg vorkamen, war er klug genug, sie nicht anzuzweifeln. Kais Gefährtin Tessa war die Hüterin des Lebenssteins und der hatte sie vor Drachenfeuer beschützt.

Er ging gedanklich die Liste der Steine durch. Silas zufolge gab es einen Lebensstein, einen Wasserstein, einen Windstein...

Das ist der Feuerstein, murmelte Cruz. *Er muss es sein.*

Boone ballte seine Faust, bevor das Zittern seiner Hand sichtbar wurde. Er hatte nicht viel über die Seelensteine nachgedacht. Der Lebensstein hatte Kai und Tessa dabei geholfen, den Drachen abzuwehren, der Tessa als seine Gefährtin vereinnahmen wollte. Soweit es Boone betraf, war das alles gewesen. Tessa war fantastisch und sie passte wunderbar in ihre kleine Gruppe von Gestaltwandlern am Koa Point. Der Ort hatte sich anders angefühlt, seit sie und Kai zu ihrer Reise nach Arizona aufgebrochen waren.

Also nein, er hatte nicht viel Zeit damit verbracht, sich über die anderen Seelensteine Gedanken zu machen. Aber jetzt hallten Silas' Worte in seinem Kopf wider.

Wenn einer der Steine erwacht, ruft er die anderen zu sich.

Boone starrte den Rubin an. War das der Grund, warum er hier war? Er hatte gedacht, das Schicksal würde ihm Nina bringen, aber vielleicht war sie lediglich vom schicksalhaften Geschehen mitgeschliffen worden.

Wir müssen uns schnellstmöglich mit Silas in Verbindung setzen, murmelte Cruz.

Boone nickte. Das Problem bestand darin, dass Silas irgendwo auf dem amerikanischen Festland war, auf der Suche nach dem Schatz, den Tessas Angreifer seiner Familie gestohlen hatte. In den letzten paar Tagen hatte Silas nur sporadisch Kontakt mit ihnen aufgenommen und war dann immer wieder untergetaucht. Wer wusste, wann sie das nächste Mal von ihm hören würden?

Hunter durchwühlte die Papiere auf dem Tisch und zog eins hervor, um es Nina zu zeigen. „Schau mal."

Boone lehnte sich vor, als Nina den Text eines jahrzehntealten Zeitungsausschnittes laut vorlas. Etwas aus einer Illustrierten.

„Herr und Frau Lewis McGee bei einer Benefizveranstaltung für den Kinderkrebsfonds. Frau McGee trägt den Harrington-Rubin, der vor drei Monaten zu einem unbekannten Preis erstanden wurde. Es heißt, Elizabeth Taylor habe das Gebot für den Stein verloren, der einst der Herzogin von Rothersay gehörte ... "

„Er hat das Ding per Post geschickt?“, fragte Cruz mit Blick auf den Umschlag.

„Das ist smart“, murmelte Nina. Als Boone sie anstarrte, zuckte sie mit den Schultern. „Lewis hat mir mal erzählt, dass der Hope-Diamant einst per Einschreiben verschickt wurde, damit er wie ein schlichtes Paket aussah, und nicht wie etwas, das Millionen wert war.“

„Hier wird er noch einmal erwähnt“, sagte Hunter und blätterte durch die Ausdrucke, die er gesammelt hatte. Als er einen Finger genau auf die Stelle legte, nach der er gesucht hatte, war Boone beeindruckt. Der Bärenwandler musste die halbe Nacht damit verbracht haben, alle diese Artikel aufzuspüren.

Dieser Artikel war ein weiterer Nachruf für Lewis McGee und ein Abschnitt war unterstrichen. *Zu seinem Vermögen gehören ein Zehn-Millionen-Dollar Anwesen in Florida und der Sechs-Millionen-Dollar Harrington Rubin ...*

„Sechs Millionen?“, kreischte Nina. Sie stopfte den Rubin schnell wieder in die Schatulle und schob sie von sich weg.

Aber der Geldwert war nur ein Aspekt des Edelsteins und Boone wusste es. *Welche Kraft hält der Feuerstein?* fragte er.

Kann mich nicht erinnern. Hat Silas das gesagt?

Hunter sah ebenfalls ahnungslos aus und Boone wollte sie am liebsten beide schütteln.

„Wann hast du diesen Brief erhalten?“, fragte Hunter Nina.

Sie wandte sich an Boone. „Gestern. Die Empfangsdame sagte, dass die Post gerade angekommen wäre, stimmt’s?“

Er nickte.

„Ich frage mich, ob der Anwalt überhaupt weiß, was dort drin war“, grübelte Cruz.

Boone schüttelte den Kopf. „Das bezweifle ich. Er hat wahrscheinlich nur auf McGees Anweisung hin gehandelt.“

„Also wollte jemand Nina wegen des Geldes oder des Rubins umbringen?“, fragte Cruz.

Nina zitterte und Boone hätte es fast auch getan. Ein Seelenstein komplizierte die Dinge um ein Zehnfaches. Um das Zwanzigfache. Fünfzigfache. Menschen begehrten Edelsteine wegen ihres Geldwertes, aber Gestaltwandler verehrten die Seelensteine wegen ihrer Kräfte. Drachen wurden besonders von den Legenden und dem mystischen Aspekt der Steine angezogen. Silas hatte vermutet, dass sein Erzfeind Drax hinter dem Kampf um Tessas Lebensstein stecken könnte.

Scheiße. Boone konnte Nina vor Menschen und vor den meisten Gestaltwandlerarten schützen. Aber wenn Drachen involviert waren, war das ein ganz Anderes Kaliber. Er hatte keine Angst davor, es mit einem Drachen aufzunehmen, aber die Chancen standen hoch, dass er dabei sein Leben lassen würde.

Ich würde für Nina sterben, knurrte sein Wolf.

Natürlich würde er das. Das Problem war, dass er ein langes und glückliches Leben mit ihr vorziehen würde. Ein ehrenhafter Tod hatte nicht den gleichen Anreiz.

Er ließ den Kopf hängen. Vielleicht war ein langes, glückliches Leben mit Nina sowieso nicht vorherbestimmt. Vielleicht machte er sich diesbezüglich selbst etwas vor.

Ein Summer ertönte und Cruz lief los, um nachzusehen. „Jemand ist oben am Tor."

Boone fletschte die Zähne und warnte Cruz, auf der Hut zu sein.

Als ob du mir das sagen müsstest, murrte Cruz, bevor er sich auf den Weg machte. Boone konnte praktisch sehen, wie der Tigerwandler verärgert mit dem Schweif schlug.

Hunter stand auf und folgte ihm. *Ich werde ihn begleiten. Versuche du inzwischen, Silas zu erreichen.*

Als Hunter davonlief, war Boone schmerzlich versucht, Nina in seine Arme zu schließen. Hatten die Neuigkeiten irgendetwas zwischen ihnen verändert? Aber Nina war immer noch dabei, alles zu verarbeiten. Das konnte er sehen. Sie schob McGees Nachricht in die Schmuckschatulle, als wäre sie genauso kostbar wie der Edelstein. Dann stand sie abrupt auf.

„Möchtest du eine Tasse Kaffee?", fragte sie aus heiterem Himmel. Einen Augenblick später brachen sie beide in Gelächter aus und fielen sich in die Arme. Er drückte sie fest und war erleichterter, als er es in Worte fassen konnte. Vielleicht hatte er noch immer eine Chance bei ihr. Wenn er ihr vielleicht alles erklären würde. . .

„Ich schätze, Kellnerin zu sein, steckt in meiner DNA", lachte sie.

Er schüttelte den Kopf. „Was in deiner DNA steckt, ist deine Fähigkeit zuzuhören. Zu lächeln. Den Menschen das Gefühl zu geben, dass sie wichtig sind." Bei diesem Gedanken machte sein Herz einen kleinen Sprung. Sie hatte es auf jeden Fall mit ihm getan.

Sie lehnte ihren Kopf an seine Schulter und hielt ihn fest.

„Erinnerst du dich jetzt an alles?", wagte er es zu fragen.

„Nicht an alles. Ich weiß immer noch nicht, wie ich in dieser Nacht auf das Boot gekommen bin oder wer diese Männer waren. Aber ich erinnere mich weiter zurück. Zumindest an die wichtigen Dinge."

„Dann erzähl mir von den wichtigen Dingen", flüsterte er und dachte sich, dass es ihr guttun würde.

„Ich erinnere mich an meine Mutter." Sie schniefte ein wenig. „Ich erinnere mich an mein Haus und an die Menschen, mit denen ich zusammengearbeitet habe. Wirklich gute Leute. Und an meine nette Nachbarin von gegenüber – Frau Lorenzi. Als meine Mutter starb, hat sie mir Lasagne gebracht. Sie hat immer ein wenig auf mich geachtet. Ich weiß auch noch, als ich aufs College ging … "

Sie verstummte mitten im Satz und er zog sie ein wenig fester an sich. „Was wolltest du studieren?"

Sie lachte, obwohl in dem Klang keine Freude mitschwang. „Psychologie. Aber ich musste aufhören, als meine Mutter krank wurde. Es war schon schwer genug, gleichzeitig zu arbeiten und zu studieren, und dann fingen die Rechnungen an, sich zu summieren… " Ihre Stimme verblasste erneut.

Er streichelte mit der Hand über ihr Haar. „Ich würde alles darauf wetten, dass dieser Lewis McGee-Typ dich dem besten Seelenklempner vorgezogen hätte."

Sie lachte. „Du solltest es wirklich nicht Seelenklempner nennen."

„Ich sag dir was", sagte er und atmete ihren Duft ein. „Sobald du deinen Abschluss machst, werde ich dafür sorgen, dass ich dich nie wieder Seelenklempner nenne."

Sie löste sich von ihm und schaute ihn mit verwunderten Augen an.

„Was?", fragte er.

Sie lächelte. „Meine Mutter hat das auch immer so gesagt. ‚Sobald du deinen Abschluss machst‘, so als würde sie wirklich glauben, dass ich es eines Tages schaffen könnte."

„Ich glaube es. Sogar ohne fünfzig Millionen Dollar würde ich es immer noch glauben."

Sie runzelte die Stirn und er verfluchte sich selbst dafür, dass er es angesprochen hatte.

„Ich weiß überhaupt nicht, wie es ist, Geld zu haben. Ich kaufe die meisten meiner Sachen Second Hand. Ich drehe jeden Cent um. Ich weiß noch nicht einmal, was ich mit tausend Dollar machen würde, geschweige denn mit fünfzig Millionen."

„Nun, zum einen könntest du dein Studium abschließen. Und weißt du was? Du kannst, solange du willst, Second Hand Sachen kaufen und Coupons ausschneiden." Sie lachte, aber er ließ nicht locker. „Warum zum Teufel nicht?"

Sie zog ihn wieder in eine Umarmung. „Das ist es, was ich an dir liebe, Boone."

Er spitzte die Ohren und sein Herz blieb kurz stehen. Wagte er es zu fragen, ob sie es ernst meinte?

Wage es, drängte ihn sein Wolf. *Wage es.*

„Liebe?", flüsterte er und hielt den Atem an.

Nina sah zu ihm auf. Sie strich mit der Zunge über ihre Unterlippe und nickte dann langsam. „Ich hätte nicht gedacht, dass man sich so schnell in jemanden verlieben kann, Boone. Aber ja, ich liebe dich. Ich meine, das glaube ich zumindest. Ich meine – ich weiß, dass ich völlig verwirrt sein könnte. Aber was soll es denn sonst sein? Wenn du mich berührst, fühle ich mich lebendig. Wenn du nicht bei mir bist, verwelkt und stirbt ein Teil von mir. Ich sehe dich an und will nur dich. Du lässt mich gut fühlen. Glücklich. Sicher. Ich brauche keine fünfzig Millionen Dollar. Ich brauche auch keinen Edelstein. Ich wüsste überhaupt nicht, was ich damit machen soll. Ich brauche nur dich, Boone. Und das ist Liebe, oder nicht?"

Boone drückte die Knie durch, bevor sie unter der Bedeutsamkeit ihrer Worte nachgeben konnten.

„Das ist Liebe", schaffte er es zu sagen. „Ich liebe dich auch, Nina. Seit ich dich zum ersten Mal berührt habe…" Er verstummte. Würde er es wagen, diesen Satz zu beenden? *Als ich dich das erste Mal berührt habe, hat der Wolf in mir geheult. Du bist meine vorbestimmte Gefährtin, Nina. Ich weiß, dass du es bist.*

Er rang noch immer mit seinen Worten und Gefühlen, als schwere Schritte am Rande des Gebäudes erschienen, und Hunter sich räusperte.

Boone lockerte seine Umarmung nicht. Hunter konnte warten.

Boone, rief Hunter.

Jetzt nicht, Mann.

Boone. Hunters Stimme war schärfer und das hätte ein Zeichen sein sollen. Hunter regte sich nie wirklich auf. Niemals. Aber Boone war so auf Nina fixiert, dass ihm dieses Detail entging.

Ich sagte, jetzt nicht.

Es muss jetzt sein, Mann. Kramer ist hier.

Boone erstarrte. Nina löste sich von ihm, da sie die Anspannung sofort spüren konnte.

„Ist alles in Ordnung?", fragte sie.

Hunter schaute auf seine Füße hinunter, zum Strohdach hinauf und dann zu Boden. Überall hin, nur nicht in ihr Gesicht. „Hier ist jemand, der dich sehen möchte."

Boone knurrte und trat einen Schritt vor. Er würde Kramer verdammt noch mal nicht hereinlassen, um Nina zu sehen. *Kramer hat nichts mit Nina zu tun.*

Hunter spitzte die Lippen. *Nicht Kramer. Nicht ganz. Aber sein Klient...*

Kramer hatte einen verdammten Klienten?

„Wer ist hier, um mich zu sehen?" Ninas Stimme zitterte. Sie mochte vielleicht keine Gestaltwandlerin sein, aber sie konnte die Gefahr dennoch spüren.

Hunter holte tief Luft und warf Boone einen Blick zu. Dann sah er Nina an. Warum sah er so betrübt aus? So traurig für sie beide?

„Wer ist es?", beharrte sie.

Hunter öffnete seinen Mund, schloss ihn und öffnete ihn schließlich wieder. „Dein Ehemann, Nina. Dein Ehemann ist hier, um dich zu sehen."

Kapitel 14

In Ninas Kopf drehte sich alles und sie konnte nicht mehr klar denken. Ihre Gedanken krachten und prallten gegeneinander und brachten sie um den Verstand. Sie starrte Hunter an. Er machte Witze, oder?

Langsam schüttelte er den Kopf.

Moment. Wie konnte er das ernst meinen? Sie war nicht verheiratet. Das konnte sie nicht sein.

„Aber… ", sagte sie und wandte sich an Boone für Unterstützung. Boones Gesicht war blass und der Abstand zwischen ihnen wurde kalt. „Dein Ehemann? Du hast einen Ehemann?"

„Nein!", jaulte sie. „Ich meine, ich weiß es nicht… "

Sie konnte den Schmerz auf Boones Gesicht sehen. *Wie kannst du dich nicht an deinen Ehemann erinnern?*

Sie fragte sich dasselbe. Nein, sie *bestand* darauf, es zu wissen und hob in Gedanken einen anklagenden Finger gegen sich selbst. Wie konnte sie einen Mann genug lieben, um ihn zu heiraten, und ihn dann vergessen? Wenn sie tatsächlich einen Ehemann hatte, war er völlig aus ihrem Gedächtnis gelöscht worden, genau wie die traumatische Erinnerung an das Einsteigen in das Motorboot ausgelöscht worden war.

„Vielleicht… vielleicht… " Sie versuchte krampfhaft, auf der Klippe Halt zu finden, von der sie zu stürzen drohte. „Vielleicht lügt er. Ich würde mich doch an einen Ehemann erinnern, oder nicht?"

„Es ist legitim", murmelte Hunter. „Er hat einen Ausweis, eine Heiratsurkunde, eine eidesstattliche Erklärung … "

Nina trat einen Schritt näher an Boone heran, aber der machte einen weiteren Schritt von ihr weg.

„Die Paparazzi sind auch dort draußen", seufzte Hunter und ließ eine Zeitung auf den Tisch fallen.

Vermisste Erbin versteckt sich auf einem exklusiven Anwesen in West Maui, schrie die Schlagzeile.

„Scheiße", knurrte Boone und fuhr sich mit der Hand durchs Haar.

Ninas Mund klappte auf. Es war schon schlimm genug, dass ein Mörder hinter ihr her war. Und jetzt wurde sie auch noch von der Presse gejagt?

Cruz erschien an der Seite des Gebäudes und sah so ungestüm wie immer aus. „Also lassen wir Kramer und diesen Typen rein, oder was?"

„Nein", sagten Boone und Nina gleichzeitig und starrten sich gegenseitig an.

„Wenn wir noch länger warten, wird es dort draußen einen Zirkus geben. Es kommen ständig neue Reporter an", warnte Cruz. „Silas wird stinksauer sein."

Nina zuckte zusammen. Silas war der launische Typ, der das Anwesen verwaltete.

Schau mal, Boone und der Rest von uns müssen uns bedeckt halten, hatte Hunter gesagt.

Gott, sie hatte nie beabsichtigt, so viel Ärger zu verursachen.

„Lass sie rein", sagte sie mit schwankender Stimme.

Boone senkte das Kinn und seine Brust hob sich mit einem tiefen Atemzug.

Nina fummelte mit ihren Händen herum, als peinliche fünf Minuten vergingen. Sie wollte weder einen Ehemann noch einen Rubin oder ein Vermögen haben. Sie wollte Boone.

Sie konnte spüren, wie sich die Fremden näherten, bevor sie sie überhaupt sehen konnte. Eine dunkle, bedrückende Macht ging ihnen voraus, ganz ähnlich wie der Luftdruckabfall vor einem Sturm. Das Rascheln der Blätter verstummte und die Vögel hörten auf zu singen. Die Neuankömmlinge erschienen am Eingang des Gemeinschaftshauses erschienen – zwei Männer und eine Frau, flankiert von Hunter und Cruz. Nina starte sie an und wartete darauf, dass der Rest ihrer Erinnerung wieder zu ihr zurückkommen würde.

Aber da war nichts. Sie erkannte keinen von ihnen. Moment – der Große mit dem grausamen Lächeln kam ihr bekannt vor. Irgendetwas an ihm erinnerte sie an Boone – aber auf eine verdrehte, beängstigende Weise. Sie zuckte zusammen. Wie um alles in der Welt konnte sie mit einem so arroganten Mann verheiratet sein? Mit einem so gemeinen?

Aber es war der dürre Kerl an seiner Seite, der schrie: „Baby! Ich habe mir schreckliche Sorgen um dich gemacht!" Und er stürzte sich auf sie. Er riss sie in eine schwungvolle Umarmung, die sie zwei Schritte rückwärts treten ließ.

Boone sprang los, um den Mann aufzuhalten, blieb dann jedoch abrupt stehen und schaute wieder zu Boden.

Ninas ganzer Körper spannte sich an. Das war ihr Ehemann? Er stank nach Zigarettenrauch und billigem Rasierwasser. Sein Bart kratzte sie am Kinn. Seine Hände griffen viel zu weit oben um ihre Rippen und berührten fast ihre Brüste. Nina zog die Ellbogen an und rang um Abstand.

„Ich bin es. Mike!", schnaubte er ihr ins Ohr.

Nina zuckte zusammen und kniff ihre Augen zu. Dies passierte nicht wirklich. Sie würde jeden Augenblick in Boones Bett aufwachen, den Tag neu beginnen, und dieser ganze Albtraum wäre vorbei, nicht wahr?

„Glückliches Wiedersehen, was?", sagte der große, grausame Kerl und grinste.

„Halt die Fresse, Kramer", bellte Boone.

Es war Hunter, nicht Boone, der dazwischen ging und Mike von Nina wegstieß.

„Kennst du diesen Mann?", fragte er sie mit der Stimme eines sanften Riesen.

„Natürlich kennt sie mich. Ich bin ihr Ehemann", protestierte Mike. „Wir sind schon seit der High-School ein Paar."

Ninas Augenwinkel begann zu zucken. So abscheulich Mike auch war, etwas an ihm war ihr vertraut.

„Der Bart ist neu", sagte Mike und rieb sich das Kinn.

Sie tat ihr Bestes, um ihm eine faire Chance zu geben. Seine Kleidung und Schuhe waren neu und er zupfte immer wieder an seiner Krawatte. Hatte er sich für die Gelegenheit herausgeputzt?

„Ich habe den Beweis hier", sagte Kramer und hielt eine Urkunde hoch.

Boone riss ihm das Papier regelrecht aus der Hand und funkelte ihn an. Es gab definitiv böses Blut zwischen diesen beiden. Und es gab außerdem auch ganz sicher eine Vorgeschichte zwischen Boone und dem Haute Couture Modell an Kramers Seite. Die Frau sah umwerfend aus – groß und dünn, mit einem vollen Schmollmund, aber genauso kalt und grausam wie Kramer. Die heißblütigen, vertrauten Blicke, die sie Boone zuwarf, brachten Ninas Blut zum Kochen.

„Wo habt ihr geheiratet?", fragte Hunter und musterte die Papiere, die Boone ihm reichte.

„Atlantic City", murmelte Nina, ohne nachzudenken. Ihre Aufmerksamkeit war immer noch auf Boone gerichtet.

„Atlantic City", sagte Mike im gleichen Moment.

Nina schwankte auf ihren Füßen. Moment. War er wirklich ihr Ehemann?

„Prinzessin! Du erinnerst dich!", jubelte Mike und packte sie wieder.

Prinzessin? Das Wort nagte an einer hartnäckigen Erinnerung, die sich weigerte, aus ihrem Hinterkopf in den Vordergrund zu rutschen.

„Wann habt ihr geheiratet?", fragte Hunter und blickte erneut auf die Urkunde.

17. Juni, drei Jahre nach unserem High-School Abschluss. Die Antwort schoss ihr durch den Kopf.

„17. Juni", sagte Mike und erzählte von dem Tag, von dem Kleid, das sie getragen hatte, und wie sie sich versprochen hatten, sich einander für immer zu lieben.

Nina wurde schlecht. Sie war wirklich mit Mike verheiratet. Stück für Stück sickerten die unangenehmen Erinnerungen zurück in ihren Kopf. Aber eine unheilvolle Wolke, die dunkle Geheimnisse verbarg, blieb noch immer zurück. Geheimnisse, die sie verzweifelt aufdecken wollte, weil mit alledem irgendetwas nicht stimmte. Irgendetwas stimmte ganz und gar nicht.

Sie sah Boone hilfesuchend an. Aber nein – sie hätte nie mit ihm schlafen dürfen. Sie hatte es geschafft, ihren eigenen

Mann zu vergessen, genau wie sie es vergessen hatte, dass sie in das Motorboot gestiegen war.

Wie aus dem Nichts kehrten die Details dieser Nacht in ihren Kopf zurück.

Mach sie fertig, hatte einer der Männer geschrien und mit einem Ruder auf sie eingeschlagen.

Sie schüttelte den Kopf und versuchte, sich für den Moment nur auf eine Sache zu konzentrieren.

„Hol deine Sachen, Prinzessin", sagte Mike. „Wir fahren nach Hause."

Sie wollte in sich zusammensinken und einfach verschwinden. *Zuhause* passte irgendwie nicht zu Mikes Gesicht. Ihr Gedächtnis lieferte ihr zwar ein Bild von ihm, wie er auf der Veranda ihres winzigen Hauses in New Jersey saß, aber auch das erschien ihr nicht wie *Zuhause.* Die restlichen Erinnerungen, die sie an das Haus hatte, bestanden darin, dass sie dort mit ihrer Mutter oder allein gelebt hatte. Sie hatte die letzten Jahre allein in diesem Haus verbracht. Dessen war sie sich sicher.

„Boone. . .", flüsterte sie.

Er sah sie mit den Augen eines treuherzigen Welpen an, der in die Rippen getreten worden war. „Ja", krächzte er. „Ich hole deine Sachen."

Sie schüttelte wie wild den Kopf. Das hatte sie überhaupt nicht gemeint. „Warte . . . "

„Ich helfe dir, Boone", summte die Schönheitskönigin an Kramers Seite und tänzelte vorwärts.

Nina ballte die Hände zu Fäusten, aber Boones Reaktion hielt die Frau sofort auf. „Bloß nicht", bellte er der Frau mörderisch ins Gesicht. Sie schwankte und trat einen Schritt zurück.

Boone zeigte der Frau sogar seine Zähne und Nina starrte ihn mit offenem Mund an. Sie hatte Boone noch nie so wütend und so hart gesehen. Ein anderer Boone. Aber so furchterregend er in diesem Moment erscheinen mochte, wollte sie nichts anderes, als zu ihm zu laufen und ihn festzuhalten. Um ihm zu versichern, dass alles in Ordnung sein würde.

Aber nichts war in Ordnung und sie wusste es.

Sie sah ihm nach, als er den Weg zu seiner Hütte hinunterlief. All ihre Hoffnung zerbrach, als sie seine endgültige Zurückweisung in dieser Geste sah. Er wollte sie nicht in seinem Haus haben. Er wollte nicht, dass sich ihre Sachen in seiner Nähe befanden. Er wollte, dass sie verschwand.

„Wenn ihr Jungs versucht, irgendwas abzuziehen, besorgen wir im Handumdrehen einen Haftbefehl gegen euch." Kramer schnipste mit den Fingern.

„Einen Haftbefehl wofür?" Cruz spuckte ihm die Worte praktisch vor die Füße.

„Weil ihr eine Frau gegen ihren Willen festhaltet. Entführung. Alles Mögliche."

„Entführung?", schrie Cruz.

Nina verschluckte sich fast bei dem Wort. Sie war diejenige gewesen, die Boone, Cruz und Hunter in ihre Schwierigkeiten hineingezogen hatte. Sie hatten ihr lediglich einen sicheren Ort geboten, an dem sie bleiben konnte.

Ein Insekt kratzte am Strohdach über ihrem Kopf. Die Meeresbrise neckte ihre nackten Beine. Nina kniff die Augen zusammen. Koa Point war ein kleines Stück vom Paradies und sie hatte den Teufel hierhergebracht. Sie öffnete die Augen und zwang sich, Mike, Kramer und die Frau anzuschauen. Ihr Instinkt sagte ihr, dass man ihnen nicht trauen konnte, aber sie musste gehen. Sie waren jetzt ihr Problem, nicht das Problem der drei ehrlichen Männer, die sich so sehr bemüht hatten, ihr zu helfen, ohne eine Gegenleistung dafür zu erwarten.

Sie atmete tief durch und sah sich ein letztes Mal auf dem Anwesen um. Boone kam mit ihrem Rucksack zurück und zeigte ihr den Teddybären obendrauf, bevor er die Klappe schloss.

Tränen stiegen ihr in die Augen. Boone wusste, was ihr am wichtigsten war, und er respektierte es.

„Verdammt, erzähl mir nicht, dass du das alte Ding immer noch hast", murmelte Mike und griff nach dem Rucksack.

Nina entriss ihm ihn und klammerte ihn an ihre Brust. „Ich nehme ihn."

„Oh. Und vergiss deine Post nicht", sagte Kramer und wackelte mit Blick auf den Tisch mit den Augenbrauen.

Nina erstarrte. Dem Mann entging nichts. Sie hatte die Post und den rührenden Brief von Lewis McGee schon völlig vergessen. Und, oh Gott – den Sechs-Millionen-Dollar Rubin.

Boone und die anderen erstarrten ebenfalls. Sie erinnerte sich daran, wie beunruhigt sie ausgesehen hatten, als sie den Rubin betrachteten. Sie spürte, wie eine weitere stumme Unterhaltung zwischen den Männern stattfand. Sie wollte schreien. Wie machten sie das? Hatten Männer, die im Kampf zusammen gedient hatten, einen Weg gefunden, die Gedanken der anderen zu lesen?

Nina schaute auf die schwarze Schatulle, die den Rubin enthielt, und flüsterte dann: „Behalte ihn." Sie wandte sich an Boone, sah ihm direkt in die Augen und blinzelte die Tränen zurück. Sie konnte ihre eigene Stimme kaum hören und wollte unbedingt nach seiner Hand greifen. „Bitte behalte ihn. Es ist das Mindeste, was ich tun kann."

Hinter ihr ertönte ein tierisches Knurren und Hunter verkrampfte sich, bereit für einen Kampf. Boone hingegen sah sie zum ersten Mal seit Mikes Auftauchen mit einem weicheren Ausdruck an. Er nahm die Schatulle und wog sie in seiner Hand. Seine Augen schlossen sich und für einen Augenblick blitzte Versuchung über sein Gesicht. Aber dann öffnete er seine leuchtend blauen Augen, griff nach ihr und half ihr, ihre widerwilligen Hände um die Schatulle zu schließen.

„Er gehört dir. Lewis wollte, dass du ihn bekommst."

Boone sagte nichts weiter, aber seine Augen wiederholten die Worte aus Lewis Brief. *Das Juwel meines Herzens. Ich wünsche Ihnen all die Liebe, die Freude und das Lachen...*

Boone verabschiedete sich. Nina presste ihre Lippen zusammen und hielt die Tränen zurück. *Ich will nicht gehen.*

Cruz murmelte einen Protest, offensichtlich unzufrieden, aber Boone funkelte ihn an. „Er gehört ihr, nicht uns."

„Verdammt richtig", knurrte Kramer.

Nina zitterte und schob die Schachtel in ihren Rucksack. Ganz nah neben den Teddybären, sodass Kramer sie nicht sehen konnte. Sie schnappte sich den Rest der Briefe, denn darin befanden sich die Informationen des Anwalts. Etwas sagte ihr, dass sie sie brauchen würde.

„Lass uns gehen, Baby", sagte Mike.

Ihre Lippen zitterten, als sie vorsichtig, beim Versuch Zeit zu gewinnen, die Riemen ihres Rucksacks schloss.

„Es war schön, dich wiederzusehen, Boone", schnurrte die Frau und sandte lustvolle Blicke in seine Richtung.

Nina fühlte sich krank. Sie wollte diese Frau von ihrem Mann fortjagen, aber Boone war nicht ihr Mann. Mike war es.

„*Hasta luego*, Kumpel", sagte Kramer und funkelte Boone mit einem hochmütigen Blick des Triumphes an, der sagte: *Ich gewinne wieder.*

Nina wollte am liebsten mit den Händen gegen die Brust des arroganten Mannes trommeln. *Du wirst niemals ein so ehrenwerter und guter Mann wie Boone sein.*

Aber Mike zog sie bereits am Ellbogen und sagte: „Hier entlang."

Hier entlang, ertönte eine Stimme aus ihrer Vergangenheit. Die Erinnerung flatterte durch ihren Kopf, war für einen Augenblick da und dann wieder verschwunden.

Nina drehte sich um, um zurückzublicken, aber es war zu spät. Eine Kurve im Pfad verbarg den *Akule Hale* und während Hunter und Cruz sie zum Tor begleiteten, war Boone nirgends zu sehen.

„Hier entlang", wiederholte Mike.

Alarmglocken gingen in ihrem Kopf los. Ein Dutzend Lichtblitze blendeten sie – genug, um sie zu überzeugen, sich ihm entziehen zu müssen. Etwas stimmte nicht. Sie sollte nicht mit Mike mitgehen. Jeder Instinkt in ihrem Körper sagte ihr das.

Aber sein Griff an ihrem Arm war hartnäckig und seine Stimme zuckersüß an ihrem Ohr. „Aber, aber. Sei doch nicht schüchtern. Es sind nur die Paparazzi."

Sie starrte. Die Lichter waren keine Warnungen in ihrem Kopf. Es waren die Blitzlichter eines Dutzends von Kameras. Die Mitglieder der Presse drängten sich vor dem Tor des Anwesens, riefen ihnen Fragen zu und fotografierten sie ohne Unterlass weiter.

Mike grinste. „Gewöhn dich besser dran. Wir sind jetzt reich und berühmt."

Nina blinzelte und versuchte, sich aus seinem Griff zu befreien, aber es war unmöglich, dies zu tun und gleichzeitig ihren Rucksack festzuhalten.

„Miss Miller, wohin gehen Sie als Nächstes?"

„Miss Miller, wie fühlen Sie sich, mit Ihrem Mann wiedervereint zu sein?"

Ich fühle mich krank. Schmutzig. Gebraucht, dachte Nina.

„Ich bin entzückt, sie wiederzuhaben", krähte Mike.

Noch mehr Warnglocken ertönten in ihrem Kopf. Dies war nicht das erste Mal, dass sie sich krank, schmutzig und von Mike benutzt gefühlt hatte, oder? Sie suchte verzweifelt in ihrem Gedächtnis.

Aber es war zu spät. Kramer bellte den Reportern einen Befehl zu, sich zurückzuziehen, und sie gehorchten ihm sofort. Er riss die Hintertür des vor dem Tor geparkten schwarzen SUVs auf, drückte seine riesige, pfotenähnliche Hand auf ihren Kopf und schob sie auf den Rücksitz. „Auf geht's."

Mike drängte sich hinter ihr hinein, während Kramer und die Frau vorn einstiegen. Jedes Mal, wenn sich eine Tür öffnete oder schloss, veränderte sich die Lautstärke der Rufe der Presse von gedämpft zu brüllend laut. Die Kameras blitzten auf und blendeten Nina.

Weitere Erinnerungen stürzten in ihre Gedanken zurück – so viele, dass ihr von dem Ansturm ganz schwindelig wurde. Erinnerungen an Mike, der sie anbrüllte. Wie sie weinend antwortete. Ihre Mutter, die ihre Hand hielt. Anwälte, die ihr sagten, sie solle auf einer gepunkteten Linie unterschreiben.

Als Kramer das Fahrzeug in Bewegung setzte, murmelte Mike: „Endlich. Wir haben sie."

Die Lichter blitzten unerbittlich weiter und ließen den Rest ihrer Erinnerungen in ihr Gedächtnis strömen.

Mach sie fertig, hatte der Mann gesagt, der sie aus dem Motorboot geworfen hatte.

Sie wandte sich mit offenem Mund an Mike: „Was hast du gerade gesagt?"

Er lächelte sie schief an und entblößte seine vom Tabak verfärbten Zähne. „Endlich habe ich dich wieder, Prinzessin."

Prinzessin. Sie hasste es, wenn er sie so nannte.

Eine letzte Kamera blitzte vor dem Fenster auf und drängte die letzten Erinnerungen an ihren Platz. „Du hast versucht, mich zu töten." Sie wich zurück. „Du warst in dieser Nacht auf dem Boot."

Die Frau auf dem Vordersitz drehte sich um, um Mike zu beschimpfen: „Ich habe dir doch gesagt, dass sie sich erinnern würde."

Nina war fassungslos. Steckten sie alle unter einer Decke? Sie griff nach dem Türgriff, bereit, aus dem Auto zu springen, aber Kramer betätigte die Zentralverriegelung. Er warf ihr ein spitzzahniges Lächeln im Rückspiegel zu.

„Aber, aber. So spricht man doch nicht mit seinem Ehemann."

Ehemann. Anwälte. Papiere unterzeichnen... Langsam ordneten sich die Erinnerungen in ihrem Kopf. Mike war während des letzten Jahres in der High-School ihr Freund gewesen, obwohl ihre Freunde und Lehrer ihr immer wieder suggeriert hatten, dass sie ohne ihn besser dran wäre. Sie hatte Mike in Atlantic City geheiratet, als sie jung und ahnungslos gewesen war. Mike hatte damals seinen Abstieg in Arbeitslosigkeit und Alkohol noch nicht begonnen. Aber es dauerte nicht lange, bevor er ein totaler Chaot wurde und mit dem Glücksspiel begann. Die Schulden wuchsen schnell – Schulden, für deren Rückzahlung sie eine Hypothek auf das Haus aufnehmen musste. Als ihre Mutter krank wurde, schien Mike das kaum zu interessieren. Das war der Moment, an den sie sich auf der Veranda erinnert hatte. Mike, der einfach noch ein Bier trank, als sie sich nach der Uni, einer Schicht im Bistro und einem Besuch bei ihrer Mutter nach Hause geschleppt hatte. Der dann einfach nur sein Abendessen verlangte. Irgendwann hatte sie genug davon gehabt.

„Du bist nicht mein Ehemann", zischte sie, als sich das Bild zusammenfügte. „Ich habe mich von dir scheiden lassen." Sie erinnerte sich jetzt ganz deutlich daran. Dem Anwalt einen Scheck über die letzten paar Cent auf ihrem Konto aushändigen zu müssen, war ein Schlag ins Gesicht gewesen, aber zumindest hatte sie sich dadurch von Mike befreien können. „Ich habe mich von dir scheiden lassen", beharrte sie.

Mike schüttelte den Kopf. „Du hast versucht, dich von mir scheiden zu lassen, Baby. Der zweite Scheck an den Anwalt ist geplatzt." Er tat so, als wäre er überrascht von ihrem entsetzten Blick. „Was, hast du den Brief etwa nicht bekommen? Oh, jetzt erinnere ich mich. Ich habe den Brief an dem Tag aus deinem Briefkasten gefischt, an dem ich meine Sachen abgeholt habe."

Sie starrte ihn an.

„Ich schätze, du warst bei der Arbeit. Hat dir schon jemals jemand gesagt, dass du zu viel arbeitest?"

Nein, wollte Nina schreien. Ein Mensch musste arbeiten, um über die Runden zu kommen. Das hatte ihre Mutter ihr beigebracht.

„Aber zu meinem Glück..." Mike streckte sich und verschränkte die Hände hinter seinem Kopf, „...stirbt irgendein alter Kauz, hinterlässt dir Millionen und wir sind immer noch verheiratet." Der Tonfall seiner Stimme war nun drohend. „Was dein ist, ist mein, bis dass der Tod uns scheidet."

Sie drehte sich, um hilfesuchend gegen das Fenster zu schlagen, aber die Reporter waren außer Sichtweite und das Auto raste bereits die Straße hinunter.

„Ohh, sie vermisst Boone", kicherte die Frau auf dem Vordersitz.

Wäre Nina nicht so sehr damit beschäftigt gewesen, zu versuchen, das Schloss zu öffnen, hätte sie der Frau die Augen ausgekratzt.

Mike sah mürrisch aus. „Ich weiß nicht, was dich dazu gebracht hat, bei diesen Typen einzuziehen. Sie wollten dich wahrscheinlich nur um unser Geld betrügen."

Ich bin nicht bei ihnen eingezogen. Ich wurde an ihrem Strand angespült, nachdem du versucht hast, mich zu töten, wollte Nina am liebsten sagen. Aber ihre Kehle war zu trocken und wurde von Panik zugeschnürt. Was das Geld betraf, so konnte sie es noch immer nicht als ihr Eigen ansehen, aber es war ganz sicher nicht Mikes. Es gehörte Lewis McGee. Und Boone war ganz sicher nicht an Geld interessiert. Er war nur an ihr interessiert gewesen. Daran, wer sie wirklich war.

„Boone ist ein verdammt guter Fick“, fuhr die Frau in einem bittersüßen Ton fort.

Kramer knurrte. „Pass auf, was du sagst, Tamara.“

„Ich sage nur die Wahrheit.“ Tamara zuckte mit den Schultern. „Und ja, welche Frau würde denn nicht bei diesen Typen einziehen? Ich habe noch nie mit Hunter geschlafen, aber ich wette, dass auch er ein Monster im Bett ist. Und Cruz … lecker.“

„Tamara“, warnte sie Kramer.

Die Frau kicherte nur und neckte sein Ohr. „Eine Frau kann doch noch träumen. Oder, Schätzchen?“

Nina traute ihren Ohren nicht. Was war mit dieser Frau los? Was Nina und Boone geteilt hatten, war kein Monsterfick gewesen – es war eine echte Verbindung, die weit über das Physische hinausging. Es war… es war…

Schicksal, flüsterte eine tragische Stimme in ihrem Kopf.

Nina schlug die Hände vor ihrem Gesicht zusammen und kauerte sich zu einer Kugel zusammen. In Gedanken schrie sie verzweifelt nach Boone.

Boone, es tut mir so leid. Boone, hilf mir. Bitte…

Kapitel 15

In dem Augenblick, als Nina aus Boones Blickfeld verschwand, sackte er auf einem Stuhl zusammen und stützte seine Ellbogen auf seine Knie. Er rieb sich wieder und wieder mit den Händen übers Gesicht.

Nina war weg. Das Beste, was ihm je passiert war, war nun weg.

Boone... Er spürte, wie sie nach ihm rief, aber er unterbrach die Verbindung. Nina war verheiratet. Sie hatte ihren Ehemann vergessen. Was sagte das über sie aus?

Dieser Mann ist eine Ratte! heulte sein Wolf. *Es ist irgendein Trick.*

Ja, nun, er hatte die Heiratsurkunde gesehen und Nina hatte es mit dem Ort und Datum bestätigt.

Aber er konnte ihren angeschlagenen Blick nicht aus seinem Kopf bekommen. Und er konnte außerdem auch nicht vergessen, wie Kramer es ihm unter die Nase gerieben hatte.

Hasta luego, hatte er laut gesagt. Kramer hatte gedanklich noch *Arschloch* hinzugefügt und es mit einem triumphierenden Lachen unterstrichen. *Hier komme ich mal wieder und nehme dir eine zweite Frau weg, Boone. Ich schätze, man könnte sagen, dass der beste Mann gewinnt – erneut.*

Boone kratzte über seine Jeans. Er war bereit gewesen, Kramer in Stücke zu reißen, aber er hatte sich zurückhalten müssen. Nina war tatsächlich mit diesem Arschloch Mike verheiratet, sodass er wohl kaum darum kämpfen konnte, sie am Koa Point zu behalten. Egal, wie sehr es ihn innerlich zerriss, sie gehen zu sehen. Auch die Presse war wie Heuschrecken über das Anwesen hergefallen, was Silas stinksauer machen würde. Und das zu Recht. Sie konnten es sich nicht leisten, dass Menschen hier herumschnüffelten. Dieses Anwesen war ihr Heiligtum, ihr Rückzugsort, und die Lage war ohnehin schon prekär genug. Der Besitzer – oder die Besitzerin – des Anwesens wollte seine oder ihre Identität niemandem außer Silas preisgeben, und war also offensichtlich jemand, der Privatsphäre zu schätzen wusste. Dass die Presse hier auftauchte, könnte bedeuten, dass Boone und die anderen eine ziemlich attraktive Wohnvereinbarung verloren.

Wen interessiert denn ein attraktives Geschäft? Nina ist unsere Gefährtin! heulte sein Wolf.

Das hatte er auch gedacht, aber anscheinend hatte er mal wieder einen riesigen Fehler begangen. Wenn Nina ihren eigenen Ehemann vergessen konnte, konnte sie auch ihn vergessen – vor allem mit fünfzig Millionen Dollar, um sich abzulenken. Das Schicksal verarschte ihn nur. Schicksalsgefährten waren nur eine Legende. Ein Märchen, das unter Gestaltwandlern wie Lagerfeuergeschichten weitergereicht wurde. Nichts davon stimmte. Sein gebrochenes Herz war der Beweis dafür.

Die beste Nacht aller Zeiten, hallten Ninas Worte in seinem Kopf wider.

Er schnaubte. Ja – gefolgt vom schlimmsten Tag seines Lebens.

Cruz und Hunter kehrten schweigend ins Gemeinschaftshaus zurück. Er sah nicht auf, noch nicht einmal, als Hunter ihm einen Drink einschenkte.

Hunter schenkte zwei weitere Gläser ein und stieß mit Cruz an.

„Auf Nina“, murmelte Hunter in seiner tiefen Grizzlystimme. „Möge sie das Glück finden, das sie verdient.“

Boones Ohren zuckten. Verdammt, sogar der griesgrämige Cruz stieß darauf an. Er sollte Manns genug sein, dasselbe zu tun.

Er zwang sich, sein Kinn zu heben, und hob das Glas, konnte jedoch kein Wort hervorbringen. *Auf Nina. Auf die Frau, die ich für meine Gefährtin gehalten habe.*

Das ist sie, verdammt! Kämpfe um sie! schrie sein Wolf.

Cruz schüttelte den Kopf. „Sie ist reich *und* verheiratet. Was für eine Art, das herauszufinden.“

Boone atmete tief ein. Verdammt, er hatte sich nur auf seinen eigenen Schock und Schmerz konzentriert. Er hatte dabei kaum an Nina gedacht. Sie hatte so viel durchgemacht ...

Er bohrte seine Fäuste in seine Knie. *Tu es nicht. Denke nicht darüber nach. Es wird nur noch mehr weh tun.*

Cruz seufzte, lehnte sich gegen einen der gewundenen Baumstämme, die das Strohdach stützten, und starrte in die Ferne. Hunter setzte sich an den Tisch in der Ecke und öffnete einen Laptop.

„Was machst du da?", fragte Boone mürrisch.

„Ich suche nach einem Eintrag im Scheidungsregister. Nur, um auf Nummer sicher zu gehen."

Boones Herz machte einen hoffnungsvollen Sprung, obwohl er wusste, dass es vergeblich war. Nina hatte sich an diese Ratte Mike erinnert. Es brachte ihn um, sie gehen zu sehen, aber es war eine Tatsache. Gott, das Leben war manchmal beschissen.

Er kratzte mit den Füßen über den Boden, um die Stille zu füllen. Außer dem Klang von Hunters übergroßen Fingern auf der Tastatur gab es keinerlei Geräusche. Die Vögel hatten aufgehört zu singen und selbst das geschäftige Summen der Erde war verstummt, als ob auch sie trauern würde. Die Sonne schien noch, aber der Himmel war blass und leer. So wie er.

Hunter grunzte den Laptop an und schlug auf ein paar Tasten. „Verdammt", murmelte er, drückte auf Löschen und versuchte es erneut.

Cruz schnaubte. „Ich habe dir doch gesagt, dass du zu groß für dieses Ding bist."

„Dann mach du es doch", sagte Hunter und schob den Laptop in Cruz' Richtung.

Zu Boones äußerster Überraschung verschränkte der Tigerwandler nur kurz ablehnend die Arme, bevor er nachgab und neben Hunter Platz nahm. Boone starrte ihn an. Die Familie des Tigerwandlers war während seiner Abwesenheit von Menschen ausgelöscht worden und diese Narben saßen tief.

„Du hasst Menschen mehr als jeder von uns, Cruz."

Cruz erwiderte knapp: „Ja."

Boone neigte den Kopf. „Was machst du dann da?"

„Ich suche nach Scheidungsunterlagen, Idiot.“ Er tippte weiter.

Hunter zeigte auf etwas auf dem Bildschirm und Cruz klickte darauf.

„Warum?“ Boone verstand es nicht. Warum half Cruz?

Cruz schaute auf. „Weil wir zusammenhalten. Wir alle, richtig? Selbst wenn du der dümmste, verfluchte Wolf auf diesem Planeten bist.“

„Hey“, protestierte Boone. „Dumm?“

„Dumm“, nickte Cruz und widmete sich wieder der Suche.

Boone stieß ein verärgertes Knurren aus und Cruz schlug in einem plötzlichen Ausbruch auf den Tisch. „Ich tue das für dich, Arschloch, nicht für mich. Weil ich dir etwas schulde. Weil du sie liebst.“

„Ich…“

Cruz ignorierte ihn. „Denn wer weiß, vielleicht hast du immer noch eine Chance auf deine Gefährtin, selbst wenn du ein dummer, unwürdiger Wolf bist.“

Hunter nickte zustimmend.

„Hey.“ Boone warf ihm einen genervten Blick zu.

Hunter zuckte mit den Schultern. „Er hat recht. Sieh dir doch nur einmal Kai und Tessa an. Willst Du keine Chance auf deine vorbestimmte Gefährtin?“

Boone knirschte mit den Zähnen. Er wollte nicht, dass sein Herz noch einmal durch den Schlamm gezogen wurde. Das könnte er nicht verkraften. „Vorbestimmte Gefährten sind eine Lüge.“

Hunter schnaubte und selbst Cruz warf ihm einen strengen Blick zu.

„Was? Glaubt ihr etwa an diese Scheiße?“, fragte Boone.

Sie sahen einander an und nickten dann. Hunter zeigte direkt auf Boone. „Du hast Nina wann getroffen? Vor ein paar Tagen?“

Boone wandte sich ab. Waren es nur ein paar Tage gewesen? Es fühlte sich wie ein ganzes Leben an. Ein glückliches Leben, in dem die Zeit verflog, weil Nina bei ihm war. Und sie war alles, was er brauchte.

„Nur ein paar Tage und du wusstest bereits, dass sie es war", sagte Hunter.

„Das habe ich auch einst über Tammy gedacht."

Cruz sah ihn finster an. „Diese Frau ist nichts als Ärger."

Boone seufzte. Als ob er ihn daran erinnern müsste. „Der Punkt ist, dass ich mir ihrer so sicher war."

Hunter zuckte mit den Schultern. „Vielleicht kannst du es selbst nicht sehen, aber wir sehen es. Mit Tammy – Mann, es schien fast so, als wäre dein Gehirn abgeschaltet."

Boone verzog das Gesicht.

„Mit Nina war es, als hätte jemand ein Licht in dir eingeschaltet."

Boone starrte ihn an. Wurde er tatsächlich von einem schwerfälligen Grizzlybären über die Liebe belehrt? „Sagt der Mann, der vorgibt, nicht Hals über Kopf in die Polizistin Meli verliebt zu sein."

Hunter war bereits so lange in die örtliche Polizistin verschossen, wie Boone ihn kannte. Und doch hatte er dies nie zugegeben oder sich ihr genähert. Warum nicht?

„Versuch bloß nicht, das Thema zu wechseln, Wolf. Wir reden hier über deine Gefährtin, nicht über meine."

Cruz riss seinen Kopf herum und er und Boone starrten Hunter beide an.

Hunter rutschte auf seinem Sitz herum und zog dann sein bestes, grimmiges Gesicht. „Willst du deine Gefährtin? Dann tu etwas dafür. Oder ziehst du lieber den Schwanz ein und versteckst dich vor der Wahrheit?"

Die Haare auf Boones Arm stellten sich auf, als sein Wolf näher an die Oberfläche kam. „Die Wahrheit ist, sie ist verheiratet."

„Verheiratet mit einer Ratte, die sie noch nicht einmal anschauen kann, vielleicht." Hunter schüttelte den Kopf. „Das zeigt doch nur, dass du nicht der Einzige bist, der einen Fehler gemacht hat."

Boone knirschte mit den Zähnen. Hatte Hunter recht oder trat der Bär auf dünnem Eis? Würde er es wirklich wagen, sein Herz noch einmal aufs Spiel zu setzen?

„Diese Art von Ehe ist nur ein Stück Papier, Boone. Willst Du dem wirklich mehr Gewicht beimessen als dem Schicksal?"

Boone musste schwer schlucken.

Die beste Nacht aller Zeiten. Er schüttelte den Kopf. Die letzte Nacht war ein Vorgeschmack auf viele andere gute Dinge gewesen, die in der Zukunft lagen.

Er saß still da, als ihm all die kleinen Momente durch den Kopf gingen, die er in der kurzen gemeinsamen Zeit mit Nina erlebt hatte. Die Freude, die er gespürt hatte, als sie ihre Arme auf der Motorradfahrt in die Stadt um seine Taille geschlungen hatte. Die Art, wie Ihr Lächeln tausend duftende Kerzen in seiner Seele entzündete. Die Art, wie ihre Stimme seine Seele besänftigte.

Konnte es wirklich wahr sein?

Ach nö, hörte er seinen Cousin in seiner Erinnerung sagen, als sie beide noch Teenager waren. *Wer braucht schon eine Gefährtin?*

Er hatte dies für eine Ewigkeit gedacht, aber selbst sein Cousin, ein knallharter Alpha-Wolf in Arizona, Ty Hawthorne, hatte sich am Ende schwer verliebt. Der Mann war eher wie eine Maschine als eine Seele gewesen, bevor er seine vorbestimmte Gefährtin kennengelernt hatte. Aber auch sie hatte das Beste in ihm zum Vorschein gebracht. Das Gleichgewicht, das sie in sein Leben brachte, hatte ihm geholfen, ein besserer Rudelführer zu werden.

Mit Nina war es, als hätte jemand ein Licht in dir eingeschaltet.

Boone holte tief Luft und fragte sich, ob dieses Licht gerade ausgegangen war oder ob er sich nur davor versteckte.

Das Telefon neben Hunter begann zu klingeln und alle starrten es an.

„Das ist Silas", murmelte Hunter, als er auf die Anruferkennung schaute.

Boone fluchte innerlich. Hatte Silas bereits Wind von den Geschehnissen bekommen? Hatten die Medien bereits Videoaufnahmen ausgestrahlt oder Nachrichten über Ninas Verbleib veröffentlicht?

Das Telefon klingelte weiter und sie alle sahen es an.

„Silas wird wütend darüber sein, dass Koa Point in den Nachrichten ist", murmelte Boone.

„Silas wird wütend darüber sein, dass du Nina erlaubt hast, den Feuerstein mitzunehmen", betonte Cruz.

„Er gehört ihr. Der alte Mann, der gestorben ist, hat ihn ihr hinterlassen."

„Ja. Er hat ihn ihr hinterlassen. Und du hast erlaubt, dass Nina ihn behält, und jetzt ist sie mit Kramer unterwegs."

Boone lehnte sich zurück. Heilige Scheiße. Das hatte er in diesem Moment gar nicht bedacht. Er hatte zu dem Zeitpunkt, an dem seine Seele zerbrach, nur das Richtige tun wollen.

Das Telefon klang mit jedem Klingeln dringender.

„Wirst du darangehen?", forderte Cruz Hunter auf.

Hunter überlegte, während das Telefon dreimal weiter klingelte. „Ich glaube, dass ich möglicherweise bei der Arbeit bin. Ich kann das Telefon in der Garage nicht immer hören, weißt du."

Cruz sah Boone an. „Was ist mit dir?"

Boone kaute auf seiner Lippe. Er sollte wirklich antworten. Aber er hatte keine große Lust, den Zorn eines Drachen auf sich zu ziehen. Außerdem würde sich Silas einmischen, wenn er von alledem erfuhr. Und etwas tief in seinem Innersten sagte Boone, dass er dies alleine durchstehen musste.

Um dich zu beweisen, stimmte auch sein Wolf zu.

Boone seufzte. Das, oder er würde möglicherweise am Ende beweisen, was für ein Narr er war.

Vertraue deinem Herzen, flüsterte eine Stimme in seinem Hinterkopf. Die tiefe, urtümliche Stimme des Schicksals.

Sie ist das Risiko wert, zischte sein Wolf.

„Gehst du ran?", fragte Hunter Cruz über das Telefonklingeln hinweg.

„Auf gar keinen Fall."

Sie schauten beide Boone an. *Du bist am Zug, Kumpel.*

Boone schloss seine Augen. Das erste Bild, das in seinen Gedanken auftauchte, war Nina, die mit vom Wind zerzaustem Haar auf dem Felsbrocken am Strand saß. Und einfach so war seine Entscheidung getroffen.

„Rutsch mal rüber." Er stieß Cruz mit seinem Ellbogen von dem Laptop weg, während das Telefon weiter klingelte. Sie ignorierten es.

Sein Kopf schaltete auf Arbeitsmodus, genauso konzentriert, wie er es während der lebensgefährlichen Missionen gewesen war, in die sie einst gemeinsam gestürmt waren.

Zuerst musste er herausfinden, ob Nina jemals die Scheidung eingereicht hatte – nicht zuletzt, um sich selbst zu besänftigen. Zweitens musste er herausfinden, wohin Kramer unterwegs war und was er als Nächstes geplant hatte.

„Prüf den Flughafen", murmelte er Cruz zu. „Wenn sie einen Flug gebucht haben, will ich es wissen."

Cruz grinste von einem Ohr zum anderen und zog ein blinkendes GPS-Gerät aus seiner Tasche. „Versicherungspolice. Ich habe ein Ortungsgerät an die Stoßstange von Kramers Auto geklebt."

Boone schlug dem Tiger auf den Rücken. „Ich schulde dir was, Mann."

„Allerdings", knurrte Cruz und prüfte die Anzeige. „Sie sind nicht auf dem Weg zum Flughafen."

„Wohin dann?"

Cruz erhob sich, um eine Karte zu holen, und ganz plötzlich steckten die drei bis zum Hals in einer Mission. Boone hielt für den Bruchteil einer Sekunde inne. Seit sie das Militär verlassen hatten, waren sie alle für eine Weile orientierungslos gewesen. Vor allem er selbst. Er vermisste das Gefühl der Bestimmung, die Struktur und den Antrieb, den das Militär ihm gegeben hatte. Jetzt war er wieder im Einsatz und das mit der Unterstützung der Männer, denen er am meisten vertraute. Es war wie in alten Zeiten, aber es war mehr als das – denn dies war die Mission seines Lebens. Er hatte Nina seinen Schutz versprochen. Er hatte ihr versprochen, dass alles in Ordnung kommen würde.

Du bist verantwortungsbewusst mit den Dingen, auf die es ankommt, hatte Nina gesagt und damit so viel Vertrauen in ihn gezeigt.

„Ich gebe dieser Suchmaschine noch drei Minuten und dann verfolgen wir sie", sagte er zu den anderen.

Das Telefon hörte auf zu klingeln und Boone erlaubte sich, erleichtert aufzuatmen. Es war nur eine Frage der Zeit, bis Silas es erneut versuchen würde. In der Zwischenzeit würde Boone sein Versprechen halten und seinem Herzen folgen. Selbst wenn ihn dies direkt über eine Klippe stürzen würde.

Kapitel 16

Zunächst hoffte Nina, dass Kramer sie ins Kapa'akea Resort zurückbringen würde. Dort könnte sie vielleicht dem Sicherheitspersonal oder Toby, dem Parkwächter ihre Notlage zu signalisieren. Aber Kramer fuhr direkt an der langen Einfahrt vorbei und hielt sich dabei knapp an das Tempolimit. Er besaß sogar die Frechheit, Officer Meli im Vorbeifahren freundlich zuzuwinken.

„Wohin fahren wir?", fragte Nina fordernd.

„Ich habe es dir doch schon gesagt. Nach Hause", sagte Mike.

Nina sah Kramer weiter an. Ihr war nur allzu klar, wer hier die Kontrolle hatte – die beiden Personen auf den Vordersitzen. Kramer strahlte eine kaum zähmbare Kraft aus und hatte brodelnde, animalische Augen. Irgendwie war er Boone ähnlich und doch ganz anders. Kramer war die Nacht, während Boone der sonnige Tag war. Und auch Tamara hatte eine gespenstische Ausstrahlung, ganz zu schweigen von ihrer säuselnden Stimme und den sinnlichen Bewegungen.

Hunter hatte etwas erwähnt, als er Nina aus dem Kapa'akea Resort nach Koa Point gebracht hatte, nicht wahr? *Ich mache mir mehr Sorgen um sie – diese Hexe.*

Nina hatte den Kommentar nicht für bare Münze genommen, aber jetzt war sie sich nicht mehr so sicher. Eine echte Hexe?

Kramer grinste über Mikes Kommentar und warf Tamara einen Seitenblick zu, den sie mit einem Lächeln erwiderte.

Ein kalter Schauer lief Nina über den Rücken. Sie hatten nicht die Absicht, sie oder Mike nach Hause fahren zu lassen, oder?

„Wohin fahren wir?", wiederholte sie und starrte Kramer an.

„Höchste Zeit, dass du etwas mehr von Maui siehst, Schätzchen. Mach dir keine Sorgen, es wird toll."

Sicher, ganz toll. Nina lehnte sich so weit in die Ecke, wie sie nur konnte, und dachte angestrengt nach. Hatte sie etwas in ihrem Rucksack, das sie als Waffe oder Signalgeber verwenden konnte?

Sie hätte am liebsten geheult, denn in ihrem Rucksack befanden sich lediglich ein paar Kleider, ein Teddybär und der Edelstein.

Ihr Herz klopfte heftig. Der Edelstein. Kramer schien davon zu wissen, aber sie war sich nicht sicher, ob Mike es ebenfalls tat. In den Zeitungsartikeln, die sie gesehen hatte, war er nicht als Teil ihres Erbes erwähnt worden. Vielleicht konnte sie ihn als Tauschobjekt für ihr Leben benutzen. Oder sie könnte ihn wegwerfen und davonlaufen, sobald sie aus dem Auto stiegen. Im schlimmsten Fall könnte sie die Kante vielleicht als Schneide benutzen, um das Gesicht eines Angreifers zu attackieren, wenn es so weit käme. Sie saß regungslos dort. Würde es dazu kommen?

Mist. Ja, das könnte es. Mike hatte versucht, sie von einem Boot zu stoßen. Was hielt ihn denn davon ab, sie ein zweites Mal anzugreifen? Nun, zum einen die Reporter. Mike und Kramer konnten sie nicht einfach so umlegen, nachdem man sie mit ihr hatte wegfahren sehen, oder? Sie würden ein Alibi brauchen...

Sie biss sich auf die Lippe und beschloss, das Schlimmste anzunehmen. Der Edelstein war das einzige Ass, das sie sich möglicherweise in den Ärmel schieben könnte. Aber wie sollte sie ihn aus ihrem Rucksack schmuggeln, ohne dabei erwischt zu werden?

Sie begann, hysterisch zu heulen und gab jeglichen Unsinn von sich, der ihr durch den Kopf ging. „Bitte tu mir nicht weh. Bitte lass mich gehen. Oh Gott, bitte... " Sie kauerte sich über den Rucksack und schlängelte langsam eine Hand hinein. Sie tastete nach der Schmuckschatulle, während sie ihr gespieltes Gejammer fortsetzte.

„Oh mein Gott, bitte. . . “

„Halt die Klappe, Fräulein“, bellte Kramer.

„Ja, halt die Klappe, Nina“, wiederholte Mike.

Sie drückte die Schachtel auf, schlang ihren Finger um die silberne Kette und wickelte sie darum. So lange, bis sie den Rubin in ihrer Handfläche spüren konnte.

„Ich dachte, du liebst mich“, schluchzte sie weiter und zog ihre Hand mit Todesangst Zentimeter für Zentimeter heraus. Dann schob sie den Rubin tief in ihre Tasche.

„Du bist diejenige, die sich von mir hat scheiden lassen“, murmelte Mike. Er lehnte sich zum Vordersitz vor. „Wie weit noch bis zum Hubschrauber?“

Nina rieb sich die Augen. Hubschrauber? Kramer wollte sie von Maui wegfliegen? Wo würde er sie hinbringen? Oahu lag in der einen Richtung und das Big Island in der anderen, mit verdammt viel offenem Meer dazwischen. Mike, Kramer oder diese fiese Tamara könnten sie einfach hinausstoßen.

Dann traf es sie. Kramer und Tamara konnten auch Mike hinausstoßen. Mike hatte keine Ahnung, mit wem er es bei Kramer zu tun hatte. Hunter hatte Kramer als Söldner bezeichnet und Nina bezweifelte es nicht. Mike hatte sich vielleicht einen Plan überlegt, sie zu töten, aber Kramer konnte diesen Plan ganz einfach zu seinem eigenen Vorteil umkehren.

„Großer Gott, Mike. Was hast du getan?“, sagte sie und machte sich nicht die Mühe zu flüstern.

„Ich habe mir ein Ticket zur Sonnenseite besorgt, Prinzessin.“ Er grinste.

Kramers Mundwinkel zuckte nach oben und bestätigte Ninas Verdacht. Gott, welch Narr Mike doch war. Und welch Narr sie selbst gewesen war, ihn zu heiraten, auch wenn er damals noch ein anderer Mann gewesen war.

Sie saß schweigend da, während das Auto die kurvenreiche Küstenstraße entlangfuhr. In ihrem Gedächtnis fügte sie die letzten Puzzleteile ihrer neugefundenen Erinnerungen zusammen. Sie erinnerte sich, dass sie widerwillig dem Vorschlag des Anwaltes zugestimmt hatte, der Presse zu entfliehen, indem sie sich in einem exklusiven Ressort in Maui versteckt hielt. Die Idee erschien ihr damals extravagant, aber sie machte Sinn.

Die Dinge hatten sich beruhigt, nachdem sie angekommen war. Doch dann war ein Zettel unter der Tür ihrer Suite hindurchgeschoben worden – eine Notiz, von der sie angenommen hatte, sie würde vom Concierge stammen. Doch nun vermutete sie, dass Mike sich irgendwie eingeschlichen haben musste. Es war eine Einladung zu einer Bootsfahrt bei Sonnenuntergang an Bord eines Bootes namens *Angels Angler* gewesen. Darauf hatte sich die Unterschrift des Anwaltes befunden, obwohl sie wetten könnte, dass die Unterschriften nicht übereinstimmen würden, wenn sie sie überprüfen würde.

Sie war nicht wirklich an einer Sonnenuntergangstour interessiert gewesen, aber sie war zu höflich, um das Angebot abzulehnen. Schließlich hatte sich jemand so viel Mühe für sie gemacht...

Unter angehaltenem Atem lachte sie bitter. Jemand hatte sich so viel Mühe gemacht, zu versuchen, sie umzubringen. Genauer gesagt, Mike und der Bootskapitän. Sie hatte keine Ahnung gehabt, dass Mike an Bord gewesen war, bis sie sich bereits auf dem offenen Meer befanden.

Sie hatte die letzten paar Tage mit dem Wunsch verbracht, sich an die Vergangenheit erinnern zu können. Jetzt wollte sie die Erinnerungen am liebsten auslöschen. Sie überfluteten sie und machten ihr einmal mehr Angst.

Nina, Baby, wir sollten wirklich wieder zusammenkommen, hatte Mike gesagt, als er aus der Kabine gesprungen kam und sie zu Tode erschreckt hatte.

Sie hatte ihn sofort durchschaut. Er war nur an dem Geld interessiert. Und als sie es ablehnte, hatte er sie angegriffen und mit der Hilfe des Kapitäns über Bord gestoßen.

Gott, wäre sie doch nur nie an Bord dieses Schiffes gegangen.

Dort unterbrach sie den Gedanken. Wäre sie nicht an Bord dieses Bootes gegangen, hätte sie Boone nie getroffen. Seine Augen gaben ihr Kraft und seine Berührung...

Es verdrehte ihr den Magen, wenn sie sich daran erinnerte, wie verletzt er ausgesehen hatte, als Mike aufgetaucht war. Boone hatte sie aufgegeben. Sie war jetzt auf sich allein gestellt. Bei diesem Gedanken wollte sie sich vornüberbeugen und schluchzen. Dieses Mal in echt, nicht gespielt.

Sie holte tief Luft. Sie hatte es überlebt, ins offene Meer gestoßen zu werden. Wenn sie ihren klaren Verstand behielt, könnte sie auch das hier überleben. Nicht wahr?

Sie musterte Kramer und Tamara, besorgt, über einen „Unfall", den sie vielleicht inszenieren wollten. Sobald sie die fünfzig Millionen und den Rubin hätten, würden sie sie umbringen wollen. Und Mike auch.

„Endlich", grummelte Mike, als Kramer in eine Seitenstraße bog und zu einer privaten Auffahrt fuhr. Das Tor öffnete sich lautlos und schloss sich wieder, nachdem der Wagen hineingefahren war. Beim Klang des Metalls auf Metall, als sich das Tor hinter ihnen schloss, zuckte Nina zusammen. Sie wurde auf ein Privatgrundstück verschleppt, abgeschnitten von jeglicher Hoffnung auf Hilfe.

Kramer folgte einer langen Einfahrt und parkte dann auf einer offenen Fläche vor den verkohlten Überresten einer ausgebrannten Villa. Dem überwucherten Rasen nach zu urteilen hatte aktuell niemand viel Zeit an diesem Ort verbracht.

„Steig aus", knurrte Mike.

Nina hielt ihren Rucksack fest, rutschte heraus und schob den Rubin noch tiefer in ihre Tasche. Was nun?

Das Anwesen war von dicken Hecken umgeben, die sie von der Außenwelt abschotteten. In der Mitte des Grundstücks befand sich ein betoniertes Quadrat, an dessen Seiten zwei Gebäude verblieben waren – eine Garage und etwas, das wie ein Gästehaus aussah.

„Ich muss zur Toilette", erklärte Nina.

Tamara lächelte, aber ihre Stimme war reines Gift. „Jede Wette."

„Geh mit ihr. Und pass gut auf sie auf", befahl Kramer Mike.

Ninas Hoffnungen wuchsen, als es so schien, dass weder Tamara noch Kramer vorhatten, ihnen zu folgen. Vielleicht konnte sie Mike entkommen und sich vom Grundstück schleichen.

Kramer schnipste mit den Fingern und Nina drehte sich wie auf Kommando zu ihm um. „Lass deinen Rucksack hier."

Seine Augen glühten und warnten sie, ihm nicht zu widersprechen. Nina starrte ihn an. Dies war kein Streich des Lichts – seine Augen glühten tatsächlich.

„Jetzt komm schon!" Mike zog sie weg.

Sie legte den Rucksack ins Fahrzeug und hoffte, dass es Kramer besänftigen würde. Dann folgte sie Mike zu dem kleinen Haus.

„Dort drüben", sagte er und deutete aufs Badezimmer. Er hielt die Tür offen und spähte hinein. „Geh schon."

Sie funkelte ihn an. „Willst du mir etwa zuschauen?"

„Ja", gluckste er. „Nur für alle Fälle."

Gut, dass sie in Wirklichkeit gar nicht zur Toilette musste.

„Mike, hör mir zu", probierte sie es. „Dir steht das Wasser bis zum Hals."

„Ha. Ich habe alles unter Kontrolle."

Sie trat näher an ihn heran und schüttelte den Kopf. „Dieser Kramer ist ein Söldner. Ein Killer..."

Mike schmunzelte. „Genau, was ich brauche."

Nina hielt inne. Welche verrückten Emotionen auch immer sie damals dazu veranlasst hatten, sich in Mike zu verlieben – sie waren nun verschwunden. Aber ihn so krass darüber reden zu hören, sie einfach umzubringen...

„Im Ernst, Mike. Denk doch mal nach. Was hält Kramer davon ab, dich zu töten?"

Mike sah sie völlig ausdruckslos an. „Warum sollte er mich töten? Ich bezahle ihn."

Sie schüttelte den Kopf. „Wozu braucht er dich, wenn er mich hat?"

„Du bist nicht mit ihm verheiratet."

Nina nahm an, dass Kramer andere Mittel hätte, sie dazu zu zwingen, ihm die fünfzig Millionen Dollar zu überlassen – und den millionenschweren Edelstein.

„Lass uns von hier verschwinden, Mike. Lass uns abhauen. Das Geld ist mir egal. Ich gebe dir alles. Aber lass uns einfach abhauen und dann regeln wir den Rest."

Mike wurde still und grübelte darüber nach. Aber dann riss er seinen Kopf zu einem Geräusch links herum. Nina hörte es auch – das Geräusch eines Motors, der durch die Luft rauschte.

„Der Hubschrauber kommt", murmelte er.

„Wir brauchen ihn nicht. Du brauchst ihn nicht", flehte sie ihn an. „Schnell, lass uns... "

„Schnell, lass uns was tun?", unterbrach Tamara sie von hinten.

Nina erstarrte.

„Nichts", sagte Mike, der totale Dummkopf, der er war.

Tamara huschte zu ihm hinüber und berührte Mikes Schulter. Er zuckte zusammen, lehnte sich dann jedoch vor, als sie begann, mit ihrer Singsang-Stimme zu ihm zu sprechen.

„Also Schätzchen. Sag mir nicht, dass du einen neuen Plan in Erwägung ziehst", schnurrte Tamara und strich mit der Hand über Mikes Brust.

Mike schloss die Augen und schluckte schwer.

„Sag mir nicht, dass du gehen willst, bevor wir unseren Spaß miteinander gehabt haben", flüsterte sie und leckte ihm praktisch das Ohr.

Nina sah schockiert zu, wie Mike dem Bann dieser Frau verfiel. Er lehnte sich an sie und schnüffelte an ihrem Hals. Erst als er die Hand ausstreckte, trat Tamara verächtlich zurück. Mike blieb mit glasigen Augen einen weiteren Moment lang stillstehen, bevor er blinzelte und sich umsah.

„Zeit zu gehen", befahl Tamara in einem völlig anderen Ton.

Mike drehte sich auf Kommando um und Nina konnte nicht anders, als Tamara hinterherzurufen: „Was machst du denn, Männer hypnotisieren?"

Tamaras Gesicht verzog sich zu einem fiesen Grinsen, als Mike zur Tür hinaustrat. „So etwas in der Art."

Nina sah sie mit offener Verachtung an. „So etwas in der Art?"

Tamara lachte. „Es hat bei Boone ausgezeichnet funktioniert."

Der Kommentar traf Nina bis aufs Mark. Natürlich hatte Boone in der Vergangenheit mit anderen Frauen geschlafen. Aber daran zu denken, dass er mit dieser Frau geschlafen hatte...

„Und Junge, war der Mann gut, als ich die richtigen Fäden gezogen habe", krähte Tamara und umkreiste Nina wie eine Spinne, die ihr Netz spann. „Wenn er mit dir nur halb so gut war, hast du ihn bestimmt auch genossen."

Nina kniff die Augen zu und versuchte, die Bilder zu verdrängen, die aus dem Nichts in ihr aufgestiegen: Boone, der sich über Tamaras Körper beugte und sie auf jede erdenkliche, von ihr gewünschte Weise verwöhnte.

Tamara gackerte. „Und vielleicht fand er dich auch halbwegs gut, Schätzchen. Du hast diesen, verlorenes Reh'-Blick. Ich wette, dass er dafür eine Schwäche hat. Der gute alte Boone... immer bereit, die Welt zu retten. Aber weißt du was?" Ihre Stimme sank eine Oktave tiefer und schlug einen hässlichen Tonfall an. „Die Welt ist es nicht wert, gerettet zu werden. Jede Frau für sich selbst. Das ist meine Meinung. Nicht wahr, Schätzchen?"

Nina biss die Zähne zusammen. Falsch. Die Welt war voll von Bösem *und* Gutem. Ihre Mutter war der Beweis für Letzteres, ebenso wie der freundliche, alte Lewis McGee. Ganz zu schweigen von Boone.

Boone, schrie sie in Gedanken. *Boone...*

„Bewegung", bellte Tamara und schob Nina zur Tür.

Das Geräusch des sich nähernden Hubschraubers war ohrenbetäubend und Nina hockte sich mit den Händen über den Ohren neben Mike hin. Der Hubschrauber schwebte einen halben Meter über dem Boden, die Rotorblätter durchschnitten die Luft. Dann landete er und das Dröhnen verstummte, als der Pilot den Motor abstellte.

Vier große Männer kletterten heraus, alle in Militäruniformen ohne Abzeichen, und Kramer begrüßte jeden von ihnen mit einem Klaps auf den Rücken. Noch mehr Söldner, realisierte Nina, als ihre Hoffnung auf eine Flucht schwand.

Sie lief auf den Geländewagen zu. Als Kramer herumwirbelte, riss sie die Hände hoch. „Ich brauche meinen Rucksack."

Er schenkte ihr dieses grausame, eigennützige Grinsen. „Richtig. Gehe ihn holen. Und dann schwing deinen hübschen, kleinen Hintern in den Hubschrauber."

Sie zuckte zusammen. Was genau hatte Kramer mit ihr vor? Der Hubschrauber war mit den vier Neuankömmlingen voll gewesen, also würden offensichtlich nicht alle wieder zurückfliegen. Wen würde er hierlassen? Und hatte er vor, sie tot oder lebendig zurückzulassen?

Sie tastete nach dem Rubin in ihrer Tasche. Er war warm – wärmer als ihre eigene Körpertemperatur – und irgendwie gab ihr das Hoffnung.

„Bewegung", grummelte Mike.

Nina wollte gerade protestieren, als sie sich bei einem ohrenbetäubenden Knall duckte. Kramers Team war sofort in höchster Alarmbereitschaft, breitete sich aus und war kampfbereit. Dem Knall folgte ein reißendes Geräusch und ein Jeep kam in Sichtweite gerast. Ein schwarzer Jeep mit einer Delle an der rechten Vorderseite. Ninas Herz machte einen Sprung und sie unterdrückte einen Schrei der Erleichterung.

„Stehenbleiben", rief Boone und sprang vom Fahrersitz.

Ihre Knie schwankten. Boone hatte sie doch nicht aufgegeben. Er war gekommen, um sie zu retten, und irgendwie würde alles gut werden.

Cruz sprang graziös wie eine Katze von hinten heraus. Hunter kletterte vom Beifahrersitz und streckte sich zu seiner vollen Größe aus. Kramers Männer waren groß, aber Boone und seine Kumpels waren größer. Sie waren jedoch nur zu dritt, während Kramer... Nina zählte schnell durch. Vier Helfer, der Pilot und Kramer selbst machten sechs. Tamara sieben und wer wusste, wozu sie fähig wäre. Mike Nummer acht, obwohl er wie ein Goldfisch in einem Haifischbecken erschien.

„Ah, Boone. Zurück für noch mehr Strafe", rief Kramer, als seine Männer ausschwärmten, um den Jeep zu umzingelten.

Nina eilte an Boones Seite, war sich jedoch nicht ganz sicher, was sie tun würde, wenn sie dort ankäme. Dies war nicht der richtige Zeitpunkt, um ihn zu umarmen, egal wie sehr sie es wollte. Auch keine Zeit, das mit Mike zu erklären. Keine Zeit zum Nachdenken.

Boone löste ihr Dilemma, indem er sie packte und sie schützend hinter seinen Körper schob. „Bleib genau hier", flüsterte er und drückte ihre Hand.

Noch nie hatte eine winzige Geste so viel bedeutet. Nicht seit ihre Mutter hilflos im Krankenbett gelegen und ihr mit dem geringsten Druck ihrer Hände Liebe, Hoffnung und spirituelle Stärke vermittelt hatte.

Nina schluckte und wappnete sich für das, was als Nächstes geschehen würde. Sie war es ihrer Mutter schuldig, sich allem zu stellen, was das Leben ihr entgegenschleuderte. Und zwar offensiv.

Sie erwartete, dass ein halbes Dutzend Gewehre geladen würden, aber keiner der Söldner zeigte irgendeine Art von Waffe.

„Zurück, um dir eine Lektion zu erteilen", murmelte Boone.

Kramer lachte. „Ich kenne die Lektion bereits. Der beste Mann gewinnt. Ich, Boone. Das bin ich."

Boone schüttelte den Kopf. „Hier geht es nicht ums Gewinnen."

Kramer lachte. „Das sagst du nur, weil du dabei bist, zu verlieren. Mal wieder."

Boone gab seinen Freunden ein unauffälliges Zeichen. Sie traten vor und gaben ihm eine Sekunde Zeit, sich an Nina zu wenden.

„Hier geht es um Liebe. Ich liebe dich, Nina. Ich hätte diese Scheißkerle sofort durchschauen müssen. Es tut mir so leid. Verzeihst du mir?"

„Verzeihst du mir?", quietschte sie und hielt seine Hände fest. „Ich liebe dich, Boone."

Seine Augen blitzten auf und da war es wieder – dieses Yang zu Kramers dunklem Yin, diese animalische Seite.

Er küsste ihre Fingerknöchel und sah ihr direkt in die Augen. „Was auch immer als Nächstes geschieht, du musst an mich glauben."

Sie drückte seine Hände. „Natürlich glaube ich an dich."

Traurigkeit blitzte in seinen Augen auf und deutete an, dass es etwas gab, das sie nicht wusste. Aber eine Sekunde später wurde es durch reine Entschlossenheit ersetzt. „Du musst mir, Hunter und Cruz vertrauen. Hast du den Rubin? Er könnte helfen."

Könnte er das? Wie könnte ein Edelstein in einem Kampf helfen?

„Behalte ihn nah bei dir und halte dich bedeckt. Bleibe in Sicherheit, Nina. Wir werden dich hier rausholen. Ich schwöre es."

Er drehte sich zu Kramer um, während Nina mit offenem Mund seinen Rücken anstarrte. Ihr sonniger, entspannter Liebhaber war plötzlich mehr Fels als Fleisch. Ein Soldat, der auf Sieg aus war.

„Wir gehen jetzt", verkündete Boone.

Kramer gackerte. „Aber sicher doch."

„Wirst du uns aufhalten?"

„Du weißt genau, dass ich das werde", erwiderte Kramer, als seine Männer näherkamen.

Ninas Knie schlackerten.

„Du weißt, was als Nächstes passieren wird", donnerte Kramer. „Willst du wirklich, dass sie das sieht? Dass sie die Wahrheit herausfindet?"

Nina berührte Boones Rücken. Welche Wahrheit?

„Willst du wirklich, dass sie dich vor Schmerz heulen und dann sterben sieht?"

Kramer deutete etwas an, das Nina irgendwie nicht verstehen konnte.

Boone drückte erneut ihre Hand und flüsterte über seine Schulter. „Vertraust du mir?"

„Das weißt du doch."

Boone nickte einmal und rief dann laut: „Dies ist ein Kampf bis zu deinem Tod, Kramer, nicht zu meinem."

„Willst du wetten?" Kramer zeigte mit dem Finger auf seine Männer. „Niemand tötet ihn außer mir. Und die Frau brauchen wir lebend. Habt ihr das verstanden?"

Nina schob eine Hand in ihre Tasche. Sie brauchte die positive Energie, die der Rubin ausstrahlte.

„Gut", verkündete Kramer. „Ich werde es genießen, Boone. Und vielleicht genieße ich deine Frau später auch noch."

Nina ballte ihre Hände zu Fäusten.

Kramer machte eine große Geste, streckte die Brust hervor und schrie: „Lass den Kampf beginnen."

Kapitel 17

Nina wusste nicht, was sie erwartet hatte, aber das tiefe Knurren, das in Boones Kehle aufstieg, war es ganz sicher nicht.

„Boone?", flüsterte sie in der tödlichen Stille.

„Vertrau mir", sagte er mit erstickter Stimme.

Sie vertraute ihm. Sie hatte nur... Oha! Knurrte Hunter etwa auch? Sie drehte den Kopf und sah, wie Hunter mit seinen breiten Schultern rollte. Eine dritte Stimme gesellte sich dazu – Cruz, der sein Knurren mit einem tiefen, grummelnden Unterton langzog.

Nina fragte sich, ob dies eine seltsame Soldaten-Aufputsch-Nummer war, aber Kramer knurrte ebenfalls und seine Augen glühten blutrot. Es lief ihr kalt den Rücken runter. Sie hielt den Rubin noch fester und saugte seine Wärme in sich auf.

Du schaffst das, schien die Wärme zu ihr zu sagen. *Du kannst alles bewältigen.*

Gott, sie hoffte es.

„Bereit für den großen, bösen Wolf?", heulte Kramer und trat vor.

Nina starrte ihn an, als er sich bückte, die Ellbogen hob und seinen Kopf von links nach rechts streckte, wie ein Mann, dem sein Kragen zu eng war.

„Was zum Teufel?", murmelte Mike und wich zurück.

Nina zitterte innerlich und kämpfte gegen den Drang an, wegzurennen.

Kramer lachte wieder, aber es verzog sich zu einem hyänenartigen Gackern. Seine Zunge hing aus seinem Mund heraus und sein Kiefer...

Nina unterdrückte einen Schrei, als sich Kramers Kiefer zu einer langen Schnauze streckte, aus der er eine Reihe furchteinflößender Reißzähne aufblitzen ließ. Dann brach die Hölle aus und Nina konnte sich nur noch gegen die Stoßstange des Jeeps drängen und starren.

Boone brüllte und kippte auf alle viere hinunter. Für einen Moment geriet Nina in Panik, weil sie dachte, er wäre angeschossen worden. Sein T-Shirt riss am Rücken auf und fiel von seinem Körper ab. Sein Rücken krümmte sich – sein seltsam behaarter Rücken...

Kramer knurrte und sie riss ihren Blick zu ihm herum. Allerdings stand dort nicht mehr Kramer. Es war ein Wolf. Ein riesiger, dunkler Wolf.

Nina starrte ihn an. Sie bildete sich Dinge ein. Das musste es sein.

Aber ihr wurde klar, dass Boone ebenfalls ein Wolf war als sie seinen Schwanz nur ein paar Zentimeter vor sich her streifen sah. Cruz ließ sich auf alle viere fallen, schüttelte seine Kleidung auf die gleiche, gewaltsame Weise ab und seine Haut nahm ein seltsames Muster an.

Streifen, wie Nina erkannte. Tigerstreifen passend zu seinem langen Tigerschwanz und dem furchterregenden Tigerkiefer.

Sie bewegte sich nicht. Sie konnte sich nicht bewegen. Nicht mit einem Rudel Wölfe um sie herum – auch Kramers Männer hatten sich zu Wölfen verwandelt. Und ganz sicher nicht mit einem Wolf, einem Tiger und – heiliger Strohsack– einem Grizzlybären, die sie eingekesselt hatten.

Hunter war ein Grizzlybär. Cruz war ein Tiger. Boone war ein Wolf. Nina sah es mit ihren eigenen Augen, aber sie konnte es immer noch nicht ganz verarbeiten.

Glaubst du an mich? hatte Boone gefragt, aber damit hatte sie wirklich nicht gerechnet. Wäre da nicht der Rubin gewesen, der sie mit seiner pulsierenden Hitze unterstützte, hätte sie vielleicht an Ort und Stelle zu schreien begonnen.

„Scheiße...", sagte Mike, der so weiß wie ein Laken war. Er stolperte rückwärts und rannte in Richtung Hubschrauber.

Sie schluckte, als Boone und Cruz vorwärts pirschten. Zur gleichen Zeit traten Kramers Söldner – alles Wölfe – vor und zogen die Schlinge um Ninas Position enger. Ohne die

Möglichkeit, weiter zurückzuweichen, kletterte sie auf die Motorhaube des Jeeps. Die offene Fahrerkabine bot nur wenig Schutz, aber sie schleuderte trotzdem ein Bein über die Windschutzscheibe und sprang auf einen Sitz, um zumindest etwas an Höhe zu gewinnen.

Knurren wurde zu Fauchen und die Wölfe sprangen los, um den Kampf zu beginnen. Zwei von ihnen hetzten auf Hunter zu, aber der große Bär schleuderte sie mit einem Schwung seiner mächtigen Pranken zur Seite. Ein zweites Paar griff Cruz an. Er sprang hoch, um ihnen auszuweichen, drehte sich in der Luft und landete auf dem Rücken eines der Tiere. Er versenkte seine Zähne im Fleisch des Wolfes, woraufhin die Bestie schrie und sich krümmte. Aber der schrecklichste Anblick war der von Boone und Kramer, die in einem Wirbelsturm aus Zähnen und Klauen aufeinander losgingen. Ihre Lippen kräuselten sich nach oben und enthüllten Reihen elfenbeinfarbener Zähne, die von Blut rot überströmt wurden. Boones Blut? Kramers?

Nina klammerte sich an den Rubin und betete.

Tamara stand mit verschränkten Armen da und beobachtete den Kampf mit einer unheimlichen Ruhe. Der Hubschrauberpilot tat dasselbe, während er Mike, der zu ihm gerannt war und ihn angefleht hatte, ihn in Sicherheit zu fliegen, unnachgiebig zur Seite stieß. Der Mann thronte über Mike und Nina wandte sich aus Angst, was sie als Nächstes sehen würde, von ihnen ab. Würde sich der Pilot in einen Löwen verwandeln? In einen Panther? Noch einen Wolf?

Tu etwas, schrie Nina ihren erstarrten Körper an. *Tu etwas.*

Sie griff in den hinteren Teil des Jeeps und tastete blind herum, bis ihre Hand auf eine Stahlstange traf. Es war der zu kurze Griff eines Wagenhebers, aber sie würde nehmen, was sie kriegen konnte. Und gerade noch rechtzeitig, denn in dem Augenblick, als sie ihn herauszog, sprang ein Wolf auf sie zu.

Sie schrie und schlug mit der halben Meter langen Stange auf ihn ein. Der Wolf heulte auf und kroch davon. Er war von Cruz' Seite des Wagens gekommen und der Tiger schrie vor Zorn. Seine gelbgrünen Augen glühten vor Wut und seine ausgefahrenen Krallen kratzten fünf tiefe Risse in die Flanke des feindlichen Wolfes. Nina riss ihren Blick los und prüfte ihre Umgebung. Für Hunter schien es gut zu laufen, mit einem Wolf, der davonhumpelte, und einem anderen, der außerhalb seiner Reichweite hin und her sprang. Boone und Kramer waren in einen wütenden Kampf verwickelt, bei dem Nina wegen der Geräusche von Wut und Schmerz zusammenzuckte. Hatte sie all das verursacht?

Etwas rauschte in der Luft hinter ihr und sie drehte sich gerade noch rechtzeitig um, um denselben Wolf noch einmal zu vertreiben. Einen Augenblick später streckte sich eine riesige, bullige Hand von hinten nach ihr aus und packte eine Handvoll ihres Oberteils.

„Hab dich, meine kleine Hübsche", knurrte eine Stimme.

Nina trat um sich, schrie und krallte nach den Händen, die sie nach hinten zogen. Der Pilot – er hatte sich irgendwie zu ihr hinübergeschlichen.

„Nein!" Sie sträubte sich und kämpfte, als der Mann eine Hand über ihren Mund drückte und sie aus dem Jeep zerrte.

Boone brüllte und wollte ihr helfen, aber Kramer griff seine Hinterbeine an und hielt Boone zurück. Cruz knurrte, aber auch er war in einen Kampf mit einem Wolf verwickelt, und konnte nicht helfen. Hunter brüllte und trat vor, aber zwei Wölfe versperrten ihm den Weg.

„Bring sie hier rüber." Tamaras Stimme erhob sich über die Kämpfe, als sie nach dem Piloten rief, der Nina so festhielt, dass sie sich nicht wehren konnte.

Im verschwommenen Eifer des Gefechts sah Nina, wie Tamara ihren Rucksack ausschüttete – *ihren* Rucksack, verdammt noch mal! – wobei sie den Teddybären rücksichtslos zu Boden warf. „Wo ist er?", schrie Tamara. „Wo ist der Stein?"

Ninas Finger zuckten – mehr schaffte sie nicht, da der Pilot ihre Arme fixierte – aber Tamara bemerkte die Bewegung sofort. „Gib ihn mir!"

Bis zu diesem Zeitpunkt hatte Nina überwiegend Angst empfunden. Aber bei Tamaras Worten stieg neben der Angst nun auch Wut in ihr auf. Lewis McGee hatte diesen Rubin seiner verstorbenen Frau geschenkt und er hatte ihn Nina gegeben, damit sie ihn im Gedenken an Mary behüten konnte. Wie konnte Tamara es wagen, diesen Rubin zu fordern? Er gehörte ihr nicht, genau wie Boone ihr auch nicht gehörte. Zorn wütete in Nina wie ein Wirbelwind, der sich zu einem regelrechten Sturm erhob. Sie fletschte die Zähne und biss wie ein wildes Tier in die Hand des Piloten, woraufhin der Mann aufheulte. Sein Griff lockerte sich gerade so weit, dass sie einen Arm frei bekommen konnte – die Seite, in der sie die Stahlstange hielt. Nina stieß sie nach hinten und der Pilot fiel grunzend von ihr ab.

„Bring ihn mir", befahl Tamara und schnipste mit den Fingern.

Nina hatte es schon immer gehasst, wenn Kunden mit den Fingern schnipsten. Sie war zwar immer viel zu höflich gewesen, um etwas dagegen zu tun, aber sie hatte jetzt nicht vor, weiterhin das nette Mädchen zu sein.

„Niemals!", schrie sie und schwang ihre Stahlstange.

Tamaras Gesicht wurde rot, als sie mit dem Finger direkt auf Nina zeigte. „Bring ihn mir, sofort!" Ihre Stimme wurde bei diesem Befehl noch tiefer.

Ninas Arm wurde gegen ihren Willen nach vorn gerissen und ihre Finger schoben sich unaufgefordert in ihre Tasche.

„Bring ihn mir!", schrie Tamara.

Ich mache mir mehr Sorgen um sie – diese Hexe. Hatte Hunter das tatsächlich wörtlich gemeint? Ein starker Sog wirkte auf Ninas Körper und ließ sie erzittern. Die unsichtbare Kraft drückte ihre Hand in ihre Tasche und drängte sie, den Rubin herauszuziehen. Doch in der Sekunde, in der sich ihre Finger um den Edelstein schlossen, verlor diese bösartige Kraft an Intensität. Nina stemmte ihre Füße in den Boden und umklammerte den Rubin in ihrer Tasche fest.

„Ich sagte, bring ihn mir!", zischte Tamara.

Nina spie ihre Antwort geradezu heraus, als Selbstvertrauen durch ihre Adern strömte. „Zwing mich doch, Hexe."

Das Wort Schlampe hatte ihr auf der Zunge gelegen, aber Hexe passte auch. Tamaras Augen wurden riesengroß und sie fuchtelte mit den Fingern in der Luft herum. Aber egal, wie sehr sie bettelte, schrie oder versuchte, sie zu überreden – ihre Worte hatten keinerlei Wirkung auf Nina.

„Also gut." Tamara stampfte mit dem Fuß auf. „Wie wäre es dann damit?"

Sie zeigte nach rechts und Nina drehte sich nur langsam, mit dem Verdacht, sie wollte sie austricksen.

„Nina", heulte Mike. Der Pilot hielt ihn im Schwitzkasten mit einer Hand an Mikes Kinn, bereit sich zu drehen und ihm das Genick zu brechen.

„Nein!", schrie Nina über das Tierknurren im Hintergrund hinweg, das mit anzusehen sie nicht wagte.

„Gib mir den Stein oder er stirbt." Tamaras Augen blitzen triumphierend auf.

„Hilfe", jaulte Mike. „Nina... "

Nina schwankte. Mike hatte sie verraten. Er hatte versucht, sie zu töten. Erwartete er wirklich, dass sie Lewis McGees Rubin für ihn aufgab? Das Juwel seines Herzens – um Mikes elendiges Leben zu retten?

„Nina", flehte Mike.

Nina heulte jetzt auch, denn Mike kannte sie nur zu gut. Und auch Tamara hatte sie durchschaut. Nina würde Mike nicht sterben lassen, nicht für einen Edelstein. Kein Menschenleben war das wert.

Sie zog den Rubin aus ihrer Tasche, drehte sich zu Tamara um und verfluchte die Frau unter angehaltenem Atem. Sie küsste den Rubin und flüsterte: „Vergib mir, Lewis." Dann wickelte sie die Silberkette zu einem Bündel zusammen und warf es Tamara in die ausgestreckten Hände.

„Hier. Nimm ihn", schnappte Nina. „Lass Mike einfach gehen."

Tamara hob den Rubin zu ihrem Gesicht. Ihre Augen glühten und spiegelten den blutigen Farbton des Edelsteins wieder. „Sicher", murmelte sie und blickte kaum auf. „Lass ihn gehen, Roy."

Nina drehte sich erwartungsvoll um, nur um zu sehen, wie der Pilot Mike den Hals umdrehte und seinen Körper fallenließ.

„Nein!", schrie Nina und stürzte auf die Knie.

„Was?", fragte Tamara mit ihrer grausamen, höhnischen Stimme. „Du hast doch gesagt, ich soll ihn gehen lassen."

Nina hob ihre Hände vor ihr Gesicht und war unfähig, sich den Schrecken um sie herum zu stellen. Der Kampf der Wölfe tobte weiter. Mike lag keine zwei Meter entfernt tot dort. Der Pilot rannte auf sie zu – sie spürte, wie sich seine schweren Schritte ihr von hinten näherten. Als er sie vom Boden hob, fand sie nicht die Kraft, sich zu wehren. Noch nicht einmal als ein tierisches Gebrüll in ihre Ohren drang.

Boone. Das musste Boone sein. Aber Boone konnte ihr nicht helfen – er war zu sehr mit Kramer beschäftigt, der ihn mit Zähnen und Klauen bekämpfte. Sie schlug schwach mit den Händen herum, unfähig sich zu wehren, und völlig ohne Hoffnung.

Ein durchdringender Schrei stoppte den Piloten nur einen Schritt vom Hubschrauber entfernt und Nina entglitt aus seinem Griff. Sie blickte auf und versuchte zu erkennen, von wo der Klang des Schreis gekommen war. Auch die miteinander kämpfenden Bestien hielten inne und alle Blicke richteten sich auf Tamara.

„Nein", schrie die Frau und starrte den Rubin an. Eine Hand umklammerte ihn fest und weigerte sich, ihn loszulassen, während die andere danach krallte und versuchte, ihn wegzustoßen.

„Stopp! Nein!" Tamara heulte vor Schmerz und fiel auf die Knie.

Nina kroch von dem Piloten weg, aber sie konnte ihre Augen nicht von Tamara abwenden. Was geschah mit ihr?

Aus Tamaras zusammengepressten Fingern stieg Rauch auf und ein roter Schimmer flackerte auf.

„Lass ihn fallen!", brüllte der Pilot.

„Ich kann nicht", schrie Tamara und begann, sich zu winden. Der Stein qualmte in ihrer Hand. Ihr Körper zitterte und ihre Augen rollten zurück, als sie zu Boden stürzte. Zwischen ihren Fingern schlugen Flammen empor.

Der dunkle Wolf – Kramer – brüllte und sprang auf Tamara zu. Boone sprintete in Ninas Richtung. Sie riss ihre Augen weit auf, als er sich näherte.

Dieser Wolf ist Boone. Er wird mir nicht wehtun, sagte sie zu sich selbst. *Nicht wahr?*

Die blauen Augen, das sandbraune Fell, der leicht geneigte Kopf – es war auf jeden Fall Boone, aber er erschreckte sie trotzdem zu Tode.

Duck dich, dröhnte seine Stimme in ihrem Kopf.

Sie duckte sich und er sprang direkt über ihren Kopf hinweg und riss den Piloten zu Boden. Nina hörte ein erschreckendes Knirschen, drehte sich um und sah, wie Boone sich von dem Piloten entfernte, der in einem Häufchen dalag.

Boone peitschte herum und knurrte Kramer an, der aufheulte, als der Rubin aus Tamaras lebloser Hand rollte. Während der Rauch davon wehte, erlosch seine geheimnisvolle Quelle, und die Sonne ließ den Juwel in einem roten Licht erstrahlen. Ein rotes Licht, das sich in Kramers Augen spiegelte, als sich der dunkle Wolf mit einem wütenden Knurren Nina zuwandte.

Oh, oh. Sie stand direkt zwischen zwei wütenden Wölfen und Kramer war ausgesprochen furchterregend. Nina versuchte, hastig auf ihre Füße zu gelangen, rutschte aus und landete auf ihren Knien – direkt auf dem Griff des Wagenhebers, der so heftig gegen ihr Schienbein schmetterte, dass sie aufschrie.

Als Kramer näherkam, verschob sich sein Blick von ihr zu einem Punkt hinter ihrer Schulter. Boone war ihr so nah, dass sein Atem Ninas Haare zerzauste. Er und Kramer starrten einander mit dem gleichen puren Hass in die Augen, den sie zuvor im Hotel gesehen hatte – nur zehnmal stärker. Boone leckte sich einmal über die Lippen und sprang los. Nina wusste, dass dies der letzte Kampf sein würde.

Die Wölfe fielen sich gegenseitig an die Kehle, überschlugen sich und wirbelten eine Staubwolke auf, die Tamaras Körper schnell überdeckte. Nina starrte sie an. War Tamara wirklich tot?

Boone drängte Kramer nach links. Der Rubin schimmerte auf der rechten Seite. Nina war bereits im Begriff gewesen, zum Jeep zu rennen, als sie ihn entdeckte.

Hol ihn, sagte ihr ihr Instinkt.

Sie blieb wie erstarrt stehen.

Er ist wichtig.

Sie dachte an Tamara und daran, wie sie ihre Hand umklammert und geschrien hatte. Auf gar keinen Fall. Dieser Edelstein war boshaft. Verflucht.

Aber dann erinnerte sie sich wieder an den Brief von Lewis. *Das Juwel meines Herzens...*

Lewis hatte Liebe, Lachen und Freude erwähnt. Er hatte nichts von etwas Bösem oder von irgendeiner Art Fluch gesagt.

Ein Schatten bewegte sich am hinteren Ende des Rasens. Nina entdeckte einen grauen Wolf, der heranschlich. Den Blick auf den Juwel fixiert, während er dem um sich tobenden Kampf zwischen Boone und Kramer auswich.

Hol ihn, bevor der Feind es tut. Schnell! Jeder Nerv in Ninas Körper sandte ihr das gleiche Signal.

Nina griff nach der Stahlstange und stürzte sich zur gleichen Zeit wie der Wolf auf den Rubin. Okay, sie war also verrückt. Aber sie würde sich auf gar keinen Fall in einer Ecke verkriechen, während Boone ihren Kampf für sie kämpfte.

Das Maul des grauen Wolfes schloss sich gerade in dem Moment, als sie den Rubin zu packen bekam, über der silbernen Kette. Für einen wilden Moment geriet Nina mit dem knurrenden, einhundert Kilogramm schweren Biest in ein Tauziehen. Dann gab etwas nach und sie stürzte rückwärts. Gleichzeitig klammerte sie ihre Finger zusammen und der harte Rand des Edelsteins schnitt in ihrer Handfläche. Ja! Sie hatte ihn.

Sie landete auf dem Rücken und schaute gerade noch rechtzeitig auf, um zu sehen, wie der Wolf die Kette ausspuckte und auf sie zusprang.

„Nein!", heulte Nina und schwang den Griff des Wagenhebers, um ihn gegen die Schnauze des Wolfes zu schmettern. Das Tier jaulte und rollte zur Seite, bevor es erneut auf sie zukam – immer wieder und wieder, bis ihr die Stahlstange schließlich aus der Hand flog. Der Wolf lauerte drei Schritte entfernt und ihr Herz stand still. Das war es also. Sie würde sterben.

Als der graue Wolf knurrte und sich auf sie stürzte, dehnte sich die Zeit aus und wurde langsamer. Dort war der Wolf, der mit weit aufgerissenem Maul auf sie zuflog. Der Rubin schnitt in ihre Handfläche und wärmte sie ein letztes Mal. Das Brüllen hallte in ihren Ohren wider, bis sie klingelten.

Ein zweites Brüllen gesellte sich zum ersten und Nina fragte sich vage, ob eine zweite Bestie darum wetteiferte, sie zu erledigen. Dann erschien ein schwarz-weiß-orange-gestreifter, verschwommener Schatten in ihrem Blick, der den Wolf zur Seite stieß.

Ein langer, peitschenartiger Schwanz schlug Nina gegen die Wange und sie fiel um. Sie starrte den Tiger an, der den grauen Wolf zu Boden riss. Cruz. Das war Cruz.

Sie schloss ihre Augen, als der Tiger ihn tötete. Als sie sie wieder öffnete, stolperte Cruz vom Körper des Wolfes weg und kam zu ihr gelaufen.

Nina schluckte, als der Tiger sie umkreiste und gegen ihre Knie drückte. Halb schnurrend, halb knurrend, drängte er sie von Boones Kampf weg.

„Du musst Boone helfen", heulte sie und drängte zurück.

Der Tiger weigerte sich, nachzugeben, und trieb sie immer weiter vom Geschehen weg. Ein riesiger, brauner Schatten bewegte sich vor ihr und als sie aufsah, erblickte sie einen Grizzlybären, der sich dem Tiger anschloss. Gemeinsam bildeten sie eine lebendige Wand vor ihr.

Nina sah sich um. Überall auf dem Rasen verstreut lagen klobige Körper – die Leichen der Söldnerwölfe. Tamara lag tot dort, genau wie Mike und der Pilot. Die einzige Bewegung kam von den zwei mächtigen Wölfen, die sich den Kampf ihres Lebens lieferten.

„Helft ihm!", heulte sie und stieß gegen Cruz und Hunter. Ihre linke Hand landete auf rauem Fell – auf Hunters dickem Pelz – und ihre rechte auf der seidigen Oberfläche des gestreiften Rückens von Cruz. „Helft ihm!"

Cruz grummelte vor sich hin, aber keiner von ihnen bewegte sich.

Nina stieß erneut gegen ihre Rücken, ohne Erfolg. Offensichtlich hatten Boone und seine Kumpels eine Art Ehrenkodex, wenn es ums Kämpfen ging. Aber Kramer hatte nicht gezögert, Verstärkung mitzubringen. Warum sollten sie es dann tun?

Der Bär schnaufte, was Nina als ein *Er kann es schaffen*, verstand.

Sie starrte Boone an. Konnte er es? Würde er es?

Kramer erhob sich auf seine Hinterbeine, bereit für einen weiteren Angriff. Boone rollte sich, wandte sich und sprang seinem Feind an die Gurgel. Sie schlugen ineinander, stürzten zu Boden und knurrten mörderisch.

Sie zuckte zusammen und wollte sich gerade die Ohren zuhalten, als das Knurren langsam verstummte. Genau wie das wilde Herumrollen, obwohl sich die Wölfe nicht voneinander lösten. Sie klammerten sich bis zum bitteren Tode fest. Ein purpurroter Schatten befleckte die Erde und sickerte langsam in den Dreck. Nina ertappte sich dabei, wie sie sich an Hunters dickem Fell festklammerte und den Atem anhielt. Einer der Wölfe zitterte und erstarrte schließlich. Der andere hielt ihn mit vor Entschlossenheit glühenden Augen fest.

Ninas Herz raste, als sie in das tiefe Blau dieser Augen starrte, und ihr überforderter Verstand diese Information nur viel zu langsam verarbeitete.

Blaue Augen. Boone. Boone war am Leben!

Er ließ den toten Körper des Feindes fallen, schwankte auf die Füße und sah Nina direkt an. Einen Moment zuvor hatten Boones Augen noch pure Wut gezeigt, aber jetzt füllten sie sich mit Angst. Nina trat vor und dieses Mal ließen Cruz und Hunter sie gehen. Aber warum sah Boone so besorgt aus? Er hatte den Kampf doch gewonnen.

Sie blieb plötzlich stehen, als die Erkenntnis sie traf. Boone war besorgt darüber, wie sie reagieren würde. Sie atmete tief ein. Also gut, Boone war ein Wolf. Konnte sie damit zurechtkommen?

Ja, entschied sie sich. Ja, das konnte sie. Boone war Boone, nicht wahr?

Er schwankte erschöpft und als er zu Boden sackte, rannte Nina los und kniete sich mit einem Schrei über ihn. „Boone. Bitte, Boone. Geht es dir gut?"

Er sah sie mit seinen blauen Augen an. Sie leuchteten, als wollten sie sagen, *Es geht mir gut. Wie geht es dir?*

Sie vergrub ihr Gesicht in seinem Pelz – ja, in seinem Pelz – und strich mit den Händen über seine Seiten. „Es geht mir gut. Ich bin verwirrt, aber es geht mir gut."

Boone machte ein schnaubendes Geräusch.

Ja, *verwirrt* war die Untertreibung des Jahres, aber er konnte ihr diese Dinge später erklären – hoffte sie. Plötzlich riss Nina ihren Kopf wieder hoch und sah die anderen an. Cruz leckte sich mit einer beängstigend langen Zunge seine Wunden, während Hunter auf seinen Hinterbeinen saß und in der Luft schnüffelte.

„Ihr könnt euch doch wieder zurückverwandeln, oder?", fragte sie plötzlich unsicher.

Hunter stieß ein leises Rumpeln aus, das verdammt nach einem Glucksen klang. Er schwang seinen Kopf auf und ab.

Nina drückte sich wieder an Boone und hielt ihn fest. Sie streichelte mit den Fingern über seine Schnauze und küsste langsam sein Ohr. „Versteh mich nicht falsch. Ich mag Wölfe. Ich meine, ich liebe Wölfe." Sie schwafelte nun, aber verdammt. „Ich meine, ich liebe dich. Ich liebe dich, Boone. Als Mann oder Wolf. Aber ehrlich gesagt, hätte ich den Mann doch gern irgendwann zurück."

Der Wolf hob seinen Kopf vom Boden hoch, um ihr in die Augen zu schauen. Sie grinste. „Damit ich dich besser küssen kann. Damit ich dich besser berühren kann. Dich umarmen kann. Und all das."

Boone verzog seine Lippen zu einem tierischen Grinsen und sie vergrub ihr Gesicht in seinem Fell. Die Sonne schien heller denn je zu scheinen, und die Welt um sie herum war friedlich, wenn auch nur für diesen einen flüchtigen Moment. Der Rubin wärmte ihre Tasche. Er warf Fragen auf, denen sie sich in diesem Moment noch nicht stellen wollte. Denn in diesem Augenblick zählte nur Boone.

„Boone", flüsterte sie immer wieder und streichelte sanft sein Fell.

Kapitel 18

Boone drückte seinen kampfmüden Kopf gegen Ninas Hand. Sein Wolfsschwanz war der einzige andere Körperteil, den er bewegen konnte, und er klopfte sanft damit auf den Boden.

Gefährtin, summte sein Wolf trotz des pochenden Schmerzes freudig. *Nina. Meine Gefährtin.*

Sie hatten beide überlebt. Hunter und Cruz ging es ebenfalls gut.

Ein Schluck Galle stieg ihm in der Kehle auf. Kramer war tot – kein großer Verlust – aber Tammy ebenso. Boone atmete tief durch und wünschte, die beiden wären nie aufgetaucht und hätten die Dinge zum Äußersten getrieben. Er hatte Tammy aus seiner Vergangenheit löschen wollen, aber ihr nicht den Tod gewünscht.

„Boone", murmelte Nina und streichelte ihn zwischen den Schulterblättern. Die perfekte Stelle, um die Sorgen aus seinem Kopf zu vertreiben – zumindest für den Moment. Gott wusste, dass er in der Hölle schmoren würde, wenn Silas nach Hawaii zurückkehren und eine Erklärung verlangen würde. Aber alles war gut gegangen, nicht wahr? Nina ging es gut und die Feinde hatten den Seelenstein nicht gestohlen. Darüber konnte sich Silas nicht beschweren.

Boone ließ seinen Kopf wieder zu Boden sinken und schloss die Augen. *Alles ist in Ordnung. Alles ist in...*

Die Erde vibrierte und ein Motor dröhnte über eine Bodenwelle in der Einfahrt.

„Ähm, Boone?" Ninas Stimme klang alarmiert.

Er blinzelte und fragte sich, was die rot und blau blinkenden Lichter in seinen Augen zu bedeuten hatten.

Ninas warmer Körper entfernte sich von seiner Seite, als sie sich auf die Füße rappelte. Was ging vor sich?

Er erhaschte einen flüchtigen Blick auf ein Polizeifahrzeug, das halb hinter den Bäumen versteckt, die Auffahrt hinunterfuhr. Offensichtlich hatte jemand den Kampf gehört und gemeldet. Zunächst bemitleidete Boones angeschlagener Verstand den armen Beamten, der den Bericht über diesen Tatort abgeben musste. Aber dann traf es ihn und er rappelte sich auf die Füße. Gestaltwandler mussten das Geheimnis ihrer Existenz um jeden Preis vor den Menschen schützen. Wenn es ihnen nicht gelang, könnte dies zu einer Katastrophe führen. Die wenigen Male in der Geschichte, bei denen Menschen Gestaltwandler entdeckt hatten, hatten zu einer ausufernden Jagd geführt, die seine Art zum Rande ihrer Existenz getrieben hatte. Drachen waren bis auf einige wenige erbärmliche Exemplare dezimiert worden. Ganze Wolfsrudel waren von wütenden Massen ausgelöscht worden. Alle Überlebenden Bärenwandler waren in die Berge geflüchtet und Tiger – nun, Cruz' Familie war das jüngste Beispiel für die Verwüstung, die Menschen anrichten konnten.

Scheiße. Er hatte einen vagen Plan gehabt, ein paar Gestaltwandlerfreunde hinzuzuziehen, um die Beweise für diesen Kampf verschwinden zu lassen, aber dafür war jetzt keine Zeit mehr.

Obwohl es höllisch schmerzte, schaffte er es, sich schnell in seine menschliche Gestalt zurück zu verwandeln. Er war nackt, aber es wäre einfacher, sich diesbezüglich eine Ausrede auszudenken, als einen Wolf zu erklären. Kramer und seine Söldner hatten sich kurz nach ihren letzten Atemzügen wie alle Gestaltwandler in ihre Menschengestalten zurückverwandelt und ihre dominante Form wieder angenommen. Cruz schaffte es ebenfalls, sich blitzschnell zu verwandeln, während Hunter irgendwo außer Sichtweite getrottet war.

Boone humpelte zum Jeep hinüber und zog eine Tarnhose aus dem Kofferraum.

„Der gute alte Hunter, immer vorbereitet", murmelte Cruz und schnappte sich selbst auch ein Paar.

Boone sah sich um. Wo war Hunter? Und wie zum Teufel sollte er der Polizei alle diese Leichen erklären?

„Was jetzt?", murmelte Nina, als er wieder an ihre Seite trat.

Seine Gedanken rasten, als er versuchte, sich eine plausible Erklärung auszudenken. Die Autotür quietschte auf und ein Polizist mit erhobener Waffe sprang heraus.

„Keine Bewegung!"

Boone streckte seine Hände hoch und Nina jammerte: „Hilfe!"

Hilfe, war ein guter Anfang, dachte er.

„Diese Männer haben versucht, mich zu entführen und... und... ", versuchte es Nina.

Boone starrte den Beamten an. Die Sonne stand hinter dem Streifenwagen, aber wenn er die Augen zusammenkniff, konnte er glänzendes, schwarzes Haar, weiche Züge und eine weibliche Figur erkennen. Scheiße. Musste es ausgerechnet sie sein?

„Officer Meli?"

Aus seinen Augenwinkeln sah Boone den Hauch einer Bewegung und er betete, dass Hunter außer Sichtweite blieb. Die Bärenhälfte seines Freundes gab die Kontrolle nicht gern wieder ab, wenn sie einmal das Kommando über Hunters Körper übernommen hatte. Als Mensch war Hunter wie eine Miezekatze. Als Grizzlybär... nun, es war gut, dass er auf Boones Seite stand.

„Nein!", schrie Nina und wirbelte herum, als auch sie die Bewegung sah.

„Keine Bewegung!", schrie Officer Meli und richtete ihre Waffe nach rechts.

Boones erschöpfter Verstand hinkte einen halben Schritt hinterher. Er schaute entsetzt zu, wie ein Wolf auf die Polizistin zusprang – ein letzter Wolf, den sie für tot gehalten hatten.

„Stopp!", brüllte Boone, obwohl seine Beine schwankten, anstatt loszurennen, um den Feind abzufangen.

Auch Cruz' Reaktionszeit war nur langsam und Boone befürchtete das Schlimmste. Officer Meli würde auf den Wolf schießen, aber eine normale Kugel könnte einen Gestaltwandler nicht aufhalten. Er würde ihr die Kehle herausreißen, bevor Boone eingreifen konnte.

Die Polizistin schoss und trat einen schockierten Schritt rückwärts, aber der Wolf raste einfach weiter. Cruz und Boone waren ihm zwei Schritte dahinter auf den Fersen.

Nein, wollte Boone schreien. *Nein, nein, nein!*

Ein Vogel flatterte aus dem Nichts heraus – eine Eule? – und ließ den Wolf kurz zögern, aber nicht lange genug für Boone, um den Schweinehund zu fangen. Dann zerriss ein Brüllen die Luft und eine riesige braune Masse raste von rechts heran. Ein Grizzlybär, furchterregend anzusehen – sogar für Boone, der Hunter erkannte, obwohl er seinen Freund noch nie zuvor so schnell rennen gesehen hatte. Hunter donnerte vorwärts, enthüllte seine tödlichen Klauen und zerfetzte dem Wolf die Hinterbeine. Der Schurke schrie vor Schmerz, als der Grizzly über ihn herfiel.

Officer Meli stolperte mit weit aufgerissenen, ungläubigen Augen rückwärts und Cruz packte ihre Hand, gerade als sie die Waffe für einen zweiten Schuss spannen wollte. Boone stürmte nach vorn und versperrte die Sicht, als Hunter den Wolf endgültig erledigte. Officer Meli brauchte dies nicht zu sehen. Er wollte auch nicht unbedingt dabei zusehen. Sein Blick verharrte auf der Eule, die sie einmal umkreiste und dann davonflog. Boone fragte sich, was es damit wohl auf sich gehabt hatte. Aber er hatte nicht lange Zeit, um sich zu wundern, denn einen Moment später breitete sich eine Totenstille um sie aus.

Boone drehte sich langsam um. Hunter, noch immer in Bärengestalt, wich von dem getöteten Wolf zurück. Sein trauriger Blick richtete sich auf die Polizistin. Er schüttelte sein Fell, ließ sich auf die Hinterbeine fallen und...

„Oh Scheiße", murmelte Boone.

Hunters Bärenhälfte hatte während des Kampfes die Oberhand gewonnen, aber beim Anblick der Frau, die er liebte, drängte sich seine menschliche Seite an die Oberfläche. Er verwandelte sich vor Officer Melis Augen, stand stillschweigend auf und biss die Zähne zusammen.

Die Polizistin keuchte und ließ ihre Waffe sinken. „Hunter."

Boone biss sich auf die Lippe. In all der Zeit, in der Boone die beiden gekannt hatte, waren Officer Meli und Hunter immer schmerzlich förmlich miteinander umgegangen. Sie hielten trotz der offensichtlichen Anziehungskraft, die zwischen ihnen wirkte, Abstand zueinander. Boone hatte die Polizistin noch nie Hunters Vornamen benutzen gehört. Nicht, dass sie dazu viel Gelegenheit gehabt hätte, da der Bär nur selten das Tempolimit überschritt. Aber sie hatte von Zeit zu Zeit immer mal wieder ein paar clevere Ausreden gefunden, um ihn anzuhalten. Ein kaputtes Rücklicht hier, eine schnelle Überprüfung seiner TÜV-Daten da – und Hunter hatte danach immer tagelang gestrahlt.

Nun, in diesem Moment strahlte er ganz sicher nicht. Er schluckte nur und starrte sie an. „Dawn... "

Als Hunter einen Schritt nach vorn machte, wich die Polizistin zurück und Hunters Blick wurde traurig.

„Lassen Sie es mich erklären", sagte Nina und trat mit beiden Händen in Sichtweite nach vorn.

Boone riss seinen Kopf herum. Nina hatte gerade selbst erst von Gestaltwandlern erfahren. Wie sollte sie es erklären? Aber ihre sanfte weibliche Stimme schien das Einzige zu sein, was in diesem Moment zu Officer Meli durchdrang. Also hielt Boone seinen Mund.

„Sie haben mich gerettet", sagte Nina. „Ich wurde entführt, aber Hunter, Boone und Cruz haben sie aufgehalten... " Die Worte flossen schnell aus ihrem Mund.

„Aber er... er... ", stotterte die Polizistin.

„Er ist Hunter", sagte Nina. „Genau wie Boone Boone ist und Cruz Cruz."

Boones Herz schwoll vor Stolz an. Gott, er liebte seine Gefährtin.

Das Funkgerät im Streifenwagen krächzte und Officer Meli zuckte zusammen. „Ich muss Meldung machen ... "

Boone konnte sich kaum zurückhalten, ihr den Weg abzuschneiden, hob stattdessen jedoch die Hände. „Bitte melden Sie das nicht. Lassen Sie es uns erklären."

Die Polizistin sah Hunter an, der murmelte: „Dieser Wolf hätte dich getötet. Ich musste ihn aufhalten ... "

Boone war sich ziemlich sicher, dass sich die Polizistin darüber nicht allzu große Sorgen machte. Es war der Gestaltwandler-Aspekt, der sie erblassen ließ. Sie starrte und starrte, bis das Funkgerät erneut knatterte.

„Ich verstehe es auch nicht alles", sagte Nina, als sich die Polizistin zu ihrem Fahrzeug umdrehte. „Aber eine Sache ist mir völlig klar und ich weiß, dass sie Ihnen auch klar sein muss. Das hier sind nicht die Verbrecher, Officer. Ich schulde ihnen die Gelegenheit, sich zu erklären. Sie schulden ihnen die Gelegenheit, sich zu erklären. Bitte, lassen Sie uns hören, was sie zu sagen haben."

Die Polizistin wurde langsamer, blieb jedoch nicht stehen. Cruz warf Boone einen Blick zu.

Wir müssen sie aufhalten. Sie darf das nicht melden.

Boone schüttelte schnell den Kopf. Die Dinge waren ohnehin schon schlimm genug. Und Hunter würde sowieso keinen von ihnen an die Frau, die er liebte, heranlassen, selbst wenn es für sie alle eine Katastrophe bedeuten würde.

Alle starrten sie schweigend an, als Officer Meli in den Einsatzwagen griff und das Funkgerät herauszog. „Einheit 239, Zwischenmeldung."

Boone erstarrte vollständig, als die statische Stimme des Einsatzleiters erklang.

„Bitte", flüsterte Hunter und streckte der Polizistin eine Hand entgegen.

Boone zog Nina näher an sich und fragte sich, ob er seine Gefährtin nur für sich gewonnen hatte, um sie sofort wieder zu verlieren. Wenn Officer Meli meldete, was sie gesehen hatte, würde die halbe Polizeitruppe Mauis das Grundstück umzingeln und er und seine Gestaltwandlerbrüder wären ... nun, aufgeschmissen.

Officer Meli kniff ihre Lippen zusammen und starrte Boone an. Niedergeschlagen ließ er den Kopf hängen, als sie den Mund öffnete, um auf den Ruf zu antworten.

„Negativ", murmelte die Polizistin. „Negativ", wiederholte sie und Hunters Kopf schnellte hoch. „Falscher Alarm. Alle Einheiten zurückziehen."

Hätte Nina nicht nach seiner Hand gegriffen, wäre Boone auf seinen Hintern gefallen.

„Gott sei Dank", murmelte Nina. „Gott sei Dank."

Epilog

Drei Tage später...

Das kühle Wasser der Dusche strömte über Ninas Haut und sie schloss bei Boones sanfter Berührung die Augen. Er ließ die Seife über ihren Rücken gleiten und streichelte jeden Zentimeter ihres Körpers. Allmählich arbeitete er sich tiefer... und tiefer...

Nina seufzte, griff nach seiner Hand und hielt sie auf. „Wir sollten uns eigentlich fertigmachen, Boone."

„Ich mache mich fertig, meine Gefährtin noch einmal zu lieben", murmelte er in ihr Ohr.

Das verheißungsvolle Versprechen von weiterem Genuss durch die Hände ihres Geliebten brachte ihr Blut zum Kochen. Aber sie hatten bereits den größten Teil des Morgens mit Sex verbracht und außerdem die halbe Nacht.

Völlig normal für frisch verpaarte Gefährten, hatte Boone beharrt und ihr ein unanständiges Grinsen geschenkt. *Die anderen werden es verstehen.*

Die Bisswunde an Ninas Hals kribbelte. Es war die Markierung des Paarungsbisses. Sie und Boone waren nun für immer miteinander verbunden und ihre ganze Seele jubilierte.

„Später, mein Liebster", sagte sie und versuchte, ihn mit einem Kuss zu zügeln. Fast wäre das jedoch nach hinten losgegangen, denn seine Leidenschaft zog sie in seinen Bann und sie begann, mit ihren Händen wieder über seinen straffen Körper zu streicheln. Sie stoppte sich ein paar Zentimeter von seinem besten Teil entfernt und hielt inne. „Böser Wolf."

Boone setzte einen traurigen Hundeblick auf und sie lachte.

„Du bist ein ganz böser Wolf und ich liebe dich dafür. Aber wir müssen uns wirklich beeilen. Wir können später dort weitermachen, wo wir aufgehört haben."

Boone führte ihre Hände zurück an seine Hüfte. „Versprich es mir, meine Gefährtin."

„Ich verspreche es, wenn du es versprichst."

„Ich verspreche es", sagte er und wurde ernst.

Ich verspreche, dich für immer zu lieben und zu beschützen, meine Gefährtin, summte sein Wolf in ihre Gedanken.

Seit dem Paarungsbiss konnte sie jeden Gedanken hören, den Boone in ihren Kopf sandte. Dies war eine weitere Sache, an die sie sich in ihrem neuen Leben gewöhnen musste – ein Leben, das sie jetzt bereits liebte. Sie hatte den weltbesten Gefährten und sie durfte in einer wunderschönen kleinen Hütte am Meer leben. Ein kleines Stückchen des Paradieses, das sie nie verlassen musste.

Während sie sich anzog, sah sie sich erneut um, und ihr wurde einmal mehr bewusst, wie viel Glück sie gehabt hatte. Ihr war so viel passiert, dass es immer noch schwer zu glauben war.

„Vergiss den nicht", sagte Boone und deutete mit dem Kopf in die Richtung des Rubins der auf dem Nachttisch in der Sonne glitzerte.

Sie hatte ihn eine Stunde zuvor herausgeholt und dort neben dem Teddybären ihrer Mutter abgelegt – bevor Boone sie zu einer weiteren überwältigenden Runde Sex verlockt hatte. Als sie nach dem Edelstein griff und ihn hochhielt, wärmte er ihre Hand auf beruhigende Weise. Ein leises flüstern erreichte ihre Ohren.

Du hast von mir nichts zu befürchten – du, die neue Hüterin des Feuersteins. Mein letzter Hüter hat gut gewählt.

Nina lächelte bei der Erinnerung an den freundlichen, alten Lewis McGee und seinen Brief. *Ich wünsche Ihnen all die Liebe, die Freude und das Lachen, die im Herzen meiner geliebten Frau Zuhause waren.*

Nina seufzte. Wahre Liebe. Lewis McGee war von dem Rubin gesegnet worden, obwohl sie bezweifelte, dass er sich seiner besonderen Kräfte bewusst gewesen war. Jetzt war sie diejenige, die durch ihn gesegnet wurde.

Mit dem Rubin in ihrer rechten und Boones warmer Hand an ihrer linken, lief Nina den Weg hinauf. Sie war dankbar für die Kraft, die beide ihr gaben. Sie hatte gewusst, dass sie sich Silas irgendwann stellen musste und nun war es soweit. Laut Boone war Silas spät am Vorabend zurückgekehrt und hatte sofort eine Zeit für ein Treffen festgelegt.

Und zwar jetzt sofort.

Silas, der Drache. Sie atmete tief durch. Alle versammelten sich und es machte ihr ein wenig Angst. Glücklicherweise war in Hollywood ein heißer neuer Prominentenskandal entbrannt und die Presse hatte ihre Story wie einen toten Fisch fallengelassen. So war Silas zumindest nicht zu einer Schar von Reportern zurückgekehrt, die das Eingangstor blockierten. Das war immerhin etwas.

Die andere gute Nachricht war, dass Kai, Silas Cousin, und Kais Gefährtin Tessa zwei Tage vor Silas nach Hawaii zurückgekehrt waren. Ihre Begegnung mit Tessa war wie ein Wiedersehen mit einer lang vermissten Freundin gewesen. Sie verbrachte die wenige Zeit, in der sie nicht mit Boone zusammen war, mit Tessa und sie führten lange Gespräche von Frau zu Frau. Sie hatten über die Eigenheiten eines jeden Mannes gelacht, unanständig über atemberaubenden Gestaltwandlersex getratscht und zusammen geweint, als sie sich erzählten, was eine jede von ihnen durchgemacht hatte. Sie hatten auch herausgefunden, dass sie mit ein wenig Mühe die Gedanken der anderen lesen konnten, so wie es mit ihren Gefährten funktionierte. Für sie schien es eine unglaubliche Entdeckung zu sein, aber Boone hatte nur mit den Schultern gezuckt.

„Sicher. Ihr gehört demselben Rudel an."

Das hatte er auch erklärt. Werwölfe lebten gewöhnlich in reinen Wolfsrudeln. Bären lebten in Clans, Drachen in Weyrs und Tiger …

„Tiger bleiben unter sich", hatte Boone geseufzt und in die Richtung von Cruz' Haus gezeigt, das sich ganz am anderen Ende des Anwesens befand. Dann hatte er gegrinst und geflüstert: „Wenn du einmal gut lachen willst, erzähle den anderen, dass ich es *Rudel* genannt habe. Wir streiten uns die ganze Zeit darüber, wie wir es nennen sollen."

Nina hatte beschlossen, dies jetzt lieber noch nicht zu versuchen. Sie war einfach nur glücklich, diesen Ort ihr Zuhause nennen zu dürfen.

Tessa, ein auffallender Rotschopf mit einem warmen Lächeln, winkte ihr zu, als Nina sich dem Gemeinschaftshaus näherte.

Denk dran, sie sind nur große Welpen, flüsterte sie in Ninas Gedanken.

Nina spitzte die Lippen und schaute die dort versammelten Männer an. Tessa hatte ihr auch erzählt, dass *Koa* hawaiianisch für eine *Eliteklasse von Kriegern* war, und genau das sah sie in den Männern. Kein einziger Welpe unter ihnen. Sie waren alle groß und kampferprobt, überaus loyal und beängstigend stark. Kai war der große, dunkelhaarige Mann, der sich an Tessas Seite drängte. Cruz lief am Rand des Gebäudes auf und ab, genauso unruhig wie eh und je. Hunter versteckte sich in den Schatten und sah so schmerzerfüllt aus, dass Nina ihn am liebsten umarmt hätte. Aber es war nicht ihre Berührung, nach der er sich sehnte. Officer Meli hatte eingewilligt, den Kampf der Gestaltwandler unter Verschluss zu halten, aber sie hatte den Schauplatz mit einem argwöhnischen und zwiespältigen Blick verlassen. Als Hunter versucht hatte, sie für ein Abschiedswort aufzuhalten, war sie schnell weggeeilt und der Grizzlybär hatte seitdem nicht mehr gelächelt.

Nina drückte Boones Hand. Hunter hatte ihr dabei geholfen, sich ihren vorbestimmten Gefährten zu verdienen. Irgendwann würde sie einen Weg finden, das gleiche für den Grizzlybären zu tun.

„Lass uns beginnen", sagte Silas und riss Nina in die Realität der Gegenwart zurück.

Silas war furchterregend. Groß und düster – pure Macht. Aber als er durch einen Sonnenstrahl lief, sah Nina etwas, das ihr zunächst nicht aufgefallen war: tiefe Sorgenfalten, die seine Stirn zerfurchten. Finger, die unruhig zappelten. Boone zufolge war Silas für das Anwesen und die Gruppe der Gestaltwandler, die darauf lebte, verantwortlich. Diese Verantwortung musste erdrückend sein.

Vielleicht braucht er auch eine Umarmung, genau wie Hunter, scherzte sie halb zu Tessa.

Ha. Ich würde dir nicht empfehlen, das zu probieren. Aber eines Tages werden du und ich auch für ihn eine Gefährtin finden.

Nina grinste und zeigte Tessa einen versteckten Daumen hoch.

„Ich weiß nicht, ob ich erleichtert oder wütend sein soll", begann Silas, als er ihnen allen andeutete, sich auf die Sofas in einem Teil des Gemeinschaftshauses zu setzen.

Erleichtert, murmelte Boone in Ninas Gedanken.

„Es tut mir leid", sagte sie sofort. „Es war wirklich nicht meine Absicht, euch in Schwierigkeiten zu bringen... "

Silas schüttelte den Kopf und zu Ninas Überraschung war diese Geste sanft, nicht schroff. „So wie es scheint, finden die Schwierigkeiten uns ganz von selbst."

Alle wurden still und Nina sah, wie Hunter die Augen schloss.

„Du hast gesagt, dass sich die Seelensteine gegenseitig rufen würden", sagte Tessa. „Ist das der Grund für all das?"

Der Rotschopf streckte den Arm aus und öffnete die Hand. Sie legte einen riesigen Smaragd auf den Tisch. Nina starrte und hielt langsam ihren Rubin ins Licht, wobei sich die Lichtstrahlen in einer Facette nach der anderen fingen und widerspiegelten. Als sie ihn neben den Smaragd legte, strahlten beide Edelsteine heller und warfen rote und grüne Schatten auf die weiße Tischdecke.

„Seelensteine", flüsterte Nina und sah Silas an. Boone hatte ihr die Grundlagen erklärt, aber selbst er war über den Rubin ratlos gewesen.

„Das ist der Lebensstein", sagte Silas mit ehrfürchtiger Stimme und zeigte auf Tessas Smaragd. „Er verstärkt die angeborenen Kräfte des Trägers." Dann zeigte er auf den Rubin. „Deiner ist der Feuerstein."

„Welche Kräfte hat er?", fragte Boone. „Ich konnte es nicht herausfinden."

Alle Köpfe drehten sich zu Silas, der ernsthaft nickte. „Feuer ist Macht. Feuer kann ein Segen sein, aber es kann auch zerstören."

Nina zitterte, als sie sich daran erinnerte, wie Tamara geschrien und sich gewunden hatte.

„Der Feuerstein spiegelt die Qualitäten des Trägers auf ihn zurück. Er sucht und belohnt die Reinen." Er hielt inne und sah Nina an.

Sie senkte die Lider und fühlte sich schrecklich verlegen.

„Und er bestraft das Böse", schloss Silas.

Nina kniff die Augen zu, als das Bild einer sterbenden Tamara in ihr aufstieg.

„Aber ein wirklich mächtiger Gestaltwandler... ", murmelte Kai.

Silas nickte. „Ein wirklich starker Gestaltwandler könnte möglicherweise in der Lage sein, die Kraft des Feuersteins zu lenken und sie zu seinem eigenen Vorteil zu nutzen. Um das Gute zu schwächen und sich mit dunklen Mächten zu verbünden."

„Jemand wie Drax", flüsterte Kai.

Nina sah, wie Tessas Augen vor Angst aufflackerten. Nina hatte von Drax gehört – dem mächtigsten Drachen von allen. Ein böser Drache, mit dem sich Silas vor langer Zeit angelegt hatte.

„Weiß Drax über den Feuerstein Bescheid?", fragte sie und sah Boone an.

Ich werde dich für immer beschützen, versprachen die Augen ihres Liebhabers.

Sie zwang sich zu lächeln. Boone hatte sich mit Sicherheit gegen landgebundene Gestaltwandler bewiesen. Aber ein Drache?

Tessa stieß ihren Fuß unter dem Tisch an. *Gemeinsam sind wir stark. Stärker als es jeder von uns allein jemals sein könnte. Wir sind jetzt ein Weyr.*

Nina konnte sich ein kleines Lächeln nicht verkneifen, als sie sich an Boones Bemerkung über Rudel erinnerte. Sie blickte von einem Gesicht zum anderen und auf allen lag der gleiche entschlossene Ausdruck. *Gemeinsam sind wir stark.*

Armer Boone – sie klammerte sich wahrscheinlich zu fest an seine Hand, aber Nina konnte nicht anders. Die meiste Zeit ihres Lebens waren es immer nur sie und ihre Mutter gewesen. Sie hatte auch nicht viel Verwandtschaft gehabt. Aber jetzt hatte sie eine Familie. Sie war Teil dieses *Wir*. Mit der Zeit würde Boones Paarungsbiss seine Wirkung entfalten und es ihr ermöglichen, sich zu verwandeln. Sie schwor sich stillschweigend, alles zu lernen, was sie brauchte, um ihr Rudel zu beschützen. Tessa lernte die Kampffähigkeiten der Drachen; Nina würde das gleiche als Wölfin tun. Der Gedanke, derartige Fähigkeiten anwenden zu müssen, gefiel ihr ganz und gar nicht. Aber wenn es bedeutete, ihren Gefährten, ihr Rudel und ihre zukünftigen Kinder zu beschützen...

Ihr Atem stockte, als ein Bild von Boone in ihren Gedanken aufstieg – Boone, der etwas zu einem winzigen, in Rosa gewickelten Bündel säuselte. Nein, Moment. Da war auch noch ein blaues Bündel. Heiliger Strohsack. Er hielt in jedem Arm eines.

Sie klammerte sich am Tisch fest. Würde ihr das Schicksal irgendwann einmal Zwillinge bescheren?

Ein Lichtstrahl verfing sich in dem Rubin und ließ ihn funkeln.

Nina atmete tief ein. Kein Grund, so weit vorauszudenken. Die Gegenwart war schon gut genug. Und sollte das Böse sie jemals wieder besuchen, würde sie ihren Teil dazu beitragen, es abzuwehren.

Boone küsste ihre Fingerknöchel. *Du und ich. Seite an Seite.*

Sie hörte dem Gemurmel der anderen zu, die über die anderen Seelensteine sprachen. Aber es war für ihren überforderten Geist alles zu viel und sie stand schnell auf. Eine Tasse Tee würde ihr möglicherweise helfen, sich zu beruhigen, während die anderen über den lang verlorenen Schatz diskutierten.

„Der Wasserstein... "

„Der Windstein... "

„Der Erdstein... "

Der Raum wurde still, als sie alle in Gedanken versanken.

„Möchte jemand Kaffee?", fragte sie und lief mit einer Kanne herum. „Tee?" Vielleicht würde es auch ihnen helfen, sich zu beruhigen.

Boone lachte und zog sie auf seinen Schoß. „Du weißt aber schon, dass du nicht mehr kellnern musst, oder?"

Sie befreite sich sanft aus seinem Griff und goss Tee in die Tasse, die Tessa ihr entgegengeschoben hatte.

„Ich schätze, alte Gewohnheiten legt man nur schwer ab. Ich werde noch in vierzig Jahren Kaffee ausschenken."

„Von mir aus", gluckste Boone, dessen Augen beim Gedanken daran, so viele Jahre mit ihr zu verbringen, glücklich strahlten.

Nina grinste. In Wahrheit wollte sie diese Gewohnheit nie ablegen. Dank Lewis McGees unglaublicher Gabe musste sie vielleicht nicht mehr als Kellnerin arbeiten. Aber sie würde für immer genießen, wie die Leute lächelten, wenn man ihre Tassen füllte. Flüssiger Sonnenschein, wie ihr Chef zu sagen pflegte.

Der Welt Freude bringen, eine Tasse Kaffee nach der anderen. So hatte es Lewis ausgedrückt.

Sie lief zu Silas herum und schenkte ihm einen Kaffee ein, schwarz. Dann ging sie zurück in die Küche, griff nach einem Glas und lief weiter zu Hunter.

„Kamillentee. Perfekt mit ein wenig Honig", murmelte sie.

Hunter sah zu ihr auf und schaffte es, schwach zu lächeln.

Nina seufzte. Manche Menschen hatten eine Gabe für Musik. Andere für Sprachen. Ihre Begabung war einfach, aber es war genug. Sogar Cruz nickte ihr ermutigend zu.

Silas schwenkte seinen Kaffee lange und seufzte dann. „Zurück zur Tagesordnung." Er sah sich um und Nina konnte schwören, dass er versuchte, streng zu wirken. Aber die Schärfe in seiner Stimme war verschwunden und seine Augen waren nicht mehr ganz so hart wie zuvor.

Lass den Kaffee weiter fließen, scherzte Tessa in einer privaten Nebenbemerkung. *Ich brate ihm ein Steak und wir werden dieses Biest im Handumdrehen zähmen.*

Nina war sich zwar nicht sicher, ob es im *Handumdrehen* gelingen würde, aber vielleicht bestand tatsächlich noch Hoffnung für Silas. Für Hunter hingegen...

Silas wandte sich an die anderen Männer. „Als wir uns hier am Koa Point niedergelassen haben, haben wir alle ein paar Grundregeln zugestimmt. Nummer Eins: keine Menschen."

Nina zuckte zusammen und wanderte zurück in die Küche.

„Menschen? Ich sehe hier keinen Mensch", knurrte Boone.

Nina versteckte ein Grinsen. Technisch gesehen war sie jetzt auch ein Gestaltwandler. Und so seltsam die Aussicht darauf auch war, sich in ihre Wolfsform zu verwandeln, konnte sie es doch kaum erwarten, es zu versuchen. Auf allen vieren neben Boone herzurennen, mit ihm bei Vollmond zu singen… tief in ihrer Seele sehnte sich etwas danach.

„Ich kann auch keinen Mensch sehen", grummelte Kai und zog Tessa näher an sich.

Silas seufzte. Anfangs hatte Nina angenommen, er wäre der bellende, autokratische Typ, aber der Respekt, den er für seine Männer hatte, war klar erkennbar.

„Im Ernst, ich glaube, wir müssen die Keine-Menschen-Regel möglicherweise überdenken", sagte Boone mit Blick auf Hunter.

Der Bär sah trauriger aus als je zuvor und trank seinen Tee in einem großen Schluck.

„Keine Menschen", knurrte Cruz. „Versteht mich nicht falsch. Tessa ist in Ordnung. Nina auch."

Na danke, seufzte Tessa.

„Aber darüber hinaus – keine Menschen, sage ich. Sie sind unberechenbar. Irrational. Gefährlich."

„Nicht alle Menschen", schoss Boone zurück. „Manche sind klug. Unglaublich. Wunderbar."

Nina grinste breit, als ihr Gefährte ihr in die Augen sah.

„Hunter? Was denkst du?", fragte Silas.

Hunter starrte auf den Grund seiner Teetasse, schob dann plötzlich seinen Stuhl zurück und pirschte sich davon. Er murmelte irgendetwas darüber, noch Arbeit nachzuholen.

„Darf ich einen Vorschlag machen?", wagte es Nina, die unbehagliche Stille zu unterbrechen, die daraufhin folgte.

Silas winkte mit der Hand und forderte sie auf, weiterzusprechen.

„Wie wäre es, wenn du es von Fall zu Fall entscheidest?"
Sie hatte bewusst das Wort *du* gewählt, damit er wieder am
Zug wäre. Innerlich war sie ein wenig gerührt. Sie hatte einmal
gehört, wie Lewis dies zu einem der wenigen Freunde sagte,
die er mit ins Bistro gebracht hatte. *Entscheide es von Fall zu
Fall.*

„Für mich macht das Sinn." Kai nickte Silas zu.

„Für mich auch", sagte Boone.

Cruz grummelte, protestierte aber nicht.

„Hmm." Silas legte sich weder auf das eine noch das andere
fest, während eine weitere lange Minute verstrich.

„Oh, Nina", sagte Tessa und unterbrach die Stille in einem
offensichtlichen Versuch, die Stimmung aufzuheitern. „Hast du
mit dem Anwalt schon über deine Spende gesprochen?"

„Ich warte noch darauf, Einzelheiten zu hören", sagte sie.

„Anwälte", knurrte Boone. „Er braucht wahrscheinlich nur
länger, damit er dir mehr berechnen kann."

Nina schlug ihm auf den Rücken. „Er hat gesagt, er würde
es Pro Bono machen."

„Fünfundzwanzig Millionen." Boone schüttelte den Kopf,
aber sie konnte den verschleierten Stolz in seiner Stimme hören.
„Die Hälfte deines Geldes weggeben."

„Die Hälfte von Lewis' Geld", korrigierte sie ihn.

„Dein Geld" beharrte Boone, zeigte dann auf den Rubin
und seufzte. „Wer hätte gedacht, dass ich eine Gefährtin mit
reinem Herzen finde."

„Ja, stell dir das mal vor", zog Kai ihn auf.

Nina lachte. In Wahrheit hatte Boone die Idee von dem Moment an geliebt, als sie sie erwähnt hatte – die Hälfte des Geldes an ein Frauen-Krebsvorsorgeprogramm zu spenden. Nina
war sich sicher, dass Lewis damit einverstanden gewesen wäre,
und fünfundzwanzig Millionen zu behalten, schien immer noch
mehr als genug zu sein. Das Einzige, wofür sie bislang Geld
davon ausgeben wollte, war die Gebühr für das staatliche College, damit sie endlich ihren Abschluss in Psychologie machen
konnte. Die Vorlesungen begannen erst in sechs Wochen, also
hatte sie bis dahin Zeit, sich an ihr neues Leben zu gewöhnen.

„Sind wir hier fertig?", fragte Boone Silas viel zu nett.

„Fürs Erste", knurrte Silas und warf Boone einen Blick zu, der sagte, *Pass auf, Bursche.*

„Gut. Denn meine Gefährtin und ich haben dringende Angelegenheiten am Strand zu erledigen."

Nina errötete. Von der Art und Weise, wie Boone mit seiner Hand über ihren Rücken strich, war ziemlich klar, welche Art von *Angelegenheit* er meinte. Aber auch sie spürte die Anziehungskraft – das anhaltende Verlangen.

Völlig normal für ein frisch verpaartes Wolfspaar, meinte Boone mit einem verschmitzten Grinsen, als er sie vom Tisch wegzog.

„Vergiss den Rubin nicht", sagte Tessa und schenkte ihrem eigenen Gefährten einen heißen *„Haben wir nicht auch dringende Angelegenheiten zu erledigen?"*-Blick.

Nina griff nach dem Edelstein und eilte mit Boone davon. In dem Moment, in dem sie um die erste Ecke des Weges gebogen waren, zog er sie in einen riesigen, nach hinten gebeugten Hollywoodkuss.

„Das wollte ich schon immer machen", grinste er, als er sie wieder hochzog.

„Ich auch." Sie tat so, als wollte sie ihn in die umgekehrte Position drängen. „Wenn du den Rubin kurz für mich hältst, schaffe ich es vielleicht sogar."

Boone riss seine Hände hoch. „Wow. Nein, auf gar keinen Fall. Ich habe im Moment viel zu viele unanständige Gedanken, als dass ich es riskieren würde, den anzufassen."

Nina steckte den Edelstein ein und näherte sich ihm kichernd. „Ach ja? Welche Art von Gedanken?"

„Gedanken an dich nackt auf unserem Bett."

Unser Bett. Sie liebte es, wie schnell sein Zuhause zu ihrem Zuhause geworden war und wie leicht sie ihren Platz in seinem Leben gefunden hatte.

„Und wo bist du, während ich nackt auf unserem Bett liege?", fragte sie und küsste an der Kante seines Kiefers entlang.

„In dir", sagte er heiser vor Verlangen. „Meine Gefährtin."

Ihre Körpertemperatur schoss in die Höhe und sie schlang ein Bein um seine Seite. Aber Boone wurde wieder ganz ernst und sah ihr in die Augen. „Vielen Dank", flüsterte er.

Sie lachte. „Wofür?"

Er winkte mit der Hand, als wüsste er nicht, wo er anfangen sollte. „Für alles. Ich liebe dich, Nina."

Er schob seine Finger durch ihr Haar und drückte einen süßen, weichen Kuss auf ihre Lippen. Ein paar Sekunden später, als sie von der sexuellen Fleischeslust überwältigt wurde, riss sie die Kontrolle über den Kuss an sich. Ihre Zunge glitt über seine und ihre Brustwarzen streckten sich seiner Brust entgegen.

Dann zog sie sich keuchend zurück. „Und jetzt bring mich nach Hause und beweise mir, dass du nicht nur bellen, sondern auch beißen kannst, Wolf."

Boone lachte und strich ihr mit den Händen über den Rücken. „Pass auf, was du dir wünschst, meine Gefährtin."

Sneak Peek: Der Ruf des Bären

Hunter Bjornvald ist ein Gestaltwandler auf einer Mission. Es gibt nicht vieles, was seinen inneren Grizzlybären aus der Fassung bringen kann. Aber als die Frau, die er schon seit Jahren insgeheim liebt, in Gefahr gerät, ist er bereit, jedes Wagnis einzugehen – auch, wenn er dabei riskiert, das bestgehütete Geheimnis seiner einsamen Seele preiszugeben.

Anderen vertrauen? Damit hat die Polizistin Dawn Meli ein grundsätzliches Problem. Sich auf einen Mann zu verlassen kommt für sie nicht in Frage – schon gar nicht auf einen, der sich in eine rasende Bestie verwandeln kann. Aber der starke, schweigsame Hunter mit seiner sanften Stimme und den gefühlvollen Augen berührt etwas tief in ihrer vernarbten Seele. Dieses Empfinden ist so stark, dass sie der Versuchung, ihrer wilden Seite freien Lauf zu lassen, kaum widerstehen kann.

Gleichzeitig hat sie jedoch alle Hände voll zu tun, denn auf Maui brauen sich ein Tropensturm, ein wertvoller Edelstein, und eine Promi-Hochzeit zu einer explosiven Mischung zusammen. Wohl kaum der richtige Zeitpunkt, ihrem brodelnden Verlangen nachzugeben? Aber das Schicksal hat andere Pläne...

∞∞∞∞

Lust auf einen weiteren tollen paranormalen Liebesroman voller Action, Spannung, Romantik und Leidenschaft? *Der Ruf des Bären*, Buch 3 in der *Aloha Shifters: Juwelen des Herzens* Serie, ist bei Amazon erhältlich.

Weitere Titel von Anna Lowe

Aloha Shifters - Juwelen des Herzens

Der Ruf des Drachen (Buch 1)

Der Ruf des Wolfes (Buch 2)

Der Ruf des Bären (Buch 3)

Der Ruf des Tigers (Buch 4)

Die Verlockung des Drachen (Buch 5)

Der Ruf des Fuchses (Buch 6)

Aloha Shifters - Pearls of Desire

Die deutsche Ausgabe ist ab Dezember 2020 bei Amazon erhältlich. Im englischen Original sind die folgenden Titel bereits verfügbar.

Rebel Dragon (Buch 1)

Rebel Bear (Buch 2)

Rebel Lion (Buch 3)

Rebel Wolf (Buch 4)

Rebel Heart (Die Vorgeschichte zu Buch 5)

Rebel Alpha (Buch 5)

Fire Maidens - Billionaires & Bodyguards

Die deutsche Ausgabe ist ab Sommer 2020 unter
Töchter des Feuers - Billionaires & Bodyguards *bei*
Amazon erhältlich. *Im englischen Original sind die*
folgenden Titel bereits verfügbar.

Fire Maidens: Paris (Book 1)

Fire Maidens: London (Book 2)

Fire Maidens: Rome (Book 3)

Fire Maidens: Portugal (Book 4)

Fire Maidens: Ireland (Book 5)

Fire Maidens: Scotland (Book 6)

Fire Maidens: Venice (Book 7)

Fire Maidens: Greece (Book 8)

Fire Maidens: Switzerland (Book 9)

The Wolves of Twin Moon Ranch

Im englischen Original bei Amazon erhältlich.

Desert Hunt (die Vorgeschichte)

Desert Moon (Buch 1)

Desert Blood (Buch 2)

Desert Fate (Buch 3)

Desert Heart (Buch 4)

Desert Rose (Buch 5)

Desert Roots (Buch 6)

Desert Yule (eine Kurzgeschichte)

Desert Wolf: Complete Collection (vier Kurzgeschichten)

Sasquatch Surprise (ein Ableger der Twin Moon Story)

Blue Moon Saloon

Im englischen Original bei Amazon erhältlich.

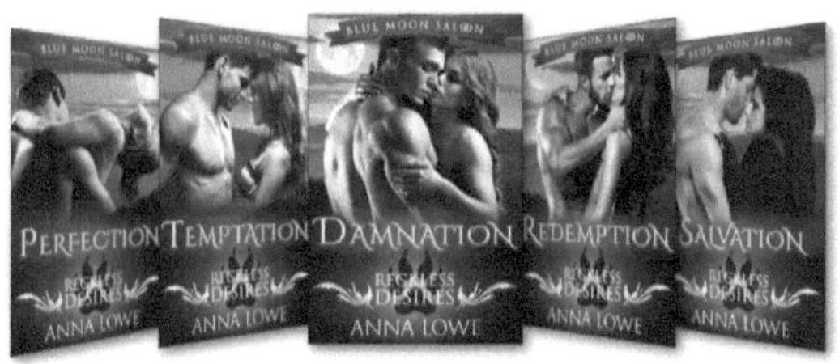

Perfection (die Vorgeschichte in Kurzform)

Damnation (Buch 1)

Temptation (Buch 2)

Redemption (Buch 3)

Salvation (Buch 4)

Deception (Buch 5)

Celebration (ein Festtagsschmaus)

Shifters in Vegas

Paranormal romance with a zany twist. Im englischen Original bei Amazon erhältlich.

Gambling on Trouble

Gambling on Her Dragon

Gambling on Her Bear

Serendipity Adventure Romance

Im englischen Original bei Amazon erhältlich.

Off the Charts

Uncharted

Entangled

Windswept

Adrift

Travel Romance

Über Anna Lowe

USA Today und Amazon Bestseller Autorin Anna Lowe schreibt fesselnde Romane mit tatkräftigen Heldinnen und unwiderstehlichen Helden in exotischen Umgebung, mit jeder Menge Zündstoff für scharfe Romantik.

Sie liebt Hunde, Sport und Reisen, die auch die Inspiration für Ihre Bücher liefern. Wenn Anna nicht gerade in die Arbeit an ihrem nächsten Buch vertieft ist, kannst Du Sie am Wochenende beim Wandern in den Bergen antreffen. Egal wo und wie – sie wird den Tag mit einem leckeren Stück Zartbitterschokolade ausklingen lassen.

Einfach mal vorbeischauen, auf AnnaLoweBooks.com/de